本论文集为 2015 年广东省本科高校教学质量与教学改革工程项目"文学理论系列课程教学团队"结项成果

砚水之滨

华南师范大学文学院"文学理论"教学团队
教研论文集

段吉方　张成华　主　编

暨南大学出版社
JINAN UNIVERSITY PRESS

中国·广州

图书在版编目（CIP）数据

砚水之滨：华南师范大学文学院"文学理论"教学团队教研论文集/段吉方，张成华主编. —广州：暨南大学出版社，2022.12
ISBN 978 - 7 - 5668 - 3521 - 5

Ⅰ.①砚… Ⅱ.①段…②张… Ⅲ.①文学理论—教学研究—文集
Ⅳ.①IO - 42

中国版本图书馆 CIP 数据核字（2022）第 190729 号

砚水之滨——华南师范大学文学院"文学理论"教学团队教研论文集

YANSHUI ZHI BIN——HUA'NAN SHIFAN DAXUE WENXUEYUAN "WENXUELILUN" JIAOXUE TUANDUI JIAOYAN LUNWENJI

主 编：段吉方 张成华

出 版 人：张晋升
策划编辑：杜小陆
责任编辑：康 蕊 朱良红
责任校对：刘舜怡 黄子聪
责任印制：周一丹 郑玉婷

出版发行：暨南大学出版社（511443）
电 话：总编室（8620）37332601
　　　　营销部（8620）37332680 37332681 37332682 37332683
传 真：（8620）37332660（办公室） 37332684（营销部）
网 址：http：//www.jnupress.com
排 版：广州良弓广告有限公司
印 刷：佛山市浩文彩色印刷有限公司
开 本：787mm×960mm 1/16
印 张：12.5
字 数：180 千
版 次：2022 年 12 月第 1 版
印 次：2022 年 12 月第 1 次
定 价：49.80 元

前　言

呈现在读者面前的这部教研论文集是华南师范大学文学院文艺学与美学教研室全体同仁的共同成果，同时也是我主持的 2015 年广东省本科高校教学质量与教学改革工程项目"文学理论系列课程教学团队"的结项成果。因工作关系，该教研论文集由我和我们教研室主任、青年才俊张成华博士共同主编，照例在该教研论文集正式出版之际向师友们做个简短的介绍。

华南师范大学文艺学与美学教研室及其教学团队是华南师范大学文学院的主干教学团队。在刚刚修订的培养方案中，团队所开设的主干课程有"文学概论""美学"，拟开的选修课程有"中国古代文论专题研究""马克思主义文论选讲""当代西方文论""当代西方美学个案研究""西方古典文论""审美教育与文化素养专题""中国现当代文论专题"等，同时，根据新文科发展的现实及需求，结合当前文艺学与美学学科发展的最新进展以及研究基础，我们也在积极探索新文科建设课程，努力为汉语言文学专业学生奠定较为扎实的研究基础，形成系统的知识结构，以适应学生个体发展的需求，满足社会需要。

华南师范大学文学院文艺学与美学教研室及教学团队历史悠久，学术积累深厚，学术成果丰富，其中主干课程"文学概论"最早开设于 20 世纪 60 年代初期，著名文艺理论家饶芃子、廖苂光、李育中等先后负责过课程教学和研究工作，奠定了本课程教学坚实的基础，也为我们确定了课程教学的传统。20 世纪 80 年代，本课程教学团队进一步加快课程建设步伐，教学团队的前辈学人马达、韩湖初、柯汉琳、何楚雄、王国健、覃召文、崔大江、刘晟等先后开设"文学概论""中国古代文论""文艺心理学""20世纪西方文论""文学批评学""美学""马克思主义文论"等课程，构成了科学完备的课程体系，并形成了一个素质优良、结构合理、年轻化的高水平教学团队。20世纪90年代以来，在前辈学者所奠定的基础上，教学团队的教学科研工作持续推动，教学科研、人才培养、学科建设上了新台阶，美学硕士点，文艺学硕士点、博士点、博士后流动站相继获批，推动了教学团队的质量提升及内涵建设，2005年，教学团队中的"文学概论"课程被评为校级精品课程，2013年被评为广东省精品资源共享课程；2014年，教学团队被评为华南师范大学校级优秀教学团队；2015年获批广东省本科高校教学质量与教学改革工程项目"文学理论系列课程教学团队"。目前，华南师范大学文学院文艺学与美学教研室及教学团队共有专任教师12人，其中教授4人，副教授4人，讲师4人，博士学位比例100%，学员来自五湖四海，5名教师具有博士后研究背景，多名教师具有海外留学或海外高校交流访问经历，教学科研氛围融洽。在当前的形势和背景下，我们感觉肩上的担子很重，师范大学文学院招生数量通常比较多，教学任务比较重，我们正团结一心，努力践行立德树人的初心使命，争取在教学团队前辈学者所创造的优良传统中赓续文脉，不负学科历史所托。

这部教研论文集也部分地呈现了我们教学团队近年来的教学和科研工作的努力，我们在教学中努力适应学生特点，积极突出实践教学、案例教学，倡导研究性学习和自主性学习，结合课程教学要求与教学内容，强调开卷有益、学以致用、先学后教的实践教学方式，充分体现教学相长；在教学中强化学生专业基础建设和学科意识，加强实践技能培养和专业技能训练，并以本成果的实施为基础，强化课程改革，逐渐形成"区分阶段、理清层次、四年一体"的汉语言文学（师范）专业人才培养模式与理念，并在这个基础上积极推动汉语言文学专业的教学改革与实践；积极发挥

"文学概论"课程作为中国语言文学专业基础性学科的专业力量和人文影响，培养学生丰富的知识结构、扎实的专业基础、缜密的思维能力、优秀的专业素质、突出的职业能力，实现课程建设、人才培养、实践应用的"三位一体"。学无止境，教无止境。我们深知，在教学实践中，我们还有很多不足，特别是与教学团队前辈学人深厚的学养、丰富的知识相比，还有很多需要提升、改进、完善的地方，好在来日方长，只要我们心在一起、目标一致，相信以后一定会有所进步。

最后，再次感谢学界同仁的支持帮助，感谢华南师范大学文学院文艺学与美学教研室前辈学者的提携。感谢暨南大学出版社杜小陆先生的支持和辛苦工作。即将入读华南师范大学文艺学专业硕士的郭宇晨同学在该教研论文集的校对、编辑方面做了很多工作，在此也深表感谢。

段吉方

2022 年 5 月于广州

目 录

上　编
教学实践与反思

文学理论教学有效性之反思

刘慧姝

作为高等院校本科汉语言文学专业的必修课，文学理论以文学活动为研究对象，系统阐述文学活动的审美特征和文学发展的历史规律，为文学批评和文学史研究提供系统的价值与方法论体系，对文学活动具有认识与实践的双重意义。文学理论以文学基本原理、概念范畴以及相关的科学方法为研究对象。文学理论的目的在于培养学生分析文学作品的能力。[①] 教学既是一门艺术，又是一门科学，是艺术与科学的统一体。帕森斯指出："有效的教学是建立在科学基础上的真实艺术。"[②] 理论色彩浓厚的文学理论教学，应运用多视角的教学方法，实现艺术性与科学性的统一。

一、情境与实践

课堂教学是一项复杂的系统工程，要提高课堂教学效率，应优化课堂教学的各项结构，发挥整体功能。具体包括调动学生学习的积极性和主动性、明确课堂教学目标、优化课堂教学内容、精心设计教学方法以及合理运筹课堂教学时间等。[③] 建构主义的教学思想可促进文学理论教学的有效性。建构主义认为学习不是由教师向学生传授知识，而是学生在一定的情

[①] 童庆炳主编：《文学理论教程》（第四版），北京：高等教育出版社，2008 年，第 6 页。

[②] Parsons，R. D.，*Educational Psychology*：*A Practitioner-Researcher Model of Teaching.* London：Wadsworth，2001，p. 10.

[③] 张忠华：《当代教育理论新探》，北京：社会科学文献出版社，2008 年，第 190 – 191 页。

境（社会文化背景）下，借助包括教师和学习伙伴在内的其他人的帮助，从而实现建构自己知识的过程。① 它充分重视学生学习的主动性，学生是学习活动的主体，是自己认知结构建构的决定者，教师则是主动建构意义的帮助者、引导者和促进者。有效的教学可促进学生的主体教育，培养学生的学习能力与创造能力。

文学理论包含诸多术语和概念，理论表述比较抽象难懂。教师有必要设置某种情境，通过艺术化的或有感染力的真实例子，实现学生对理论的理解。情境性教学有如下要求：首先，情境性教学要求学习应在与现实情境相类似的情境中发生，以解决学生在现实生活中遇到的实际问题为目标；其次，情境性教学的过程与现实的问题解决过程类似，所需要的工具往往隐于情境当中；再次，情境性教学对具体问题的解决过程本身体现了学习的效果。在情境性教学中，任何一个问题都存在着多种可能的解决方案，多种解决问题的可能性往往产生于学生有趣而深入的讨论中。②

优秀的教学设计可实现艺术性与科学性的融合。文学理论教学设置生动的情境与实践，可摆脱理论的枯燥而呈现为生动的体验。在讲授生活活动导致人与对象之间的诗意情感关系时，笔者尝试运用多媒体将以动物为主题的文艺作品呈现出来。如将《诗经》中的硕鼠、迪士尼乐园的米老鼠、画家齐白石笔下偷吃灯油的小老鼠，与生活中的老鼠进行对比，让学生体验、联想与思考它们之间有何不同。通过形象的画面，并结合生活中的经验，学生们各抒己见，畅所欲言，自然地理解了文艺作品中的对象寄予着作家的情感与创造，更进一步理解人的感觉可以与对象保持一种自由的关系，文学艺术正是人的感觉中诗意情感高度发展的产物，人的生活活动因此具有审美创造意义。

文学作为创造活动，以内在尺度创造艺术真实，要义是求"真"，体

① 张忠华：《当代教育理论新探》，北京：社会科学文献出版社，2008 年，第 161 页。

② 巨瑛梅、刘旭东编著：《当代国外教学理论》，北京：教育科学出版社，2004 年，第230 - 231 页。

现为"历史理性"。艺术真实既不同于生活真实，又有别于科学真实，教师如能设置现实的教学情境，艺术真实的特征就能转化为学生真实鲜活的认知与体验。笔者首先从学生们熟悉的韩剧、魔幻影视、言情小说引入艺术真实具有假定性的真实，通过"以假为真""假中见真"的艺术效应，使接受者感受到真事理与真感情。之后请学生们运用自己的文学知识与体验，举出生动的文艺例子来说明艺术真实带给他们的感动与体验，学生们思考、讨论之后自然总结出艺术真实的魅力在于情感的真实与事理的本真。笔者又进一步引导学生思考艺术真实与科学真实的不同，通过诗歌和散文的例子，引导他们发现文学描绘生活的特殊性——主观性与诗艺性，学生们理解了艺术真实也就是艺术虚构的合情合理性。笔者在课堂中提出适当的问题，启发学生的思考和讨论，学生们随机进入教学，在讨论中不断深化对文艺经验的理解，促使他们有效地理解并掌握理论知识。

二、合作与建构

在现代教学中，知识的获得不应是接受的，而应是建构的，是在与学习环境互动过程中由学生"发现"的。学生获取知识的过程可以是单纯的接受过程，也可以是一个主动建构的过程。以建构的方式获取知识的过程是一个知识与能力同步增长的过程，同时，建构的过程也是对知识的价值进行判断和选择的过程，学生的认知过程便成为知识的生产过程。[①]"反本质主义"文艺学作为当前文艺学最具前沿性和挑战性的后现代话语实践，给文艺学学科的全面反思带来论争与机遇。文学理论的"存在论转向"也意味着转换问题的研究方向：从"文学（本质）是什么?"转向"文学如何可能?""文学如何存在?"继而探究具体文学活动中人的生存本质，以及在文学理论的发展历史中，文学的生成与塑造。存在论意义上的反本质

---

① 陈晓端：《当代教学理论与实践问题研究》，北京：中国社会科学出版社，2007年，第24页。

主义收纳二元对立的思维方式，并转变思维方式："文学是如何建构起来的？将文学与人的存在问题联系起来，建构以'文学活动'为基本范式的文学本质观，恢复文学的人学地位，将人们在文学活动中所体验到的这种人类生存的本性确立为文学的本体，在此基础上探究文学活动的发生与发展，建构起一个开放的文学本体论。这一思维方式的转向对文论教学富有积极的启发意义，从传统的理论知识的讲授与输出转向学生理论思维的培养与建构，这意味着引导学生们分析与评价具体的文学作品，再由具体的作品总结、提炼、概括出相应的理论问题，并在这一过程中培养和建构学生的理论思维能力。

在课堂教学时，笔者尝试运用问题启发、讨论与辩论、案例教学等方式，将传统的单向性知识传授转变为合作探究性的教学模式，精彩实用的例子可作为理论的导入，之后进入由具体作品到理论的建构过程，即追溯并实践理论的生成过程。这有助于打破本质主义导致的理论僵化、封闭、独断的面目。探究文学理论在实践中建构与塑造的过程，体现了"文学是人学"的传统，真正做到以人为本，将文学的本质与人的本质相联系。在这一理论建构过程中，笔者通过调动学生的兴趣和积极性，鼓励他们去探索或回溯理论概括与归纳的过程，启发他们自己去发现和总结文学活动的某些规律。这一过程既有师生双方合作讨论，又有对原有知识经验的丰富。如在讲授文学的审美意识形态属性之无功利与功利时，笔者先向学生们举例观察事物的三种方式——实际的、理论的和审美的。文学的无功利表现在审美并不寻求直接的实际利益满足；在讲述如何理解文学的功利时，则通过举例古代诗词来分析，并分享了郭沫若关于文学有大用的观点，即文学可以唤醒和鼓舞人民参与变革世界的实践。笔者引导学生们进入思考与讨论之中，与其原有的文学经验进行碰撞、整合、深化，从而认识到文学的貌似无功利背后总存在着某种功利，这一深层的目的显现为再现现实社会生活，审美地掌握世界，从而实践了理论的建构过程。

人文关怀是文学创造的永恒主题，体现了尚"善"的终极价值追求。

历史理性与人文关怀作为"真"与"善"的精神价值，在文学作品中存在着怎样的关系？笔者以白居易的《长恨歌》为例，启发学生思考其中的内涵，《长恨歌》是否仅仅再现了唐玄宗与杨贵妃的爱情悲剧及其根源，还是隐含着政治的讽喻与历史的揭示？通过不断的提问，学生们对《长恨歌》主题的挖掘也逐步深化，《长恨歌》是那样的富有人文精神，婉转动人又耐人寻味，实在是人生"长恨"的千古绝唱。学生们还能以此为例，深入地探索文学作品的特殊呈现方式，即以想象和情感的诗意形式，寄寓着人文关怀，对国家命运的关注，对人的生命、尊严、价值乃至生存状态的深情关注，与历史理性血肉相融地联系在一起，优秀的文学作品都具有这种自由的精神与诉求。从具体作品的体验到文学理论的概括，从具体到一般的归纳过程中，学生们体会到了"文学是人学"的内涵，理论思维能力也得到了训练与培养。

因此，真正有效的学习是学生主动发起的学习，主动的学习需要教师设置良好的启发与导入问题，激发学生学习的热情与探索知识的动力。越是主动的学习，越是参与程度高的学习，学习的效果越好，学习的过程就越成为意义制造的过程。在主动学习的过程中，学生的体验、思维与想象都得到了解放，在自由的思维和行动中，学生的创造性思维也获得了发展的空间。主动的学习使学生体验到自我的力量，最终有助于他们学习能力的提高，促成有效的理论思维能力。

三、交流与创新

现代教学论明确提出学生不仅应该学习知识，还应该进行各种行为、价值观、技能、态度等的学习，即通过教学为学生的全面发展打下良好的基础。因此，良好学习习惯和有效学习方法的掌握，将会为学生的成长助力。在后现代的视野中，教学是开放的①、对话的与平等的。教师作为富有耐心的倾听者，应善于接纳学生不同的反馈意见，作为良好的交往者与学生一起讨论，而不仅仅是一名讲解者。教师应鼓励学生对问题有不同理解和讨论，作为一名无偏见的主持人，对所有学生的回答都应做到平等对待，而且要经常鼓励学生对知识的理解达到更富有创造性和自由性的高度，即便出现有争议的问题，教师也应用讨论的形式与学生一起探究，并在知识与心理层面给予学生恰当的引导，尝试提出新的问题，促使探究继续下去。

文学理论课程有诸多的术语与较广的范畴，理论概括性很强，对从未接触过理论的学生们来说是很大的挑战。在讲授文学理论的术语和范畴时，笔者有意将学生已有的文学作品阅读体验整合起来，将学生头脑中零星分散的文学体验加以深化，形成对文学活动的整体观。每次上课之始，笔者都会对上次课程的理论内涵进行简要回溯与总结，之后开始新课程的介绍，努力在已经学过的理论术语与新术语之间找到彼此的关联，甚或运用比较方法，给学生的知识轨迹留下烙印。教学应把学生原有的知识经验作为新知识的生长点，引导他们从原有的经验中，产生新的知识经验。教学不仅是知识的传递，而且是知识的处理和转换。

当代教学理论视学生为不断发展的个体，不仅认同因外部力量推动的发展，更认同由学生的自我力量而推动的发展。一方面营造自由交流的氛围，另一方面主动追求学生的个性化发展。理论课本身是实践的，它是对文学作品各种方法论的交流；理论课同时也是与时俱进的，它是对学生批判性视野的开拓与解放。笔者非常关注学生对文学作品的体验与分析，在课堂上设置了不同类型的文本阅读与评论，鼓励学生从多元的视角解读作品，一部作品的丰富内涵经常来自学生们集体的分析与体验。在评论文本的过程中，学生们既学会了自由清晰的表达，又聆听到其他同学活跃闪耀的思想，这就形成了理论课堂鉴赏与分享的动人时刻，这一时刻也见证着

---

① 黄甫全主编：《现代课程与教学论》，北京：人民教育出版社，2011 年，第 90 页。

学生们个性化思维的成长。笔者同样重视学生对各种文艺现象的理解，在文学理论课堂适当引入热点讨论，倾听学生们当下的看法，思考这些想法的由来，并以此为据，引导学生丰富或调整自己的阐释视野。

笔者和学生们在课堂上就当今的文艺争鸣与娱乐现象进行探讨，如穿越剧出现的原因、影视魔幻热潮的动因、真人秀节目等，由于话题具有很强的时代性和娱乐性，学生们会兴致勃勃地参与讨论，在讨论中解放思想，自我表达。如读图时代的阅读经验与纸质媒介时代相比，发生了很大的变化，那么传媒时代的文学应该如何发展？传媒时代的文学理论创新方向何在？这些问题不断激起学生的思考，也促进了学生的自由表达。这种交流是自由的、平等的、互动的，在这种民主的交流中，学生的视野打开了，拥有了不同的视角，能平等多元地看待文学与理论、时代与思潮、世界与个人的关系，有助于鼓励学生参与当代文艺活动的建设与发展；理性的思辨与分析也促进了学生批判性思维与创新意识的发展，从而更新与拓宽视野，真正实现个体的自我成长。

四、反思与提高

西方教学理论界将教学看成一种活动的范式，并有学者认为教学是一种反思的实践活动。肖恩认为，教学过程实际上是一种对教学实践的不断反思的过程，要促进教学专业的发展，教师就应该成为一个"反思的实践者"（reflective practitioner）。[①] 只有连续地在教学实践中反思或反思实践，教学能力和水平才能不断提高，从而保证教学质量的提高。

在具体的教学之余，笔者经常会总结每个知识点能被学生有效轻松理解的原因，如何将理论与生动的例子紧密结合，如何实现理论教学的有效性。例如反思每一个理论点的讲解是否真正做到清晰有效，并且如何做到

---

① 陈晓端：《当代教学理论与实践问题研究》，北京：中国社会科学出版社，2007年，第115页。

更具效果；反思课堂教学安排如何做到结构完整、有条不紊；反思课堂教学设计如何做到更具艺术性与科学性；反思学生们的兴趣点与关注点所在；反思学生们的思维方式是否存在改进的可能；反思学生们如何突破现有的学习经验与文学体验；反思学生们的理论思维能力如何提高；反思课堂如何创设更好的情境；反思师生们如何进行合作建构式学习；反思师生们如何进行自由、平等、多元的对话；反思师生们的共同探索与成长……通过不断地反思与总结，教师的教学能力与水平在不断进步，从而实现了教学质量的提高。

文学理论课程的作业对于培养学生的理论思维能力具有积极的意义。在每学期的文学理论课伊始，笔者会提早布置书评的写作，内容包括对文艺作品或理论书籍的评论，在教学中期进行批改与点评，对于作业未写好还想修改的同学，笔者会耐心给予几次机会，每次修改都会给出进一步提升的建议，直到学生定稿为止。在书评总结与评点之中，笔者指出学生们写作存在的问题及相应的改进方法，针对个别学生请教更是个别辅导，作业中哪些方面有待深入，主题怎样更加深化，论证如何做到完整、透彻等，经过一系列的指导，学生发现论证不透的地方在于对文本的研读不精、理论思维概括提炼不足等。学生修改书评之后，写作水平有了不同程度的提高，有的作业甚至在期刊上顺利发表。写作实践的反思与总结大大提高了学生的理论思维能力和写作能力，对于文学理论课的学习非常有帮助，甚至对于学生将来的毕业论文写作都会奠定良好的基础。

通过反思教学的实践，笔者感到文论教学的有效性需要教师具备较为全面的素质与经验。首先，积累丰富的跨学科知识。文学理论涵盖了哲学、历史、心理学、社会学、艺术学、美学、中外文学史等诸多领域，文艺学学科本身就具有跨学科的特质。跨学科的讲解给教学本身带来新的发展机遇，通过这种方式，学生们能饶有兴趣地参与、思考、吸纳，从而形成教学的有效性。其次，打通文学与艺术的体验。在各种媒介影视盛行的时代，笔者尝试运用彼此之间渗透、比较、会通的关系，探索文学理论的生成过程，通过不同文艺形式之间的比较与联系，让学生们欣赏与鉴别，并在评论与赏析中深化对理论的理解，这有助于打开学生的视野，更新知识结构。再次，研究与教学相结合，以学术促进教学的发展。作为研究型教师，运用问题探索方式引导学生，形成课堂上师生平等互动的氛围，更能促进教学的有效进行。文学理论本来就是一门开放、富有活动的学科，它不断在理论论争与研究中拓进与发展，因此，积极有效的教学方式应与时俱进，及时引进文艺界的热点争鸣。如生态文艺学作为学界讨论的话题被引进文学理论的教学中，会让学生们理解到文学理论的时代性与实践性，而且教师的理论讲授与学术的研究探索相联系，艰涩枯燥的理论才能讲解得深入浅出，举一反三。最后，理论与实践紧密结合。理论的讲授最忌枯燥死板，这也是文论教学的难点所在。有效激发学生的兴趣，设置生动、活跃的课堂情境，师生间积极进行交流探索，可视为文论教学的成功所在。例如在赏析不同的文学作品时，笔者运用思维训练方法，引导学生概括出作品的价值与内涵，训练学生们将内在的体验与理解清晰、完整、有逻辑地表达出来，经过一个学期的教学，学生们的表达能力都有了不同程度的提高。接近期末之时，学生们面对文学作品已经能做到侃侃而谈，流畅表达，与最初只言片语的理解有天壤之别。

总之，文学理论本身具有实践性与价值取向，教师拥有跨学科知识与文艺体验，熟知当代文艺争鸣与学术研究，适当运用各种现代教学理念与方法、多视角多元化的情境设置，会形成文学理论教学艺术性与科学性的统一，可积极促进文学理论教学的有效性，对提高学生的创新与实践能力，培养批判性思维与研究能力，具有重要而深远的意义。

重返文学性与"文学概论"课程有效教学的思考

段吉方

文学理论的生命力在于不断展现对现实文化经验的把握能力。作为一种学科形态,从"文艺学"或"文学学"学科发展而来的文学理论(也称文学概论、文学导论等),因具有复杂而深奥的体系性、基础性和框架性知识内容,向来是学科研究和教育教学实践中的难点。文学理论课程难教,教学对象反应复杂,课程体系范围太多,教学主体地位混乱以及教学效果不理想,已经不是个别现象或一时之论,由此引发的学科危机和教学危机也严重影响了具体学科研究的展开。从学科设置和教学设计的初衷来看,文学基本理论应该是统摄文学基本知识的原理性和基础性学科,这种原理性和基础性学科的设置和教学设计应该以教学对象通晓、消化、吸收基本文学知识为目标和前提,进而为其他专门类和专业类研究奠定知识基础和方法论原则,目前来看,这样的初衷尚难完全实现。这其中,既有文学理论知识体系设置安排的问题,也有教育教学主体在教育教学中的实践偏差问题,还存在良好的教学交流和教学研讨难以展开的问题,值得作出深入的分析和探究。

一、文学理论课程的教学困境与文艺学的学科"危机"

近几年来,无论是文学理论课程的教学实践,还是文艺学学科研究,经常听到的一种说法是文学理论走向了危机。从正面看，这种"危机论"部分地体现了当代文学理论教学与研究的困境，也可以说是整个人文学科现实处境的一种折射。在文学理论课程教学实践中，这种感觉比较强烈。在目前的学科建制与存在中，文学理论的教学是面向学科基础的课程，其主要课程"文学概论"（有的院校称"文学导论""文学理论基础"等）历史悠久，涉及面广，修读人数众多，是目前中文学科中最具基础性、人文性和理论性的课程。"文学概论"课程历史悠久，可以说是汉语言文学专业中最早的教学课程。从20世纪30年代开始，很多高校都开设了该门课程。这门课程也曾经是文学研究的一个母学科，对其他学科有一定影响。从20世纪70年代末到几乎整个20世纪80年代，乃至今天，学术界最热门的话题，都与文学理论有关。20世纪80年代形象思维、文学主体性、人道主义与异化、科学方法与文学研究的关系、现代西方哲学与文学理论的关系、各种后现代理论、现代性、审美现代性、文化研究、影视大众文化、消费文化、网络文学，以及各种写作观念，如"80后"文学现象、"90后"文学现象、非理性写作等，都与文学理论这个学科有关。在这个学科中，曾聚集了许多极有才华的学者，西方的就不说了，中国现代文学文化研究中的重要思想家、文学家，如胡风、周扬、茅盾，20世纪40年代的朱光潜，20世纪五六十年代的蔡仪，20世纪80年代的李泽厚、刘再复、蒋孔阳、黄药眠，以及现在仍然健在的一批前辈和20世纪90年代的一批新锐批评家，都不同程度地涉猎文学理论研究。这个学科曾经很热闹、很前卫、很有思想，甚至很时尚，文艺理论和美学理论研究总是能够在社会和时代文化发展中提炼某些前沿性的话题，这一点甚至到现在仍然还保持着。但是从20世纪90年代中后期以来，文学理论研究也在它的鼎盛时期不断出现危机，出现了"审美泛化""文学边缘化""文学的终结""理论的终结"等各种危机式呼声。很多从事文学概论一线研究和教学的学者也感觉到，文化研究兴起了，文学理论教学举步维艰，不少文学研究人员开始转向思想史研究、各种形态的大众文化研究，甚至出现了"各领风骚三五年"的现象。一方面，文学理论研究出现了卡勒所说的从弥尔顿转向了麦当娜，从莎士比亚转向了肥皂剧的情形，而另一方面，在实际的学科教学中也出现了难题，很多在读学生反映，文学概论课堂很枯燥，文学概论教材看不懂，文学概论的教学内容难以消化理解。

在西方，与文学概论相关的课程教学与研究也曾出现类似情况。早在20世纪80年代，美国从事文学研究的学者保罗·德曼和斯坦利·费什就表达过类似的看法。20世纪80年代，美国学者德曼发表了一篇重要的文章，题目就叫作"对理论的抵抗"。在文章中，德曼考察了美国文学教学和文学理论传授的深层次关系。他提出，作为文学基本知识和基本理论研究重要来源的文学理论是与教学紧密相关的，但自20世纪80年代开始，文学理论在课程教学和知识传授中显露出某些危机征兆，从而暗示文学理论和知识传授的方法与手段之间的不确定性，正是在这个意义上，与文学有关的各种理论成了学术，因而也成了教学的障碍，所以，他才发出所谓的"对理论的抵抗"的感言。在德曼看来，之所以会出现对理论的抵抗，是因为在文学理论课程教学中，忽略了很多具体的文学事实和现象的阐释，导致了教学中理论的"悬空"。关于文学理论的课程教学与研究，与德曼坚持同样观点的西方学者还有斯坦利·费什。费什干脆宣称，在文学理论的教学与研究中，追求统一的普遍性的理论有效性是不可能的，那些试图从实践经验中借用的某些概念、观点并不一定适用于所有的文学现象。在文学理论的教学与研究中，保罗·德曼、斯坦利·费什提出的理论观点曾经引起广泛讨论，对文学理论学科研究也有很大的冲击。在这种冲击面前，一个比较强烈的感觉就是，有关文学理论教学的学科基础受到了挑战，对此，有如下几个方面的内容是可以从教学实践中反映出来的：

首先，文学理论系列课程的教学、学科相关的基础性知识的教学存在较大困难。据了解，文学理论这门课程在不同高校，均被学生反映课程学习难度较大。这个状况已经成为影响课程教学和学科发展的瓶颈和难题。因为，对于学科知识来说，再重要的学问和学理研究如果难以在课程教学中得以有效传授，就意味着学科知识系统出现了某些问题。文学理论的课程教学目前就面临这样的困境，有些问题怎么讲也讲不清楚，如什么是文学？文学创作究竟有哪些特点和要求？文学创作究竟有哪些规律？这些问题在课堂上不容易讲清楚，但又时时面临学生的提问。

其次，目前的文学理论教学实践以及教学对象，也让文学理论课程教学面临困境。在当代背景下，特别是在低年级大学生中，大部分学生的知识结构和知识积累，特别是与文学的理论研究、哲学研究、美学研究有关的知识积累还有限，如果学生进入大学之初，在大学中文系的课堂上就接触内容体系较为繁杂的文学理论，理解必然存在障碍，久而久之，学生关于文学理论探究和美学探究的兴趣会受到影响。

最后，从当前教育、社会和文化发展形势来看，文学基础理论的教学与研究也受到了很大的挑战。在当代社会文化变革过程中，文学等基础学科受到了社会发展与经济社会转型的较大影响，在客观上也影响了文学理论学科的发展以及教学活动的展开。总之，从教学实践来看，"文学概论"课程教学所涉及的学科基础危机、教学对象变化以及经济社会转型冲击等，都对具体的教育教学实践产生了比较大的影响，在这种影响面前，尽管各种"危机论"有不切实际之处，但就学科发展、教学实践及人才培养的具体过程和要求来说，仍然存在较多需要进一步引起重视和予以调整的地方。"文学概论"课程教学学科范围确实太大，古今中外无所不包，各种概念范畴层出不穷，在学理研究的层面上，固然需要概念、范畴、术语、原理、体系的正本清源与爬梳规整，但在教学中，如此复杂的理论内容，对学生的知识接受来说是莫大的压力和难题，迫切需要我们在教学实践中进一步作出调整和改变。

二、当前高校"文学概论"课程教学中的若干问题探源

文学理论课程教学中出现的困境也与文学理论学科研究的变化息息相

关，教学不仅仅是知识的传授，也是学科形态凝练与知识生产过程，特别是，面对教学对象即广大的青年学生，在他们的知识接受反应的过程中，也可以看到当前文学生态的格局与走向。确实，在当前社会，随着各种新兴文化体验形式、新的文学感受方式的出现，传统文学以及文学理论问题所寄生的现实社会语境的变革会对文学接受与知识传播产生非常复杂的影响，现在，不仅仅是文学理论学科研究要应对这种变化与影响，在教学过程中，更需要对相关问题进行探源与摸索，以更深入地解决文学理论课程教学的困境。

文学理论课程教学的困境从表面来看是文学理论知识生产和知识接受之间出现了沟通、交流与对话的困难，而在深层次上，其实是文学理论这门学科的合法性、必要性受到了怀疑，所谓文学理论合法性问题也就是文艺学、美学研究的适用性、有效性和功用性的问题，反映到教学中就是这门学科的教学应该按着什么样的教学模式进行下去的问题。在文学理论的课堂上，课程教学也是影响学科继续生成与发展的问题。在这方面，首先要解决的就是课程教学的虚与实的问题。如果文学理论的课程教学越来越虚，在教学中，它的知识教学和传授必定受到阻碍，这是每个一线教师都会碰到的问题。解决虚与实的问题就是解决文学理论课程教学的知识内容如何组织的问题。关于这门课究竟该如何去组织教学，如何建构有效的知识教学的框架，如何从学生主体的角度有效地组织教学过程，讨论越来越突出。其次是如何使用和建设文学理论有关教材的问题。文学理论课程教材的建设从 20 世纪初就开始了，教材建设一直伴随文学理论学科发展的具体过程，但至少从 20 世纪 50 年代开始，各类文学理论教材的有关问题就反映出来了，到了 20 世纪八九十年代，各种文学理论教材的建设到了一个顶峰状态，据不完全统计，各种文学理论教材有几百种，所有这些教材的体系化建构非常明显，每本教材都按着自己的知识框架提出问题，都有自己的一套知识建构的方式，难以排除重复建设的问题，我们认为，文学理论的知识生产与知识更替离不开教材建设所取得的成绩，在有些时候，恰恰是在教材建设中，文学理论知识的体系化过程才能展现出来，但在目前的情况下，这种知识化和体系化的过程还难以在教学中有所作为、有所接受，在文学理论课程教学中，学生们最难以接受的是知识体系的问题，文学理论教材建设、教材的参考作用、教材的知识体系建构与传播，如果不能给课堂教学提供有效的知识参照体系，那么，文学理论课程教学的困境依然难以解决。最后，是文学理论课程教学如何接地气的问题。在文学理论的学科研究中，现在人们常常挂在嘴边的是所谓的文学理论研究走向后理论时代，为此，文艺学界、美学界进行了大量的探讨。在文学理论的有关学理研究中，这个问题或许是成立的，因为从世界范围内的文学理论发展来看，包括文学理论研究在内的人文学科确实面临着一定的困境，但就文学理论课程教学层面来看，文学理论研究是不是走向后理论时代，教学的层面还能够对此问题提出另一种解答，也就是说，文学理论研究是不是走向后理论时代有时候还不能完全归结为当代人文学科的危机，就好比一个人得了感冒，不能完全归责于气候无常、天气骤变等，还要看自身的抵抗力和生活习性等方面的问题。为什么在文学理论课程教学方面反映出那些后理论时代的症候呢？除了文学理论课程教学的概念、范畴、术语太多等原因外，更重要的问题是，文学理论课程教学越来越脱离了现实，在一种"理论腔"中走向了教学的繁复化，在具体教学中，学生不仅听不懂，而且对理论产生了厌烦，这才是文学理论课程教学中出现的后理论时代的症候。简单说，在文学理论的课程教学中，由于某种原因，学生不但不喜欢理论了，甚至不喜欢文学了，在这个时候，文学理论的课程教学就不仅仅是走向困境了，而且背负了学科发展困难的肇始之责。在当前的文学理论课程教学中，各种新的东西、各种理论概念的新提法越来越多。从这个层面上来说，我们应该反思如何让理论的研究有效、教学有效。

所谓文学理论研究与教学的后理论时代的问题也反映出无论是文学理论的研究还是教学，都面临着重新理解文学理论的功用性问题。在功用性面前，研究与教学更加反映出须臾不可偏废的关系，更不存在任何的矛盾关系。文学理论研究与教学的功用性问题，不单单是一个研究者要思考的问题，更是教学中应该时时面对的问题，对文学理论课程教学来说，文学理论课程的教学为文学基本知识的接受与吸收打下了基础，这是毫无疑问的，但如何有效落实和夯实这个基础知识的教学过程，走出教学的困境，西方有学者提出，文学理论是写给那些不懂文学的人看的，目的是让大众对所谓的文学理论有所启发，这显然不符合我们文学理论课程教学的教情与学情。在某种程度上，文学理论课程的教学在文学知识的训练和传授中，不仅仅是大众启蒙的工作，更主要的是专业人才培养所需，专业人才培养的责任需要优秀的课程教学理念与有效的课程教学方法，如何在思想性、人文性和基础性教学中再做到通俗性，是文学理论课程教学走出困境的基本思路，也是正确面对文学理论研究与教学的后理论时代的方式，这也是我们对待课程教学应有的态度。文学理论课程教学一定要有功用性，但这个功用性不能变成对理论的抵抗。理论的抵抗对我们目前的文学教育来讲是比较危险的，也是阻碍教学的观念。

三、重返文学性与文学理论教学的有效性问题

如何把学生引进来，让他们建立基本的文学感知方式，进而掌握文学理论知识的基本形态与内容，这一任务十分困难，很多一线教师都感同身受。文学理论课程的教学从广义上来看，还是属于文学教育的一部分。文学教育的内容很广泛，不仅关涉文学理论，还关涉文学史、文学现象、文学文本、文学个案，更与复杂的社会学研究、历史学研究、哲学、美学以及思想史研究有密切的关系。在以往的文学教育中，很多教师倾心于所谓的文本细读，这是受西方文学理论知识影响的结果。英美的新批评学派强调文本细读，文本细读总体上是有利于文学教育中的文本实践，但在文学理论课程教学中，不能把文学理论课程教学简约成文本细读，把文学理论课程的教学简化成一种文学的训练方法，这也违背文学理论课程教学的初

衷与目标。在文学理论课程教学中，无论文学理论的研究，还是教学实践，都应该首先强调文学理论的导引性质。所谓导引，就是强调对文学思维、文学感受、文学批评实践的一些微观文学理论问题的把握。比如在文学理论课程教学中，对待文学典型的问题，德国美学家黑格尔曾经提出过典型问题，马克思也提出了现实主义文学的典型理论，在具体的文学创作中，无论作家们有意无意，都会涉及典型创作的问题。在文学理论课程教学中，要强调通过文学理论课程导引把文学典型问题的源流发展、理论应用等讲清楚，让学生自然而然地进入典型理论的语境、问题与实践反思的过程，而不是在教学中认为任何文学作品的典型形象都可以用典型理论来套，把所谓的典型人物和典型环境的关系、典型化的理论问题转化为直接的理论应用，这种直接理论应用式的教学模式不是文学实践，文学实践一定是融入文学感受与经验分析之中的。在教学中，文学感受和经验分析是文学理论解析与文学理论实践应用的一个重要的中介环节，这个中介环节在文学教育中承担重要的功能，它的作用就是要让学生明白，文学的感受和经验并不是沿着普遍的文学概念来走的，而是自我感觉的丰富，这是文学理论教学中普遍存在的理论和经验脱节的问题，在教学中，理论的界定代替了经验的分析，宏大化、本质性的问题太多，有些课程内容的讲授，在整体上、宏观意义上大致可以说清楚，但涉及具体的文学感受和经验分析，就没有回到具体的文学微观的教学中，在理论剖析和教学接受之间没有建立有效的知识结构和知识话题的通道，所以接地气的课堂教学形式越来越少，正是这种困境制约了有效教学形式的展开。

　　文学理论课程的教学需要进一步的反思，一个基本的看法是，文学理论课程的教学应该在文学理论剖析、文学感受和经验分析的结合中让课程教学重返文学性的立场，具体来说，就是在文学理论、文学解读与文学感受性分析中建立一种联系，让文学理论课程的教学不再直接地从概念入手。这其中有四方面的要点，也是文学理论学习与研究的四个学理层面，需要注意：首先是社会历史文化语境的层面，要引导学生重视社会历史文化的知识储备，特别是历史与政治语境方面的知识储备，这是包括文学理论在内的文学知识结构和知识基础确立的前提，文学理论在知识结构方面需要面向社会和历史，在这方面，特别要引导学生掌握一种"超文学理论"的研究方法，这种"超文学理论"的研究方法是指在文学研究中，超越文学自身的范畴，以文学与相关知识领域的交叉处为切入点，来研究某种文学与其他文化形式之间的关系。其次，要强调文学的现实演进层面。文学理论课程教学不是讲授所谓纯粹的理论，也要重视文学史的描述和文学的知识社会学分析，在教学中尽量还原文学现场，将文学理论课程教学有效根植在现实关注之中，"现实在文本之外，但是，仍然包含在文本之中"①，引导学生充分重视文学的现实演进，也是重视感性与感觉，重视个案和"小历史"的重要问题。再次，是哲学与价值反思层面。文学理论课程教学要引导学生重视既定社会文化发展中的思想状貌，在价值观的塑造方面要引导学生树立一定的文化立场，强调文学个性的分析。最后是审美与文化批判层面。文学理论课程教学要提出阅读分析与审美文化批判的方法，特别是文学批评方法与文本个案解读方法的融合，目的是将文学理论研究中的理论思辨方式化入文学具体问题研究的感性思维过程，避免纯理论式的知识传授，也尽量超越文学理论在知识论方面的单纯讲解，这或许也是当前高校文学理论课程教学有效破除所谓的"理论的抵抗"的一种方法。美国文学理论家卡勒强调，文学理论是一种思想判断，既然文学理论是一种思想判断，②那么每个人包括学生都可以对相关的理论概念、范畴和知识性的问题做出基于个人的思想判断，文学理论家们的判断和我们的判断有什么不一样？在这方面，文学理论课程的教学要有效应对关于文学理论思想判断的分歧与纷争，尽量做出基于专业化和思想性的解析形式，从而达到通过文学理论课程的教学锤炼学生批判性思维的目的。

---

① ［英］托尼·本尼特著，强东红等译：《文学之外》，北京：人民出版社，2016 年，第 212 页。

② ［美］乔纳森·卡勒著，李平译：《当代学术入门：文学理论》，沈阳：辽宁教育出版社，1998 年，第 2 页。

伊格尔顿强调:"在一个以承认文学是一种幻想而开始的过程里,最后的逻辑发展必然承认文学理论也是一种幻想。"① 这种状况无论是对于文学理论研究还是对于文学理论教学而言,都是有不良的影响的。在当前的社会文化背景中,高校文学理论课程教学确实存在某种教学的困难和难点,但绝不是所谓的危机与终结的说法就能笼统地涵盖的。危机何在?何以终结?既需要在学理研究层面上做出研究上的呼应,更需要在教学实践中得出切实的应对策略。相比之下,文学理论课程教学与实践是更能够得出有效应答策略的过程,这方面,更加需要广大一线教师共同参与、共同探讨。

① [英]特里·伊格尔顿著,王逢振译:《现象学,阐释学,接受理论——当代西方文艺理论》,南京:江苏教育出版社,2006年,第199页。

"后理论"时代：文学理论教学
实践的反思与建设

李艳丰

　　近来，西方文化与文学理论界流行一种说法：理论死了，理论日益走向终结。伊格尔顿的《理论之后》对这种反理论化的浪潮作出了较为清晰的论述和说明。他直言不讳地指出，在这个消费文化、大众文化盛行，欲望化生产主导整个经济与人文语境的时代，"文化理论的黄金时期早已消失"①，"性欲和大众文化作为合适的研究题材，已经了结了一个强大的神话"②。结合伊格尔顿的论述，我们认为，所谓"理论之后"，并不是说理论实际意义上的终结或死亡，如段吉方教授所言："理论的研究乃至理论的生命本身并不是那么容易消亡的，理论作为一种记录人类思想文化发展的理性思考方式，不会轻易地随着一两种不同主张和观念的分歧而寿终正寝。"③"理论之后"的真正意义，其实是说理论在当下的危机与困境。随着全球性消费主义经济的发展、多元化意识形态格局的形成以及大众文化的滥觞，个体的文化心理结构遭到了世俗化、欲望化与消费化意识形态的全面改写，深度模式和总体性精神遭遇质疑，理性启蒙与审美主义日益被视为遥不可及的神话。面对这种历史文化语境的嬗变，伊格尔顿深感福柯、拉康与德里达的时代已风光不再，理论的原创精神走向式微，即便理

---

　　① 〔英〕特里·伊格尔顿著，商正译：《理论之后》，北京：商务印书馆，2009 年，第 1 页。
　　② 〔英〕特里·伊格尔顿著，商正译：《理论之后》，北京：商务印书馆，2009 年，第 7 页。
　　③ 段吉方：《"后理论时代"的理论期望及其发展方向》，《中国社会科学报》，2011 年 5 月 11 日。

论依然故我，但知识与话语的再生性能力已经弱化，有世界性影响的大师在逐步减少，而经典的理论文本已是凤毛麟角。由此而言，说"理论之后"是理论的终结与死亡，的确有些危言耸听，但如果说是理论意识的衰竭与退化，相信会得到文化知识分子的认同。

就文学理论而言，"理论之后"的发展前景确实不容乐观。文学边缘化、文学终结论话语此起彼伏。虽然还有新的文论话语不断出场，如生态批评、后殖民主义批评、文化批评等，但同20世纪这个"批评的世纪"相比，文学理论还真的有了些穷途末路之感。文学理论患上了严重的自闭症，成为一种自说自话的话语游戏。文学理论的知识生产与话语陈述，不再指向文学的理解与评价，而是变成了理论自身的炫技。文学理论的现实品格日益削弱，人文关怀与审美超越功能日益委顿。文学实践拒绝文学理论的指手画脚，从而切断了文学理论介入具体文学现实的通道与桥梁。任何文学理论，总是要面对具体的文学实践，但当代文学实践总是以闪烁其辞的方式，逃避着文学理论的话语染指。作家和读者对文学理论表现出本能性的拒斥，间接加重了文学理论的自闭症。大众消费主义的文化语境，成为文学理论不得不面对的陌生化土壤。就整个文化生产与消费过程而言，文学理论注定只能以高蹈的话语形态悬浮于意识形态的空中楼阁，在"高处不胜寒"的冷傲清高中孤芳自赏、顾影自怜。在传媒介质、图像文化营构的"视像政体"中，大众轻盈的感官难以承受理论的厚重，欲望化的生命状态拒不服从理论的规训与唤询。面对具体的文学创作与欣赏活动，文学理论似乎很难真正介入并产生积极有效的理论意义。

文学理论的危机与困境，在高校文学理论教学实践中，有着更为集中的表现。高校本是学术研究与理论原创的重要平台，文学理论作为研究文学原理和范畴的人文学科，曾被视为高校文学院学术科研与学科教学的重中之重。但随着"后理论"时代的到来，文学理论教学日益变得不景气。一些高校和文学院系，因受到功利主义价值观的影响，在专业建设与课程设置方面日益偏向实用性，相对轻慢"无用之用"的文学理论。这就使文学理论的学科建设严重滞后，甚至有滑向学科编制底部的危险。在具体的文学教学实践过程中，也可谓是弊端丛生。文学理论教材老化，理论知识陈旧，与时代文化和具体文学实践脱节，难以引起学生的兴趣。一些文学理论教程，将自己装扮成理论的万金油，甚至想要为文学活动找到放之四海而皆准的科学真理。但理论话语的斑驳陆离，掩饰不住内在形态的支离破碎。有的文学理论教材，完全从"纯文学"立场出发来理解文学，以精英化的理论视界来规范文学理论的话语边界，将通俗文学悬置在理论的外围。当这种理论话语遭遇通俗文学、网络文学之时，其阐释必然失效。有的文学理论教材，过于强调意识形态话语的规训统合，缺乏与时俱进的辩证性理论张力，最终蜕变为僵化保守的理论说教。有的文学理论教材，拘泥于本质主义的思维范式，恪守绝对的同一性逻辑与总体性意识，拒绝多元化、差异性，从而使理论本身失去对话、交流与沟通的功能。陶东风指出："我国文学理论教科书的一个非常突出的弊端，是在寻找、建构普遍性文学理论知识的名义下，导致文学理论知识的拼凑性。古今中外的'大综合'几乎是所有文学理论教材的共同'特色'。"① 这种本质主义的思维范式，使大多数文学理论教材致力于追求文学的普遍规律和本质属性，而相对忽视文学理论知识的本土化与历史化的具体性意义建构。受高校教育教学考评机制和人事制度的影响，高校的文学理论教师，整日忙于应付科研课题、发表学术论文、竞聘职称等事情，对文学理论的教学工作相对漠视。教师教学态度的功利化，教学方式的枯燥呆板，导致文学理论教学实践日益走向形式化。就高校学生群体而言，由于他们的文化结构与心理认知图式主要在"后理论"时代形成，感性的、平面化的大众文化与视像文化形态浸润、同化着他们的审美经验，致使其在主体性建构过程中，不自觉地选择世俗轻盈的文化认同与接受范式，进而在无意识结构中产生了对抗、消解理论干预的心理因子。加上高校应试教育的体制性庇护与教师对理论教学的敷衍了事，最终使高校文学理论教学蜕变成高校讲坛的文化表

---

① 陶东风主编：《文学理论基本问题》，北京：北京大学出版社，2004年，第17页。

演。综而论之，在这个"后理论"时代，高校文学理论教学实践正日益陷入僵化、保守的危机与困境之中。陶东风严肃地指出："在大学的文学理论研究与教学中，或者说，在教科书形态的文学理论知识的生产与传播中，文学理论的危机就表现得尤其突出。学生明显地感觉到课堂上的文学理论教学存在严重的知识僵化、脱离实际的弊端，它很难回答现实生活中提出的各种问题，也不能解释学生自己在日常生活中获得的实际的文艺活动与审美经验，从而产生对文学理论课程的厌倦、不满以及消极应付的态度。"① 如果我们不理性正视、深入反思、及时补正，那么，即便有高校教育和学科体制的庇佑，文学理论教学也很难在这个大众消费主义的"后理论"文化时代发挥文学教育的作用。

作为一名高校文学系的文学理论教师，笔者不愿看到文学理论在高校讲坛上被视为"食之无肉、弃之有味"的鸡肋。本着对理论、学科和学生负责的态度，在此对高校文学理论教学工作提出以下几个方面的意见与建议。其一，各教育行政部门、高等院校等教育教学主体，不要对哲学、历史学和文艺学等人文学科怀有偏见与歧视，应充分认识到人文学科对社会主义文化与人文精神建设的巨大作用。应从新文科建设、从塑造全面发展的人才这一战略高度来理性对待人文学科。应加大对人文学科的硬实力与软实力的投入。只有重视人文学科与文学学科的发展，文学理论教学才能得到基本保障。其二，文学理论研究不能仅停留于纯理论领域的阐发幽微，同时也要关注大众消费主义时代的文学创造活动与文学接受活动。文学理论不要总是以高头讲章的形式拒人于千里之外，而是应该学会屈尊纡贵，主动以通俗化的方式介入到文化现实世界之中。文学理论的学术研究应同具体的文化与文学现实结合、统一起来，从而使文学理论的实践性品格获得更好的体现。文学理论应该实现自身理论范式的变革与创新。其三，文学理论学科的建设与发展应充分重视文学理论教材的建设，应注重教材理论性、通俗性、人文性与实践性的高度结合。在编写教材的过程

---

① 陶东风主编：《文学理论基本问题》，北京：北京大学出版社，2004 年，第 3 页。

中，要跳出本质主义思维范式的局限，在多元化与差异性的话语存在中实现理论话语的建设；要注重文学理论知识的本土化与历史化，结合当代文学创作实践和文学消费活动的多元化格局，努力实现文学理论与时俱进的辩证发展。其四，要努力培养一支高素质的文学理论教师队伍。所谓高素质，并不仅仅是指科研水平高，同时还要能真正上好文学理论课。这就要求文学理论教师能跟得上时代的步伐，能在不断的教学实践中更新知识结构，实现理论与实践的统一。文学理论教师要立足于现实，转变教学理念，创新教学方法，从而真正让学生在学习过程中领悟到文学理论的价值和意义。这是笔者从总体上对高校文学理论教学的反思。

　　具体就高校文学理论教学实践而言，笔者认为应该从如下几个方面着手进行改革。首先，文学理论教师应彻底转变教学理念，应打破纯粹的知识传授式的教学模式，由教学主体转变成教学主导，应将文学理论教学活动看成是对学生实行诗性智慧与审美心性培育的重要途径。文学理论应"放弃不切实际的大而全的理论框架的建构，代之以有助于学生诗性智慧启迪的知识的重组"①。其次，文学理论教学理念的转变，意味着教师必须在教学的方式方法上不断探索创新。要变灌输式为疏导式，变填鸭式为启悟式，应充分发挥学生的能动性和主体性，通过建构对话主义的交互式教学模式，让学生在同教师对话、交流、沟通的基础上学习文学理论。再次，教师在具体的教学活动中应充分尊重学生，要采取调查研究的方法，及时捕捉学生对当下文学现象的认知以及他们对文学审美活动的感想与思考，并能针对学生的实际想法，及时调整自己的教学思路、教学计划和教学风格，从而使文学理论教学活动时刻保持活力。最后，文学理论教学应同文学教学、文学写作、美学与美育教育等联系起来，应该在具体感性的审美实践活动中理解文学理论的现实性品格，从而真正引导学生从实践上升到理论的层面。如果没有具体的文学实践作基础，文学理论教学无疑会成为空洞的理论说教，其教学的价值和意义也会大打折扣。

---

　　① 吴春平：《文学理论教学与文艺学学科建设》，《文学评论》，2007 年第 6 期。

总之，在这个大众消费主义文化流行、大理论"宏大叙事"走向式微的"后理论"时代，文学理论所遭遇的危机，已成为不争的事实。文学理论同现实严重脱节，甚至患上了严重的理论自闭症。文学理论教学面临着严峻的考验，学科体制问题、教师素质问题、学生兴趣问题等综合因素，导致高校文学理论教学实践陷入了危机与困境。当然，如果从事文学理论教学的教师能够及时地发现问题，研究对策，进而寻找解决的方案，那么文学理论教学非但不会在这个理论贫乏的时代走向衰落与终结，反而会生成新的理论契机，进而在教学活动中促进理论的反思和建设，最终推动文学理论教育教学水平的提升。

哲学之为教育

——后期维特根斯坦论哲学与教育

张 巧

诚如理查德·普拉特（Richard Pratte）所言，谈起教育哲学，人们联想到的更多是有关社会政治的事务，抛开教育哲学是否应当抛弃哲学而自立门户这些争论，至少教育哲学仍然大量援引柏拉图、亚里士多德、卢梭、康德、杜威、马克思、尼采等"社会哲学家"的观点。而如果将教育哲学与依赖实证逻辑和语言哲学的分析哲学联想在一起，则常常会激起许多反抗之声。或者至少说来，分析哲学的学院式的严苛训练，显得与当代西方实用主义的信条格格不入，而教育以实践作为旗帜，往往拒纯理论于千里之外。①

直到 20 世纪下半叶，这种局面才有所改观。当时出现了许多采取强硬路线的人，认为教育哲学也需如英美哲学受到严格的学术训练。普拉特很好地梳理出分析教育哲学的前后三拨人，然而遗憾的是，在他的叙述中虽然把写《心的概念》的作者赖尔作为其源头，却遗漏了影响力更大的维特根斯坦。显然，维特根斯坦的哲学对人文社会科学的影响是广泛的，不仅仅在哲学内部，还旁涉社会学、心理学、美学、文学，当然教育学也难免受其影响。但是，教育学科对维特根斯坦的哲学的吸收还不够，有学者就抱怨道：很遗憾的是教育哲学对维特根斯坦的理解仍旧非常肤浅，教育学

---

① 陈友松主编，杨之岭等译：《当代西方教育哲学》，北京：教育科学出版社，1982 年，第 207–210 页。

还没能把握到维特根斯坦哲学中映射出的潜力。① 不过，更新近的学者强调了整个分析教育传统中维特根斯坦的强劲影响，怀特（Patricia White）和赫斯特（Paul Hirst）在其《分析传统与教育哲学：历史的分析》中着墨甚多地强调了维特根斯坦前期和后期的两部著作——《逻辑哲学论》和《哲学研究》，对分析教育哲学产生了强大的影响。②

然而，正如罗蒂对后期维特根斯坦的"后分析"（post-analytic）的定位：维特根斯坦不能归于分析教育哲学，而是溢出这个传统之外的。③ 笔者认为，维特根斯坦并不处于传统意义上的大陆和分析哲学的传统之内，因为它们都属于维特根斯坦所批判的传统的形而上学。当然，维特根斯坦并没有发展出任何一套系统性哲学，也就没有发展出一套关于教育的哲学。但是，可以看到，他对教育的关注以及教学的亲身实践，都不可避免对其后期哲学思想产生了强烈影响，而他的哲学的革命同时也辐射到教育学领域。

一、小学教师生涯和后期哲学转向

与许多学院派的教育哲学家不同，维特根斯坦既做过乡村小学教师，从事过最基础的教学，也做过剑桥的教授，他的后期哲学很多时候是通过讲课稿和讲课笔记的形式传递于世的。然而，我们应当说是维特根斯坦的小学教师的经历而非大学教师的经历，在其后期哲学转向中起到更重要的作用。在《哲学研究》中，时时充满教师和年轻的学习者在日常教学中的对话，这和《逻辑哲学论》中那个尽量摆脱自我，以全知全能的视角，不掺杂任何个体经验的逻辑语言的独语者大相径庭。

---

① Paul Smeyers and James D. Marshall, "The Wittgensteinian Frame of Reference and Philosophy of Education at the End of the Twentieth Century", in *Philosophy and Education: Accepting Wittgenstein's Challenge*, eds. Paul Smeyers and James D. Marshall, Kluwer Academic Publishers, 1995, p. 3.

② ［英］帕特里夏·怀特，保罗·赫斯特等：《分析传统与教育哲学：历史的分析》，《教育研究》，2003 年第 9 期。

③ ［美］理查德·罗蒂著，林南译：《实用主义哲学》，上海：上海译文出版社，2009 年。

在前后期维特根斯坦的转变中，一个经历是当兵，另一个经历就是做乡村小学教师。我们很难看到战争以及政治在《哲学研究》中浮现，但其中从一开始到最后都呈现着他作为小学教师的经历。瑞·蒙克（Ray Monk）在其颇有名声的维特根斯坦传记《维特根斯坦传：天才之为责任》中记录了维特根斯坦作为乡村小学教师的这段经历。并且，许多其他描写维特根斯坦的哲学传记也没有遗漏这一点，并且把他后期的哲学方法的起源归结为这段教师生涯。巴特利（William Bartley）就认为，维特根斯坦从事教师职业受到当时格格克尔的"学校改革运动"的强烈召唤，并且认为后期维特根斯坦的哲学与这一改革运动有着强烈关系。因为在维特根斯坦后期的哲学方法中，可以看到其与卡尔·布勒的心理学方法的诸多共同之处。[①] 蒙克的记录似乎更可信。维特根斯坦之所以去做教师，是因为当时他面临着趋于自杀的心理危机，于是接受了伊格尔曼的建议。这种参与完全属于内在的忏悔式参与，而与格格克尔领导的"学校改革运动"没有必然联系。不仅如此，相反，"维特根斯坦自己并不欣然认同这一运动。触发他去当教师的并非'使学生适应民族国家的生活'的观念；这样的社会和政治动机，与他和伊格尔曼共有的根本上的宗教道德，是陌异的。"[②]

因此，尽管维特根斯坦的受训是在学校改革运动的背景下进行，但是维特根斯坦与这样一种国家主义的教育理念格格不入。如果说后期维特根斯坦的哲学方法真的受到这段教师生涯的影响的话，应当是他与孩子们直接接触的教学经验，而不是某种教条理念。正如哈格洛夫（Eugene Hargrove）所说：

"我相信我们能够看到维特根斯坦作为一名教师的时期对《哲学研究》的每一段落的影响，因为这里几乎没有连续的段落不与孩子相关。通过他的后期哲学，维特根斯坦常常支持这样的观点，他正在做的是通过引用对

---

① William Bartley, *Wittgenstein*, Philadelphia：J. B. Lippincott, 1973.

② ［英］瑞·蒙克著，王宇光译：《维特根斯坦传：天才之为责任》，杭州：浙江大学出版社，2011 年。

孩子的亲自的观察。这些观察，都是他做老师时候所做的，并且被用作之后的材料，正如我所看到的，的确在维特根斯坦的著作中产生了真实的影响，但并不是那些在学院中的教师的教条式的教法或者那些学校的改革在他脑海中产生的波动。"①

皮特（Michael A. Peters）和布勒斯（Nicholas C. Burbules）也同意，维特根斯坦对教育理论的影响出于这段经历的激发，正是这段经历促成了他1930年的哲学转变，这并不是说他以任何方式发展出一套教育的理论（educational theories），恰恰相反，他对于任何总体式的理论都深刻怀疑。②在其后期哲学中，他强调语言游戏的变动，强调人们在遵从规则时的不同方式，这些都揭示了语言使用中的许多表面看来相似之处隐藏的多样性。《哲学研究》中有大量生动的例子来说明这一点：

想一下工具箱里的工具：有锤子、钳子、锯子、螺丝刀、胶水盆、胶、钉子、螺丝。——这些东西的功能各不相同；同样，语词的功能也各不相同（它们的功能在这一点那一点上会有相似之处）。（《哲学研究》第11节）③

这就像观看机车驾驶室里的各种手柄。它们看上去都大同小异（自然是这样，因为它们都是要用手抓住来操作的）。但它们一个是曲轴手柄，可以停在各种位置上（它是用来调解阀门开启的大小的）；另一个是离合器的手柄，只有两个有效位置，或离或合；第三个是刹车闸的手柄，拉得越猛，车刹得就越猛；第四个是气泵的手柄，只有在来回拉动的时候才起

---

① Michael A. Peters, Nicholas C. Burbules and Paul Smeyers, *Showing and Doing：Wittgenstein as a Pedagogical*, Boulder and London：Paradigm Publishers, 2008, p. 5.

② Michael A. Peters, Nicholas C. Burbules and Paul Smeyers, *Showing and Doing：Wittgenstein as a Pedagogical*, Boulder and London：Paradigm Publishers, 2008, pp. 5 - 6.

③ ［英］维特根斯坦著，陈嘉映译：《哲学研究》，上海：上海人民出版社，2005年，第9页。

作用。(《哲学研究》第 12 节)①

　　这些生动的比喻，完全有别于他在《逻辑哲学论》时期的高度抽象，而是来自日常生活。可想而知，从士兵到乡村教师，维特根斯坦都没有把自己的位置局限在学院派之中，而是植根于生活，正是这些丰富的生活经验，促使了后期维特根斯坦的转变。同时，从某种意义上说，后期哲学也属于某种"教育转向"（pedagogical turn）。而在卡维尔（Stanley Cavell）的读解中，维特根斯坦后期的"治疗哲学"应被视为"成人教育"（education for grow-ups）。

二、自我教育与治疗幻觉

　　在斯坦利·卡维尔的叙述中，维特根斯坦的后期哲学可以视为一个现代性个体追寻自我的旅程。卡维尔非同寻常的解释来自他并非试图把维特根斯坦的《哲学研究》作为一个待解释的对象，从中抽取出细碎的关于语言哲学的总体式观点，而是将自我主体放置其中："我提出问题的方式是，认为维特根斯坦的《哲学研究》对我来说不仅是阐释的对象，而且是阐释的方式。"② 对于卡维尔来说，后期维特根斯坦和他的前辈柏拉图、康德在某种程度上都分享着同样的问题：人类主体的自我挫败（self-defeat）。人类的理性总是承受着自我怀疑的命运，不断反问自己那些不可忽视又无法回答的问题，我们的理智的界线到底在何处。③ 因此《哲学研究》的中心

---

　　① ［英］维特根斯坦著，陈嘉映译：《哲学研究》，上海：上海人民出版社，2005 年，第 9 页。

　　② Stanley Cavell，"Introductory Note to 'The *Investigations*' Everyday Aesthetics of Itself'，" in John Gibson and Wolfgang Heumer（eds.），*The Literary Wittgenstein*，London：Routledge，2004，p. 18.

　　③ Stanley Cavell，"Introductory Note to 'The *Investigations*' Everyday Aesthetics of Itself'，" in John Gibson and Wolfgang Heumer（eds.），*TheLiteraryWittgenstein*，London：Routledge，2004，pp. 17 – 18.

问题被卡维尔归结为第 123 节:"哲学问题具有这样的形式:'我找不到北'。"① 在卡维尔看来,维特根斯坦围绕着这样的哲学困惑,提出新的探究哲学的方法——综观(perspicuous),而这种方法和世界观联系在一起:"综观式的表现这个概念对我们有根本性的意义。它标志着我们的表现形式,表示着我们看待事物的方式。"(这是一种世界观吗?)② 卡维尔将维特根斯坦的工作和爱默生(Emerson)的工作相媲美,认为他们同样在哲学工作中体现了某种"自我教育":"如同爱默生在《论自助》中所说的:'性格的教育作用远在人们的意志之上。人们总以为他们仅仅通过外部行为来传达他们的善与恶,殊不知善或恶每时每刻都在散发着一种气息。'"③

借由卡维尔的叙述,我们的确可以发现,维特根斯坦的《哲学研究》并不是某种哲学体系的建筑,而是某种试图抵御自我迷失的写作。《哲学研究》可以容纳职业哲学家的需求,比如分析哲学家关心的话题也可以在其中找到,诸如意义、理解、命题、逻辑等,然而这些主题却不是可以单独脱离其上下文语境的。也就是说,维特根斯坦旨在消解围绕在这些形而上学主题中产生的困惑。因此,在《哲学研究》中,哲学的问题总是伴随着这个自我如何在这些理智的困惑中挣扎并寻求摆脱的过程:

我们要前行;所以我们需要摩擦。回到粗糙的地面上来吧!(《哲学研究》第 107 节)④

一幅图画囚禁了我们。我们逃不脱它,因为它在我们的语言之中,而

---

① [英]维特根斯坦著,陈嘉映译:《哲学研究》,上海:上海人民出版社,2005 年,第 58 页。

② [英]维特根斯坦著,陈嘉映译:《哲学研究》,上海:上海人民出版社,2005 年,第 58 页。

③ Stanley Cavell, "The *Investigations'* Everyday Aesthetics of Itself," in John Gibson and Wolfgang Heumer(eds.), *The Literary Wittgenstein*, London: Routledge, 2004, p. 21.

④ [英]维特根斯坦著,陈嘉映译:《哲学研究》,上海:上海人民出版社,2005 年,第 54 页。

语言似乎不断向我们重复它。(《哲学研究》第115节)①

哲学的成果是揭示出这样那样的十足的胡话，揭示我们的理解撞上了语言的界限撞出的肿块。这些肿块让我们认识到揭示工作的价值。(《哲学研究》第119节)②

你的哲学目标是什么？——给苍蝇指出飞出捕蝇瓶的出路。(《哲学研究》第309节)③

对于维特根斯坦来说，语言的误用实质上造成了自我的迷乱，而这种迷乱在哲学中尤甚。传统的形而上学总是渴望依靠一幅认识论的强制性的图画，在知识中建立一种超级秩序。这种认识论实际上来自一种彼岸的世界观，从而对理想、真理、本质、逻辑等深层结构产生迷恋。我们总是会渴求思想的本质、先验的秩序，渴求能把握加诸变动不居的经验以先验图式，似乎它们就可以带来某种确定性。然而，维特根斯坦指出这不过是一种幻觉："我们有一种幻觉，好像我们的探索中特殊的、深刻的、对我们而言具有本质性的东西，在于试图抓住语言的无可与之相比的本质。"④ 紧接着，维特根斯坦指出，像是句子、语词、推理、真理、经验等概念，实际不过是形而上学制造的超级大词，而所谓深层结构是一种超级秩序。实际上，这些有意要脱掉经验的大词却不可能脱掉经验，因为它们总是产于日常语言。"其实，只要'语言''经验''世界'这些词有用处，它们的

---

① ［英］维特根斯坦著，陈嘉映译：《哲学研究》，上海：上海人民出版社，2005年，第56页。

② ［英］维特根斯坦著，陈嘉映译：《哲学研究》，上海：上海人民出版社，2005年，第57页。

③ ［英］维特根斯坦著，陈嘉映译：《哲学研究》，上海：上海人民出版社，2005年，第120页。

④ ［英］维特根斯坦著，陈嘉映译：《哲学研究》，上海：上海人民出版社，2005年，第52页。

用处一定像'桌子''灯''门'这些词一样卑微。"①

　　因此，整个后期维特根斯坦的日常语言转向，实际上与某种"自我治疗"有关，语言的误用带来了"哲学疾病"，因此维特根斯坦的后期哲学可以视为"治疗哲学"。只有通过不断地澄清这些出于语言误用的迷乱，通过追求维特根斯坦所说的"清晰"，通过消解哲学问题，自我才可能得以复归。哲学因此是其自我教育和治疗的一种方式和手段，通过新的哲学方式的发现，自我得以从折磨中解脱：

　　我们所追求的清晰当然是一种完全的清晰。而这只是说：哲学问题应当完全消失。

　　真正的发现是这一发现——它使我能够做到只要我愿意我就可以打断哲学研究——这种发现给哲学以安宁，从而它不再为那些使哲学自身的存在成为疑问的问题所折磨。(《哲学研究》第 133 节)②

　　彼得斯（Michael A. Peters）认为，维特根斯坦的哲学面容总是带有列维纳斯式的"他异性"（alien）的特征，因此其本质是作为犹太人的自我流亡（exiles）、闲逛和陌生人的角色。因此，他显得与他所处的文化格格不入，并且不能归于任何流派。显然，无论是维也纳学派还是剑桥的学术圈，他都有种根本的疏离。③ 维特根斯坦对于人性之病和时代病有着深深的洞察，因此"忏悔"常常属于他生活的一部分："忏悔必须成为新生活的一部分。"④ 这种"他者"的形象常常被人误解为哲学的叛逆。但是，我们也可以将维特根斯坦追寻自我的过程，视为哲学的浴火重生。他将哲学

---

　　① ［英］维特根斯坦著，陈嘉映译：《哲学研究》，上海：上海人民出版社，2005 年，第 52 页。

　　② ［英］维特根斯坦著，陈嘉映译：《哲学研究》，上海：上海人民出版社，2005 年，第 60 页。

　　③ Michael A. Peters, "Wittgenstein as Exile: A Philosophical Topography", in *Showing and Doing: Wittgenstein as a Pedagogical*, Boulder and London: Paradigm Publishers, 2008, pp. 16-18.

　　④ ［英］维特根斯坦著，黄正东、唐少杰译：《文化和价值》，南京：译林出版社，2014 年，第 24 页。

重新引入到自我和本性的关注，并通过继承古希腊式的哲学教育，完成对人性的重塑。

三、儿童教学与哲学主题

1. 儿童如何学会识字：对"指物识字法"的批判与"语言游戏"的提出

我们所熟悉的《哲学研究》开篇对奥古斯丁勾勒的人类语言本质的图画的批判，实际上有赖于回归到儿童最初学习语言的语境中的行为样式，而这些细致的刻画，跟维特根斯坦长期对儿童观察并与其交流密不可分。在奥古斯丁的语言图画中，孩子学会语言是通过"指物识字"："教师用手指着对象，把孩子的注意力引向这些对象，同时说出一个词。"① 指物识字法有赖于在词与物之间建立一种联想式的联系，就像我们看到成年人在教儿童识字是常常用"字"的卡片与实物或者实物的卡片联系起来那样。因此，人们便推测，通过"指物识字"的训练，儿童再次听到或看到字词时，心中便涌起事物的图画。这样的语言观乃是观念观的表现，尤其在洛克的语言版本中得到典型显现："通用字眼可以立刻刺激起观念来——关于字眼我们还可以作进一层的研究。第一，字眼既然直接标记人的观念，并且因为能成为传达观念的工具，使人们互相表示自己胸中的思想和想象，因此，因为恒常惯用之故，一些声音同它们所代表的观念之间，便发生强固的联系，使人们一听到那些名称，就会立刻生起那些观念来，好像产生它们的物象真正触动了自己的感官似的。"② 显然，洛克的语言观是工具语言观，即字词无论如何都只能再现观念，是事物与观念之间的中介。

维特根斯坦承认，这样的指物识字法的确有助于我们理解语词，但能不能说这从根本上决定了我们对语词的理解呢？也就是说，我们学会语词

---

① ［英］维特根斯坦著，陈嘉映译：《哲学研究》，上海：上海人民出版社，2005 年，第 6 页。
② ［英］约翰·洛克著，关文运译：《人类理解论》，北京：商务印书馆，1959 年，第 388 页。

是不是靠一个一个地去下定义，贴标签呢？显然，在实际的教学过程中，除了"指物"还有其他许多因素为我们所忽略。尤其是，指物识字法不能教儿童学会非实体性的名词和其他词性。维特根斯坦提示我们，儿童学习语言并非靠定义，而是靠一系列的训练，用他的话说就是做各种各样的"语言游戏"：

> 我将把这些游戏称为"语言游戏"；我有时说到某种原始语言，也把它称作语言游戏。
>
> 说出石头的名称，跟着别人说的念，这些也可以称作语言游戏。想一想跳圈圈游戏时用到的好多话吧。
>
> 我还将把语言和活动——那些和语言编织成一片的活动——所组成的整体称作"语言游戏"。（《哲学研究》第7节）①

维特根斯坦指出，奥古斯丁的语言游戏只是我们使用话语过程中儿童学习母语的诸多游戏之一。但除此之外还有各式各样的语言游戏，在不同的情境中，我们总是做着不同的语言游戏。比如怎样指出"这儿""那儿"是个什么东西呢？我们不仅在学习的时候会指着某个不确切之处，在使用时也会有相同的姿势。那我们又怎样学会国际标准"米"呢？"米"是可以加诸事物的属性吗？显然不是。这只是一种特别的使用米的尺度的语言游戏。那么，我们又如何学会认识颜色呢？颜色并不是可以拿出来的块状实体，儿童总是在不断地使用色样比对色样的语言游戏中学会识别颜色的。

因此，指物识字还只是儿童学习语言的非常狭窄的一部分，也可以说，还只是为语言作了某种准备。就好比指着象棋里的王对一个人说："这是王"，我们在心中涌现出这颗棋子的模样。这就好像我们听到语词，涌现出事物的模样。但是，真正说来，只有当学习者已经知道这颗棋子在

---

① ［英］维特根斯坦著，陈嘉映译：《哲学研究》，上海：上海人民出版社，2005年，第6页。

棋盘里的走法，我们说"这是王"才有意义。相类似，只有在这个语境中适切地使用语词，我们才可以说儿童理解了语词。这就好比"我把条钢系在杠杆上，就成了制动闸。——是的，如果已经有了机械装置的所有其他部分。只有和整个机械连在一起它才是个制动杠杆；从支撑它的机械上拆下来，它就连个杠杆都不是了；它什么都可以是，或什么都不是。"①

2. 儿童如何学会做算术：对心灵机制的批判与遵从规则的提出

在《哲学研究》中，教儿童学算术的实例成为维特根斯坦的"遵从规则"概念的来源。在第 143 节中，维特根斯坦首次刻画了一个教学生做算术的小学教师形象。这些看起来普通而平凡的教学实践，却成为后期维特根斯坦最有价值的哲学成果：理解即是做正确，即是遵从如此这般的规则等。在这一节中，维特根斯坦对教学过程的刻画是细致的：

现在我们来考察下面这样一种语言游戏：B 应根据 A 的命令按照某种特定的规律写下一系列符号。

其中的第一个系列，是十进位自然数系列。——他是怎样学会理解这个进位法的？——先把这个数目系列给他写下来，督促他跟着写。……起初我们可以手把手教他抄写从 0 到 9 的系列；但唯当他独立地写下去，才可能说他的理解和我们一致。②

紧跟着维特根斯坦描述了学生的"出错"，要么是词序不对，要么是没规律。当然，还会出现所谓的"系统的错误"。"例如，他抄下的是隔位数字，或把 0，1，2，3，4，5，……这个系列抄成：1，0，3，2，5，4，……这时我们几乎想说他把我们理解错了。"③ 此时我们会说"学生的学习能力在这里可能中止"这样的话。维特根斯坦发出疑问，说"中止"

---

① ［英］维特根斯坦著，陈嘉映译：《哲学研究》，上海：上海人民出版社，2005 年，第 6 页。

② ［英］维特根斯坦著，陈嘉映译：《哲学研究》，上海：上海人民出版社，2005 年，第 66 页。

③ ［英］维特根斯坦著，陈嘉映译：《哲学研究》，上海：上海人民出版社，2005 年，第 66 - 67 页。

是什么意思呢？似乎已经有一幅精神的图画摆在他面前，而他接受了这幅图画。现在却倾向于做出改变吗？

维特根斯坦指出，这当然就是传统经验论哲学的那种观点：理解是一种直观的把握。在第 185 节中，维特根斯坦再度考察了第 143 节中的例子。此时，维特根斯坦指出，根据通行的标准，学生掌握了基数的系列。于是我们教给他另一个系列，根据"＋n"这种形式写下 0，n，2n，3n 等形式的系列。当我们让学生做"＋2"这个命令时，在 1000 以内学生确实完全掌握了。然而到了 1000 以上，他却写下了 1000，1004，1008，1012。无论怎么提醒，学生都充满困惑。因此，我们需要探究，怎样才算是掌握了这个系列，也就是说，怎样才算是同教师给出的命令相符。

传统的符合论会解释，在我们做加法时，我们动用了直观（intuition）。比如康德在《纯粹理性批判》中写道：1＋1＝2 这个算术式里，1 和 1 通过直观综合得到 2。他认为，数学的判断全是综合的。① 或者说，当我们考虑到"相符合"时，我们在每一点都刻画出一个深刻的决定。然而，维特根斯坦揭示出，这种想法不过是出于这样一种强制的精神图画的诱惑：

在此我首先要说：你先前的想法是，命令里的那个意思已经以自己的方式完成了所有的步骤：就仿佛你的心靠着意谓飞到前面，在你借助这样或那样的有形方式完成那些步骤之前已经先行完成了所有步骤。

于是你曾倾向于这样表达："即使我还不曾在笔头上、口头上或思想上完成这些步骤，它们真正说来已经完成了。"仿佛它们以某种独特的方式事先决定好了，预计好了——就像说单单意谓就能够对现实作好预计。（《哲学研究》第 188 节）②

---

① ［德］康德著，李秋零译注：《纯粹理性批判》（注释本），北京：中国人民大学出版社，2011 年，第 38－40 页。

② ［英］维特根斯坦著，陈嘉映译：《哲学研究》，上海：上海人民出版社，2005 年，第 88 页。

　　传统的形而上学总会预设一种心灵机制，似乎理解就意味着内心充盈的自得。维特根斯坦揭示出这种心理上的诱惑："我们似乎可以一下子抓住这个词的全部用法。"① 然而，这样的事实却在于，我们无从向自己和他人传达那种完美的内在状态。可是，"你没有这个超级事实的范本，却被引诱去使用一个超级表达式。（我们可以称之为哲学的最高级）"②

　　人们总是把理解作为某种心灵媒介，但是维特根斯坦从教学中发现，儿童并非如此学会算术。怎样才算学会算术呢？学会是一种内心状态吗？还是别的什么？维特根斯坦指出，学会就是"做正确"，能够继续下去了。这里面没有神秘的内在因素，而是对教师所教授的算术规则的遵从。

　　维特根斯坦指出，遵从规则是一种实践，它并不存在于内在心灵状态之中，不是想而是做。何谓学会算术？即是从遵从算术规则或者违反算术规则中体现出来。教师教授的时候，不仅仅是解释什么叫"合乎规则"，而且也通过一例又一例的教学实践来让学生练习。因此，维特根斯坦记录到：

　　教他的时候，我就会指给他看一样的颜色，一样的长度，一样的形状，会让他指出这类东西，作出这类东西，等等。我会指导他，让他在听到相应的命令后"照原样"把某些装饰图案继续画下去。——也指导他把一些级数展开。……

　　我示范，他跟着我的样子做；我通过同意、反对、期待、鼓励等各种表现来影响他。我让他做下去，让他停下来；等等。(《哲学研究》第208节)③

────────────

　　① ［英］维特根斯坦著，陈嘉映译：《哲学研究》，上海：上海人民出版社，2005年，第89页。

　　② ［英］维特根斯坦著，陈嘉映译：《哲学研究》，上海：上海人民出版社，2005年，第89页。

　　③ ［英］维特根斯坦著，陈嘉映译：《哲学研究》，上海：上海人民出版社，2005年，第96页。

四、教育实践与生活形式

维特根斯坦和杜威都强调了经验的实践对于儿童学习的重要性，但维特根斯坦的教学观念与杜威的十分不同，杜威是基于反对传统的"灌输式"教学的理由反对训练的①。他十分强调教学中学生对训练的服从。特别是在语言习得中，维特根斯坦认为主要是基于教师的训练而非对词语解释或下定义。也就是说，在最原初的语言习得中，能否掌握一门语言主要取决于能否遵从语言的规则。这不仅仅意味着服从教师的主观意愿，也不是对哪一个小团体意见的遵从，而是意味着对整个文化建制的遵从，用维特根斯坦的话来说就是对共同形成的生活形式的遵从：

"那么你是说，人们的一致决定什么是对，什么是错?"——人们所说的内容有对有错；就所用的语言来说，人们是一致的。这不是意见的一致，而是生活形式的一致。(《哲学研究》第241节)②

语言的习得与我们生存的基本面息息相关。在维特根斯坦看来，语言不仅是工具性的，而且是本体的。也就是说，人和动物的区分在于，人会说话而动物不会。能够使用语言来进行表达和沟通，是人性的内在构成部分。语言编织在我们的行为举止之中，构成了我们生活的最基本的层面："'语言游戏'这个用语在这里是要强调，用语言来说话是某种行为举止的一部分，或某种生活形式的一部分。"③

---

① ［美］杜威著，赵祥麟、王承绪编译：《杜威教育论著选》，1981年，上海：华东师范大学出版社，第357–359页。

② ［英］维特根斯坦著，陈嘉映译：《哲学研究》，上海：上海人民出版社，2005年，第102页。

③ ［英］维特根斯坦著，陈嘉映译：《哲学研究》，上海：上海人民出版社，2005年，第15页。

对内在心灵机制的反对和对遵从规则的强调，也体现了维特根斯坦对人类本性的社会性的强调。由此，生活形式的概念将维特根斯坦式教育推向更广阔的文化建制层面，而这对法国社会学家布迪厄对教育的论述发挥着深远的影响。①

和布迪厄相对文化专断性的强调相类似，维特根斯坦认为规则总是具有强制性。因此，掌握一个规则既不意味着私人的规则也不意味着对规则进行解释：因此"遵从规则"是一种实践。以为自己在遵从规则并不是遵从规则。因此不可能"私自"遵从规则：否则以为自己在遵从规则就同遵从规则是一回事了。② 维特根斯坦把遵从规则类比为服从命令。这当然不是说个体没有能动性和自由选择，而是在更为基础的层面，强调我们总是不加反思地生活在共同体中。也就是说，维特根斯坦是在规范性的层面上论述遵从规则的盲目性的。

在教与学中，维特根斯坦更强调的是"学"，即学生是否能理解和把握。理解的关键至关重要，它并不是内在心灵的刻画，去寻找根据，而是直接去实践。因此，学生如何学会数列，并不在于直观和下决心，而在于拿起笔来，不假思索地做得又快又好。因此，维特根斯坦又常常把理解比作掌握技术。对于他来说，沉思和反思并不是值得提倡的好的学习模式，因为那会阻碍行动。

值得注意的是，维特根斯坦的遵从规则和通常的理解并不一样，"遵从"和"规则"之间并不是外在关系，而是内在关系，因此并不存在摆在眼前的那条规则等着我们去遵从。切不可把"规则"理解为先前我们所批判的强制性的心灵图画。维特根斯坦有个绝妙的比喻来阐明他的观点：

我们不感到总要等着规则点头示意（面授机宜）。正相反。我们并不

---

① 朱国华：《文化再生产与社会再生产——图绘布迪厄教育社会学》，《华东师范大学学报》（哲学社会科学版），2015 年第 5 期。

② ［英］维特根斯坦著，陈嘉映译：《哲学研究》，上海：上海人民出版社，2005 年，第96 页。

眼巴巴地等着规则又要告诉我们些什么；它始终告诉我们同样的东西，我们就照它告诉我们的去做。

我们对接受训练的人说："你看，我始终是这样做的；我……"①

维特根斯坦的教学实践始终用于消解哲学问题，而这与他对所处的时代的病症思考相关。他认为我们的时代总是习惯性地去沉迷于一种深层的逻辑，这种逻辑太过清洁，而抹杀了生活本身的鲜活性。消除这种病症本身就能建立一种新的思考方式和生活方式。他在《文化和价值》中说："一旦新的思想方式被建立起来，许多旧的问题就会消失。确实，这些问题会变得难以理解。因为这些问题与我们表达我们自己的方式一同发展。如果我们自己选择了一种新的表达方式，这些旧的问题就会与旧的外衣一同被遗弃。"② 因此，无论是教育还是哲学，这些都最终归于维特根斯坦对一种新的生活形式的重建。因此，作为教化的哲学，本身也是要将未来的人引入一种更健全的生活形式之中。

五、结语

首先，维特根斯坦的小学教师的经历促成了他前期到后期的哲学风格的转变，可以说，正是和儿童的直接交流使得他改变了原来的语言观。其次，维特根斯坦应当被视为一个不断进行自我教育的现代性的个体，他的哲学工作本身是其生活的一部分，其目的在于治疗理性的自我挫败。再次，维特根斯坦把他的教学经历书写到《哲学研究》中，发展出其后期哲学最重要的概念：语言游戏、遵从规则、生活形式等。相对应的，这些新的哲学概念也促进了教育观念的革新。正如研究维特根斯坦的专家哈克

---

① ［英］维特根斯坦著，陈嘉映译：《哲学研究》，上海：上海人民出版社，2005年，第99页。
② ［英］维特根斯坦著，黄正东、唐少杰译：《文化和价值》，南京：译林出版社，2014年，第67页。

（P. M. S. Hacker）所强调的，维特根斯坦的哲学从根本上说是一种人类学，探究的是人之本性（human nature）。① 因此，我认为可以将维特根斯坦的哲学视为一种教育的手段，如何成为一个良好健全的人，包括克服理性的怀疑，达到自我的确信等，这才是他的目的。

［本文原载于《北京理工大学学报》（社会科学版），2016 年第 6 期］

---

① P. M. S. Hacker, *Wittgenstein on Human Nature*, Phoenix：A Division of the Orion Publishing Group Ltd, 1997.

关于"文学概论"课程教学的思考

段吉方

"文学概论"课程是汉语言文学专业的必修课程,该课程旨在使学生初步掌握文艺理论的基本概念、基本观点和有关文学创作、文学鉴赏和批评的基本知识,培养学生正确分析文学作品和文学现象的能力,并为学习其他相关课程打下一定的理论基础。"文学概论"课程向来是中文系课程体系中的重要课程,对于刚刚踏入大学殿堂开始接触中文系课程的大学低年级学生来说有着非常重要的作用,这门课程对他们理解文学作品和文学现象、把握文学的特征和意义、培养理论的和逻辑的思维方式有很大的帮助,也对大学中文系课程体系中的其他课程的教学有所裨益。目前,在大学中文专业的课程教学中,无论是组织教学的教学单位,还是担任具体教学实践的专任教师都非常重视这门课程,时常关注在这门课程的教学中出现的问题,并不断摸索能进一步适应当前文化发展和知识更新过程、进一步贴近学生现实的教学方法和教学模式。近几年来该课程的专任教师都发现,基于各方面的原因,"文学概论"课程虽然重要,但上好一堂文学概论课其实非常困难。笔者正是带着这样的问题,希望能结合自己的教学体会,对文学概论课的教学提出自己的看法。

一、为什么上好一堂文学概论课不容易

作为中文系的主干课程之一,"文学概论"课程在"教"与"学"的

过程中都存在着很大的困难，课难上，教师感到很困惑，"上好一堂文学概论课"成了一个难题；课难学，课难考，学生更感到头疼。对于这个问题我们应该认真分析，之所以有这样的困境出现，与以下几个因素是分不开的。

1. "文学概论"课程的性质与特征导致学生接受上的困难

"文学概论"是一门理论课，它的课程形态是对文学现象的总结与概括，特征是抽象的逻辑思维和感性的形象思维相结合，密切关注时代文化的发展变化和文学经验的现实特征，力图对不同时代中的文学问题做出与时俱进的解释。同时，由于历代文学实践的发展和理论家的努力，它又有着自己相对自足的体系，有着相对明确固定的理论概念和理论语言，体现了鲜明的实践性。"文学概论"课程的这一特征，要求学生在学习这门课程的时候，具备基本的理论常识，要对文学史的基本事实和文学实践的基本现象有感性的认识，同时，还要求学生具备基本的抽象思维能力，也就是说，这门课程的性质和特征决定了学生学习这门课程时要具备基本的知识基础。但是，笔者在教学中发现，这基本上是一个难题。目前在一般的大学中文系，文学概论课都是在大学一年级开设，而由于目前多种因素的影响，有的一年级学生知识结构比较单一，抽象思维能力较弱，这就形成了一个很难把握的局面，也就是在教学过程中，这门课程在知识储备上的要求与学生的接受能力之间存在着较大的差距，从而导致贯彻教学目的变得很困难。笔者在教学过程中，经常会遇到这样的尴尬局面——学生缺乏基本的文学常识和文学阅读经验，在讲授具体的文学理论问题时，比如文学典型问题、文学形象问题、文学批评问题，经常会碰到理论与实践难以统一的状况。理论问题的讲解过程是完成了，但是学生缺乏文学经验，理论问题的消化还难以达到理想的效果，课堂教学的效果也不佳。

2. 传统教学模式使学生的学习兴趣受到了很大的影响，从而导致厌学情绪

文学概论课的教学长期以来在传统的教学模式中徘徊，这是影响教学效果的一个非常重要的因素，如果说，"文学概论"课程的性质与特征所

导致的学生接受上的困难是影响该课程教学效果的客观原因的话，那么，说到教学模式这个问题，专任教师们恐怕要从自身的教学上找找原因了。目前的窘境是，陈陈相因的教学内容和因循守旧的教学方法使得"文学概论"成了大学中文系的学生最难学的课程之一。在当代社会的发展变化过程中，学生们的心理结构和思想意识都发生了很大的变化，学生们渴望在文学课堂上获得更加生动直观的知识经验。而我们目前的文学概论课堂的教学基本上还是以"填鸭式"的教学方法为主，即便是采用多媒体手段教学，但在具体的教学环节上，传统的教学模式还是占了很大的比重，再加上课程的性质和特征本身有较高的要求，学生在文学概论课堂上感到枯燥烦闷就可以理解了。我们不得不承认，这是导致"上好一堂文学概论课"是一个难题的重要因素之一。

3. 教材内容囊括的深度与广度给学生学习带来困难

在文学概论课堂上，学生们普遍反映的一个问题是教材太难。这个问题要从两方面来看，一方面是这门课程的性质与特点要求教材在知识内容上要囊括较多的方面，这是不争的事实；另一方面，从教材写作来看，有的教材也确实存在着体系性与形象性、逻辑性与实践性、理性思考与感性启发上的诸多矛盾。从笔者从事文学概论课的教学体会来看，90%的学生都反映看不懂教材。笔者曾经给学生介绍了几本不同编者撰写的文学概论教材，学生们经过比较阅读反馈回来的一个信息是，这些教材其实大同小异。学生期望能阅读到适合他们的知识能力、能够深入浅出地表述文学理论问题的教材。笔者认为，在这方面，我们的专任教师也责无旁贷，重视教材建设，应该给学生一个合适的教学参考，这样，"教"与"学"就会更加顺利。

二、如何上好一堂文学概论课

"上好一堂文学概论课"是个难题，有些问题不是一时半会就能解决的，比如"文学概论"课程的性质特征与学生接受困难的问题，比如教材编写的理念与教学写作的观念问题。但笔者认为，讲授文学概论课的专任教师仍然要多从自身的教学过程找原因，争取在克服问题中寻找合适的教学方法，上好一堂文学概论课。

1. 上好第一堂课

笔者刚参加教学工作时，很多老教师曾传授经验，说第一堂课最难上，也最重要。从笔者的教学实践来看，的确是这样。文学概论课的第一堂课不能是务虚课，不能仅是讲讲教学重点、学习方法和要求等。对于对文学理论问题一片空白的学生来说，第一堂课应该让他们知道为什么要学习文学理论？文学理论在知识形态和价值属性上有哪些问题与特征？这不仅仅是培养学生兴趣的问题，而是培养学生对上好这门课的信心，避免产生疑虑和焦虑，为以后的教学打下良好的基础。

2. 课堂教学模式和教学手段要更新

课堂教学模式和教学手段是我们不能回避的问题。文学理论与文学史、文化史、思想史、哲学等学科密切相关，而在这些学科的积淀中，有丰富多彩的感性材料。在文学概论课的教学中，专任教师要充分重视这些感性材料，同时辅以先进的教学手段，如教学软件、电子视频、网络技术等，尽量给学生以感性的启发，发挥学生的主动性，激发兴趣，避免学习的被动局面。目前，大学教学多以多媒体为教学手段，但在面授时，也要避免多媒体教学形式化，要真正把这些先进的手段引入教学过程。

3. 利用网络资源重视课堂教学的延续

笔者在教学中发现，很多学生虽然文学知识储备还不够丰富，但具备了自学的能力，因此，在文学概论的课堂上，应该充分发挥学生的自学能力，引导学生多读多看，深入体验文学世界，获得直接的文学体验。这样，我们从事文学概论课的教学，就不应该认为上完课就万事大吉，还应该重视课堂教学的延续。在文学概论课堂上，引导学生利用当下的文学资源，结合课堂内容，甚至督促学生学好中文系其他主干课程，这对学生理解和接受文学理论知识大有裨益。也就是说，上好一堂文学概论课，也要重视学生课外学习与阅读的引导与辅导。

4. 更新教材观念及时指导学生合理使用教材

在文学概论课堂上，学生普遍反映教材较难，这是一个重要的问题。教材难是一个客观的因素，但专任教师也应该积极从自身寻找原因，应该考虑如何引导学生合理使用教材，积极阅读相关参考书，从而避免这个难题。在文学概论的教学中，我们应该更新教材观念，从教、学、考三个方面考虑这门学科的特性，特别是要考虑当代社会的信息与文化传播的背景，在教学中不能只抱定一本教材，照本宣科，而应该引导学生合理使用教材，在教材的知识体系和理论框架下加强阅读体验，这样或许可以避免因教材问题带来的教学上的难题。

5. 注重理论素质培养人文精神

文学概论课虽然以文学理论问题作为授课内容，但牵涉的面实际上是比较广的，综合性也比较强，需要学生适当结合多学科知识融会贯通。一堂好的文学概论课，不仅仅是向学生传授基本的文学理论知识，也不仅仅是让学生在知识论层面上有所收获，还应该让学生的思想世界有所丰富，人生体验和精神修养有所提高。一堂好的文学概论课应该在满足学生求知欲的同时带领他们进入美的境界，获得思想的启迪。因此，上好一堂文学概论课，知识的传授固然重要，培养学生的理论素质和人文精神也非常关键。文学概论课不但应该成为学生学习文学理论知识的殿堂，更应该成为学生获得人生体验提升人生境的阶梯。

在今天，"文学概论"课程教学与研究都处在文化转型的大时代，文学概论课的教、学、考的难题应该引起我们的关注和重视。我们应该从转变教学观念、更新教学模式、明确教学目标、加强教材建设和改革教学手段等方面入手，努力改变当下文学概论课堂教学的难题，让文学概论课堂在大学中文系学生的成长中发挥更大的作用。

新媒体时代如何走出"文学概论"
课程教学的困境

黄华军

　　自20世纪初以来很长一段时间里，文学艺术在中国社会中一直扮演着重要的角色，被当作启蒙的良药、救亡的武器、群治的法宝；文坛创作活跃、学界评介热情、读者人数众多。在物质相对贫乏的年代滋养了很多读者的精神生活，20世纪80年代甚至被认为文学曾经发生过"轰动效应"，文学理论的讨论和推介形成热潮，文学理论的概念术语也成为一种文化时尚和思想深刻的象征。在这种形势下，高校的中文专业备受欢迎，文学理论课程也得到学生的宠爱。然而到了今天，文学的地位已无法避免地旁落。

　　在新媒体时代，影视艺术取代了大部分小说的叙事，流行歌曲取代了一部分诗歌的抒情，人们对文学的兴趣和热情已不如当年，就算高校中文专业的学生，也未必对文学抱持极大的热情。对文学作品尚且如此，对"灰色"和晦涩的文学理论，更是没多大兴趣。学生学习"文学概论"多少有点被动的色彩，因其"必修"的性质，以及它作为专业知识体系的一个部分而不得不去掌握。这也是高校中大部分基础理论课的共同命运，这在一定程度上与时代对理论的热情降低，以及理论教学自身存在的种种困难相关。教学相长，教研结合，是对高校教师的要求，也是一种愿望。但现实往往是，"学"（学生）方面兴趣不大，"教"（教师）方面新意不多；而要真正做到理论研究和理论教学相结合似乎也并不容易，尤其是在本科教学中。理论教学是个传达、讲解理论知识的过程，而在学生的理论储备和感性体验都比较不足的情况下，要教授各种基本原理、各家各派古今中外的思想和理论，除非有绝好的演讲才能，否则教师在台上口干舌燥而学生昏昏欲睡似是在所难免。再者，理论要真正说服人也要求理论自身的成熟和彻底，这往往也是大师的思想，而很多时候教师作为理论研究者，自己对相关问题尚处于探讨、思考、迷惑之中，而要生动通透、深入浅出地讲授，谈何容易，而且深刻的理论往往是难以用语言表达出来的，更不用说要用课堂语言来传达。

如何克服理论教学存在的困难，而不让课堂变成教师自己都觉得无趣的独白，笔者在"文学概论"课程中努力做了几点尝试，不揣浅陋与同行分享。

一、在教学中引入"问题意识"

所谓"问题意识"，原是指在科学或理论研究中，有善于发现问题、提出问题并积极探讨答案的一种能力和意识。自觉、敏锐的问题意识不仅有助于发现问题，而且能让研究者置身于一种和他人、生活交流沟通的状态。若能在理论教学中也培养和锻炼学生的问题意识，至少可以改变只是向学生灌输各种概念、理论知识的教学方式，更多地激发学生思考问题的兴趣，让课堂变成一个学生与教师，与历史上的大师、思想家，以及与我们的现实生活对话交流的过程。如果能在讲授理论时引入生活中的体验，引起学生的思考、体会，就能激发他们的兴趣和引起他们的共鸣。恰当的例子（生活体验和文学作品）、好的讲解，可以让学生对这些熟视无睹、习以为常的事情和现象有陌生化的顿悟感觉，让他们对世界、对生活、对文学作品产生很多探索和思考的动力。而这本来就是理论的应有之义，一是在于它的哲学方法基础，即对人生、世界的基本认识方法；二是在这些哲学基础上解释文学艺术的基本原则问题。而在这两者之间，生活是其中介，而生活，是学生感性经验和理论领会的中介。如果能善于激发学生的问题意识，不仅能在课堂上吸引学生，而且能够使他们重新以思辨的思维来反省自己的生活。于是笔者就有了这样的一个教学思路：对于基本的原理、概念，不是直接地讲授，而是先根据学生已有的生活体验或艺术体验（最好从中小学语文课文中找例子）提出相关的问题，然后介绍相关理论，最后引导学生进行评价或讨论，让他们对熟悉的现象学会用理论的方式重新认识。

如关于文学形象的教学，可以先提出中小学语文教学中最常见的"概括中心思想"的有关问题。比如，我们中小学的语文教学一般都有个环节，就是每篇课文都要归纳中心思想，而且它还有个套路：本文通过……反映了（或者说明了/抒发了/揭露了/赞扬了）……

问题来了，文学作品为什么不直接表达思想感情（反映了/表现了/说明了/抒发了/揭露了/赞扬了）而需要通过（……）？比如想要表达想念，一般不会直接强调"我想念你，我非常想念你，太想念你了……"。要理解"为什么要通过"，首先要明白"通过的是什么"，即文学通过什么来表达思想感情。通过什么呢？中小学语文概括中心思想的时候一般都是通过对……的描写（或描绘/描述/刻画/讲述……），表达了……的思想感情。比如：李白《望庐山瀑布》通过对庐山瀑布的各种描写，抒发了对祖国山河的赞美。这里的描写/描绘/描述/刻画/讲述等，就涉及我们文学的一个性质：文学是语言艺术，我们对这些东西是通过语言来描写的，为了要描写得具体生动，就需要用准确优美的语言来展开，比如人物、事物、场景等。

顺势引导下来，以上所说的通过的这个东西，我们称之为"文学形象"。即文学作品是通过文学形象来表达思想感情的。接下来顺势引出"文学形象"，结合具体的例子分析文学形象的样子，得出文学形象的概念，进而分析文学形象的特点，并解答"文学作品为什么需要通过文学形象来表达思想感情"的问题。

这样的过程是一个师生双向互动的过程，而教师对学生的引导过程就是一个问题意识培养的过程，让他们带着问题去学习、感受和思考，从而激发他们探究知识的灵感，调动他们学习的积极性和主动性。另外，当学生怀着强烈的问题意识进行探究，并在探究中获得成功和教师的肯定时，这种愉快的情感和鼓励又有助于强化求知欲和学习兴趣，从而进一步驱使学生更积极主动地参与教学过程，实现教学过程中学生主体作用的充分发挥。

二、在教学中注重分析的逻辑性

理论教学中激发学生兴趣仅仅是第一步，要真正吸引学生并让学生真正掌握相关的理论知识，更要靠清晰通透的理论讲解和引人入胜的推理分析。因为"文学概论"是一门理论性很强的课程，很多问题涉及哲学、社会学、心理学、艺术学，而同一个问题又有其历史的沿革和发展，如果讲授时条理不清晰，逻辑不严密，学生往往会迷惑不已。根据以往的经验，讲课时讲不清楚、让学生一头雾水的部分多半也是我们自己一知半解的地方。因此要求教师在讲课前必须大量地深入研究相关的理论知识，把握远比教材更多的材料，对教材所涉及的内容做进一步的拓展，这样才能在讲授理论问题的时候做到"无一字无来历"、每一句话都有根据、概念明晰、思路清楚。强调教师讲课中的思辨性、逻辑性，也是强调对学生的理论思辨能力和逻辑思维能力的培养和示范。

作为受过专业训练的教师，有时会忽略了学生们的知识背景和心理状况，比如某些文学理论中最基本的概念、术语、命题，对于教师来说是天经地义的前理解的设定，但对于初次接受这门课的学生来说，是个很大的障碍。比如"对象""对象化""主体""客体"这些术语，我们往往预设为最低的起点而不辨析和讲解，这就会导致学生的思路出现阻碍。对于每个基本术语，都应该从根源上进行解释。如以上所说的几个基本术语，如果解释清楚了，就让学生在原理上理解了人与世界的最基本的发生关系。

每一个看似简单的术语或理论命题，都可以进行逐层扫描式的分析。如马克思的"不平衡理论"，艺术真实和虚构的关系等，就必须从根源上解释清楚，层层推进，只要逻辑清晰、推理有序，理论分析也可以讲得如推理小说那样充满趣味和智力的愉悦，若在纵向的理论分析、推理、演示过程中旁征博引各种文学作品实例和生活现象，就会显得丰富而生动。

三、在教学中注重对新媒体的综合运用

文学概论课不仅要让学生掌握基本的文学理论，体会理论思考的乐趣，而且要提高学生的鉴赏能力，让他们实实在在地感受到美的存在，这就要求教师在课堂上做到理论与实践（作品、阅读、经验）相结合、互贯通，可以是文学理论与文学作品之间的结合，也可以是文学门类内部各种体裁的总体考察，还可以是文学艺术和其他艺术门类的互通。这既是让课堂变得生动有趣和富有生气的关键，也让学生得到艺术熏染，有助于理论问题的思考。

随着教学条件和教学设备现代化的完备，在文学理论课堂中展现文学作品和其他载体形象（很多文学作品被改编成影视作品）成为可能，教师在多媒体教学中可以轻而易举地向学生展示音乐、影片、图片（绘画）等艺术材料以及各种感性直观的形象。如果能很好地利用多媒体，再加上教师声情并茂的解说、明晰的理论分析和引导，整个课堂就会充满"美"的感受和"思"的乐趣。现在日益发达的网络为我们提供了丰富的素材资源，但如何选择和运用好这些资源对教师来说是个需要多花心思的地方。根据笔者的经验，选取到一份恰当的展示素材对于理论的论证和说服力太重要了，正如在理论论述和观点论证中选取到一个精妙的论据一样，可以使论述充满趣味和力量。如在讲到现代主义文艺思潮时，可以给学生展示卓别林的经典电影《摩登时代》的片段，使他们对现代性、工业文明以及人变成流水线机器上的一个零件这样的命题有更深的体会，更好地了解现

代主义文艺思潮产生的背景，既增长了见识又学会了欣赏，而且这些很切题的影音材料本身也很具有生动性和趣味性，使课堂丰富多彩。

此外，还可以调动学生的积极性，充分利用学生的艺术资源。学生中有爱好各种艺术门类的，他们既有不少资源也有自己真切丰富的感受。有时让个别具有某种艺术喜好的学生在课堂上跟其他同学谈自己的感受、体会和思考也会有很好的效果。与教师的权威性不同的是，让当中的个别学生来主持某些议题的讨论会产生良好的亲和力和榜样作用，使同学们感受到关于文学艺术的体验和对理论问题的思考并不是那么遥远和抽象，而就在他们身边，这有利于形成良好的学习氛围，激发他们思考的热情。

四、在教学中注重培养人文情怀

"文学概论"这门课程的目的是使学生掌握相关的文学基本理论，学会运用相关理论和方法分析文学现象和文艺作品，提高审美能力和艺术鉴赏力，最终的目的是要使学生学会审美地看人生，让学生了解人与世界的关系，了解人的完整性，了解存在的诗意与困境，从而热爱人生与感受自由。因此在讲授中，要注重理论联系实际，将基本原理与艺术、日常生活中的审美现象结合起来，并通过理论的分析与讲解，引导学生对文学的兴趣，养成延迟快感的慢阅读的审美趣味，对学生进行情感教育，培养起一种热爱生命、热爱生活的审美情怀，从而形成一种关怀社会的人文精神。尤其在当今社会，对工具理性的推崇、发展才是硬道理。在拜金主义、实用主义价值成为重要衡量标准的时代，对美的体验和对审美心灵空间的保护显得更为必要。

尽管理论是"灰色"的，看似艰涩抽象，让学生望而生畏，但若能把其还原到具体的艺术体验和人生体验当中，理论就不是"灰色"的、艰涩抽象的，而是能激发学生对生活的体验和对存在的感悟，让理论教学体现出浓郁的人文性，培养学生热爱人生、关注社会的人文情怀。

"文学理论"课程"典型"理论教学初探

陈立群

"典型"理论是"文学概论"课程的一个重要内容,也是一大难点,学界关于它的理论争议给教师备课带来举棋不定、难于抉择的困扰,它高度的理论抽象性又容易造成学生理解困难,以致带来其阅读和批评实践的简单化、机械化。为此,"典型"理论教学一直是笔者关注的一个焦点、备课的一个重点。这里,谨将几年来的教学心得略述如下,抛砖引玉,与各位同仁共同探讨。

一、"典型"理论教学的难点及其认识与克服

"典型"理论教学的困难,头一个来源于对它的教学地位的把握。"典型"一节位于教材最重要的一章——作品,属于作品的文本层次的核心——形象,是三大文学形象之一。因此,这是不可回避的教学内容。但是,要给予它怎样的教学地位?能不能把它当作教学重点?要不要详细地讲述?这往往会构成教学者的头一个困惑。

而这个困惑,主要来自学界关于"典型"的学术争论。"典型"理论曾是新中国文学理论的核心话语之一。但是,新时期以来,学界关于"典型"理论的争议很大。首先,对"典型"理论的时效性与适用范围,学者们有不同看法。部分学者强调"典型"理论的普遍性、重要性,但也有相当一部分学者认为"典型"理论是特殊历史时期为特殊政治目的服务的文

学理论，不能无限制地推广，反对将它作为文学理论的核心内容。由此影响到"典型"理论的内涵，不同的"典型"理论观，对"典型"的内涵也有不同的阐释。因此，对于"典型"理论在文学理论中的地位，年轻教师很难有恰当准确的评估。

笔者搜集了一些教材相关资料，包括教学参考书和相关编写人员的著述，从而厘清了教科书的基本观点：虽然在表述上有所变化，但它的基本精神是一以贯之的，仍然本着马克思主义文论的现实主义精神，坚持"典型"理论的必要性与普遍性。同时，笔者在期刊网上广泛查阅论文资料，努力深入了解各方观点，再思考辨别，最终初步建立个人对"典型"的认识，确定了个人对"典型"理论的基本立场。笔者认为，"典型"不是一个过时的历史名词，至少对眼下的文学现实而言，它还是一个强大的理论武器，具有相当大的实效性。但是，无限度的推广成了"典型"理论的致命伤。教材暗暗将它与现实型文学相勾连，实际上划出了它的适用范围，这是比较中允明智的。

因此在教学中，"典型"应当是一个重点，必须讲，重点讲，详细讲。

"典型"理论教学困难还有一个重要原因，就是"典型"理论的理论性比较强。传统的"典型"理论阐释往往借助哲学的概念，如"个性""共性""中介"，等等，这对普遍只有一点马克思主义哲学常识的大一新生来说，很难理解，他们常常只能从已有的简单化、机械化的常识出发，去片面地、机械地肢解"典型"理论，生搬硬套在自己的阅读以及鉴赏批评上。结果不但教师觉得驴唇不对马嘴，学生自己也觉得如隔靴搔痒，触不到妙处，从而对"典型"理论甚至整个文学理论丧失信心。

而后出的"典型"理论阐释，包括教材，采取了一种全新的视角，试图从"典型"的审美特征去规定它，其实是采用了一种现象学描述的方法。但是，"艺术魅力""灵魂深度""生命的斑斓色彩"[1] 之类的表述是缺乏说服力的。这些词，笼统、含糊不明、不具唯一性。这些词，可以用

---

① 《文学理论》编写组：《文学理论》（第二版），北京：高等教育出版社，2020 年，第121 页。

来描述"典型"，但又何尝不能拿来描述"意境""象征"？难道王维的辋川不具备"艺术魅力"吗？难道加缪的西西弗斯没有"灵魂深度"吗？难道卡夫卡的"甲虫"缺少"生命的斑斓色彩"吗？

为此，笔者通过学习思考，重新梳理了"典型"理论的内在理路，决定以"特征"为教学基点，以"历史真实"—"典型环境""典型人物的多面性与多层次性"等为基本知识点，展开教学。

教师的思维路径，不可能是学生的学习过程，课堂教学必须考虑到学生的接受情况，考虑到学生的知识水平、心理，等等。因此，课堂教学的逻辑与理论本身的逻辑必然有差异，后者是先因后果的顺序，前者却应该是先浅后深、先显后隐的过程。因此，"典型"理论的教学不能满足于理论逻辑的建构，还要考虑教学方法的选择与贯彻。

结合课程的学科特色，针对学生的知识水平与审美兴趣，笔者确定了"典型"教学的主要方法：结合文本，善用比较，鼓励讨论。首先，选取学生熟悉的经典文学文本，分析其中的"典型"形象，将理论形象化，将新知识与旧有文化基础对接，将陌生概念与熟悉的文本故事交融，从而促进知识的吸收、概念的消化。其次，将多个多种类型的文学形象文本进行对比，彰显"典型"形象的独特内涵，强化学生的知识表象，突出基础知识点。最后，留出讨论的时间与空间，鼓励学生发言思考，学以致用。

教学实践证明，这些方法的使用，很好地帮助了学生理解"典型"理论，并且，借助对文本范例的鉴赏和批评，学生还自发地对一些教师没有提及或没有展开的理论细节提出了自己的想法，虽然还很稚嫩，但其中闪烁的思想火花弥足珍贵，令人欣慰。当然，在不断持续的教学循环中，这些方法还应当根据理论的发展和学生情况的变化，不断进行调整。

二、"典型"理论的教学基点："特征"

"典型"的审美特征，是"典型"理论教学的主要内容。而对这些审美特征的教学，如果只是进行现象罗列的描述，既不能呈现"典型"理论内在的逻辑，也容易使教学过程零碎，课堂组织松散，影响教学效果。因此，笔者认为，教师应该为"典型"理论找到一个基本立足点，后者既作为"典型"理论的核心构建起整个"典型"范畴，又作为教学的基本视点贯穿全部教学内容和整个教学过程。

笔者认为，这个基点，应该是"特征"。"特征"是"典型"范畴的核心，是它与另外两种文学形象——"象征"与"意境"的区别所在。"典型"的诸审美特征皆围绕"特征"而生发。因此，以"特征"为"典型"理论的教学基点，一则能对"典型"的理论内涵进行一定深度的挖掘，二则能有效地组织相关的教学内容，使课堂教学成为一个有机统一的整体。

而一旦确立了"特征"的教学基点，相关的教学内容便也能够有序地组织起来。

首先，何谓"特征"？曾经的教材中有一句话，笔者认为非常精辟地道出了"特征"的本质："'特征'是生活的一个凝聚点。"①"特征"从何而来？出自生活的塑造。这个生活，是各种势力交织着的巨鞭，譬如来自不同方向的波浪，将礁石琢得有棱有角，尖锐突出。于是，在它身上烙下了整个社会各种不同力量留下的痕迹，折射着社会的面目；但这些痕迹，又是特定的时间、特定的空间、特定的状态的痕迹，不可重复，不可通约，独一无二。这就是"典型"及其"特征"的根源。正因为其根源如此，"典型"才可能如那些传统的典型理论所讲的，成为"一般与个别的统一""个性与共性的统一"，或者，像教材说的那样，具有"极其具体、生动、独特"的"外在形象"，和"极其深刻和丰富"的"内在本质"。②

照此，笔者先提出"特征"的表现形态：个别性、差异性突出。然后举出学生们熟悉的文学角色，从"典型"的角度指出他们的"特征"，如

---

① 童庆炳主编：《文学理论教程》（第四版），北京：高等教育出版社，2008年，第209页。
② 《文学理论》编写组：《文学理论》（第二版），北京：高等教育出版社，2020年，第120页。

林黛玉的多愁善感、阿 Q 的"精神胜利法"、堂吉诃德的"挑战风车"，等等。

接着，笔者进一步提出问题："特征"的哲学内涵是什么？作家选取什么样的个别性作为"典型"人物的"特征"？他潜藏的标准是什么？笔者引入美国电影《雨人》与契诃夫小说《装在套子里的人》两个文本，让学生比较前者中患自闭症的主角雷蒙与后者中的主角别里科夫。讨论后，教师引导学生总结：雷蒙的自闭是私人的一种疾病，别里科夫的"自闭"却反映了社会的痼疾。因此，"典型"的"特征"不是人物的怪癖，不是个别的对象的个别性。若把"特征"看成是个人的怪癖，也就把个人看成是孤立的、封闭的、与他人与社会不相干的个体，其"特征"——怪癖也将是空洞、无根基的。"特征"应当是有历史内容、有社会意义的，它反映的是社会对人的塑造。

随后，笔者引导学生思考：作者是怎样描写人物的"特征"的？答案包括两个方面，一个方面是"特征是决定人物命运、精神面貌的个别性"，由此引出了典型的总体特征与局部特征的概念；另一个方面是"作家的创作意图、他对社会的认识"，由此可以复习前面的内容——文学形象是主观与客观的统一，并且进一步引出"特征化"的概念。

此时教学可结合契诃夫的《装在套子里的人》进行讲解。这是中学语文课本中的选文，学生十分熟悉，文章的"典型"性特征也十分突出。利用它，可以很好地显示"特征"的基本内涵——鲜明突出的个别性、差异性，如别里科夫"装在套中"的特征；还可以揭示出"总体特征"与"局部特征"的联系，如别里科夫"装在套中"的总体特征就是由他在衣着、言语、动作等方面的局部特征构成的。并且，再进一步挖掘、提问：作者是怎样塑造出别里科夫的"装在套中"的特征的？这样，启发学生认识到"特征化"手法的具体表现或施行。

最后，教师可抛出又一个问题：作家选取什么样的人物作为"典型"？这时，答案应强调"典型的社会代表性"。从这里，又可以再次复习深化

"文学形象是一般与个别的统一"的知识。接下来，提出"特征"作为"生活的凝聚点"的特性，而由此，转入"历史真实"—"典型环境"一节。

三、"历史真实"的审美特征与"典型环境"概念的教学

"典型环境中的典型人物"是马克思主义经典作家关于现实主义文学形象塑造的重要理论命题。"典型环境"曾经也是新中国理论界热烈讨论的范畴。新时期以来，伴随着各种现代思潮的涌入，以及文学创作实践的多元化，关于"典型环境"的讨论日渐寥落。现行教材在讨论"典型"的审美特征的时候，也放弃了"典型环境"的概念，而代之以"历史真实"，即"对现实关系的真实描写"，乃至"自觉的历史内容"的表达。[①]

而经过思考，笔者以为，所谓"历史真实"，不是一种现成的"历史"物的复制，而是指向川流不息的运动的"历史"。此方为"自觉的历史"。因而，笔者在本节补充了关于"典型环境"的概念的阐释，作为"历史真实"的注脚，也作为"典型"的补足。而关于"典型环境"的阐释，笔者参照了此前教材所述的"大环境"与"小环境"，即作为"社会发展总趋势"的"大环境"，与作为"个人生存发展的独特的个别"的"小环境"。[②]但在这里，笔者认为应该补充说明，作为"社会发展总趋势"的"大环境"是多样化的，这个"趋势"是多层次、多元性的复合体，它的发展线路应是非线性的。

于此，笔者引入了张爱玲的《金锁记》与茅盾的《子夜》，展示了前者中描写股市交易所的经典片段，以及后者中描写女主角婆家分家的场景。通过二者的对比，说明典型环境的多样性。对同一个时代或地区，不同的作者可以从不同的方面进行不同的观照，构建出不同然而同样典型的

---

① 《文学理论》编写组：《文学理论》（第二版），北京：高等教育出版社，2020年，第122页。
② 童庆炳主编：《文学理论教程》（第四版），北京：高等教育出版社，2008年，第214页。

环境。例如，同样是 20 世纪 30 年代左右的上海，在张爱玲与茅盾的笔下，完全是两个模样。这有两方面的原因。第一，社会的发展是复合的、多元的，当时的上海滩，既有新兴的民族资产阶级的长袖善舞，也有没落的封建世家的苟延残喘，这都是当时社会发展的趋势的体现；第二，张爱玲与茅盾个人经历境遇大不一样，形成了不同的个人环境。可见，典型环境之"典型"，并不是一时无两的"样板"。这个对比的主要目的，是防止学生对"典型环境"尤其是"社会发展总趋势"这个概念理解得简单化、机械化。

而从这里，可以再次转回"典型人物"，对典型人物"特征"的内涵进行进一步的丰富和深化。生活是多维的、发展的、变化的，因而，作为"生活的凝聚点"，"特征"不是一元的、单调的、固定不变的，从而，典型人物体现出多面性、多层次性、发展性的特征。

四、"生命的斑斓色彩"与"灵魂的深度"——"典型的层次性与多面性"的教学

"特征"是"典型"的本质性规定。但一味强调"特征"容易引起学生误解，错把"典型"与类型化人物相混淆。实际上"类型"在"典型"理论发展历史上确实曾是"典型"的前身。而为了克服"类型"的褊狭，批评家提出了"圆形人物"的概念。而现行的"文学理论"教材则将"圆形人物"丰富为"生命的斑斓色彩"与"灵魂深度"，挖掘"典型"的层次性与多面性，拓展了"典型"的内涵。而"生命的斑斓色彩"与"灵魂深度"的提法，将抽象的理论规定转化为形象的审美特征描述，更贴近"典型"艺术形象本身，更容易被学生接受理解。但是，这个提法，也容易造成理论逻辑的含糊不清，导致学生对"典型"的理论模型的建构不完全。所以，经过思考，笔者还是以"典型的层次性与多面性"为知识点的理论表述，而将"生命的斑斓色彩"与"灵魂深度"作为关于前者的

艺术效果的描述，以此作为理论的补充。

结合本知识点的讲授，笔者选取了莫泊桑的小说《项链》作为文本范例进行解读。这部作品是世界短篇小说经典，被中学语文教材收入，学生对它比较熟悉。女主人公的经历也能与物质文化蓬勃、消费意识强烈的当代社会形成共鸣。首先，笔者与学生一道分析文本，总结出女主人公的基本特征：爱慕虚荣浮华。接着，又根据一系列文本细节，分析出她的其他特征：天真、浪漫，爱幻想，诚实，等等。典型人物的形象顿时变得丰满、丰富。然后，进一步剖析形成她的各个特征的社会背景：贫富分化，拜金主义，女性受教育内容肤浅，等等。从而，女主人公的可怜可爱、其人生遭际的可悲可叹、社会制度的不合理等历史内容与社会意义昭然若揭。

五、结语

虽然经过几番思考和实践，笔者在"典型"理论教学上终于有了一点心得，但是，问题和困惑仍大量存在。首先，以"特征"概括典型的基本内涵，这个提法是否准确？它的理论根据究竟何在？限于个人的理论水平，笔者还不能给这个问题一个比较完满的答案。另外，笔者对"典型"理论的教学理路的设计有多大程度的合理性？这个理路在今后的教学中有多长时间的适用性？如何可以多样化，多样化的依据是什么？等等。这些问题，恐怕要在今后的教学和科研中、在老教师和其他同事的指导帮助下逐渐解决了。

"文学概论"讲授的系统性与条理性
——以叙事性作品的讲授为例

张成华

如果单纯讲授关于文学的知识，那么，文学概论的教学将注定是失败的。文学概论之所以是文学概论，就在于其抽象性和理论性。这样一种抽象性和理论性，需要以系统和条理的方式讲授出来。文学概论的魅力也正在于此。抛开抽象、理论和推理，文学概论既不成为理论，也没有任何活力——文学概论的活力不在于迎合文学作品，而在于其自身的自洽与圆满。本文将以叙事性作品的讲授为例，阐述文学概论教学中应遵循的系统性和条理性原则。

一、切入：从哪里开始很重要

相对于中学对于小说等叙事性文学的讲解，高校的文学概论课当然更具学理性。这种学理性的基础是关于叙事性文学的组成要素的学理阐述。我们可以从叙事动作、叙事话语、叙事内容等方面对叙事性文学作品进行讲授。当然，如果不是条理性和系统性的讲授，这种关于一种文类构成要素的介绍，将必然引导学生"拆解"文学作品——分解文学作品以证明理论的正确性。因此，本课程的系统呈现就需要从一个切入点开始。无论是教师还是学生，都可以基于这一切入点，建构系统的知识体系并且以此进入到文学作品的世界中。在叙事性文学讲授中，叙事者是一个很好的切入点，也可以成为构建叙事性文学系统知识的基础。

　　叙事者能够成为讲授叙事性文学的切入点源自一种逻辑上和事实上的优先性,即作品、故事总需要首先考虑其创作者。叙事就是讲故事,讲故事当然要有一个讲故事的人。那么,关于这个讲故事的人的讨论当然就成了讲授叙事性文学的开端。基于此,我们可以首先将文学作品的创作者和故事的讲述者区分开。文学作品的创作者是作者,而故事的讲述者是叙事者。叙事者不是作者,而是作者塑造的形象。我们可以以一系列文学作品为例来区分作者和叙事者,比如鲁迅的《孔乙己》。

　　当然,作为构建一个系统的切入点,必须具有普适性。也即,它必须适用于所有的叙事性文学。进一步的例证必不可少。古今中外的文学作品就丰富了课堂的内容。同时,如果仅仅止步于这种区分和一系列的例证,这个切入点的选择也并不成功。其有效性还必然源自其本身有值得进一步探讨的可能性。

　　叙事者值得进一步探讨的可能性源自其形象性特征,也即其是一个被文学作品塑造的人格化的形象。这个形象与其讲述的形象没什么不同。只是,这个形象可以存在于其讲述的故事中,比如《孔乙己》;也可以在其讲述的故事之外,比如《三国演义》。无论这个叙事者在其讲述的故事之中,还是在其讲述的故事之外,都必然是一个人格化的形象,有性别、年龄、种族、信仰、价值观念、怪癖,等等。《孔乙己》中讲故事的人是咸亨酒店的小伙计。在小说的第二段,这个小伙计的身份和喜好被很明显地展示出来。这个小伙计因为无聊,所以选择了孔乙己这个能让自己快乐的人。"我从此便整天地站在柜台里,专管我的职务。虽然没有什么失职,但总觉得有些单调,有些无聊。掌柜是一副凶脸孔,主顾也没有好声气,教人活泼不得;只有孔乙己到店,才可以笑几声,所以至今还记得。"①

　　基于对叙事者的讲述,叙事性文学其他要素的讲述就成为自然而然的了。因为叙事者是有身份、喜好的,故此,其当然会(有意识或无意识的)基于自身的特质选择要讲故事的内容以及组织故事的情节。

---

　　① 鲁迅:《孔乙己》,见《鲁迅全集》第一卷,北京:人民文学出版社,1973年,第293页。

二、系统的建构：围绕切入点展开

基于对切入点的选择，自然而然地可以构建起关于某个主题的知识体系。正如基于叙事者的讨论，我们可以进一步构建叙事性文学的知识体系。

叙事者是人格化的形象，因此，其对故事内容的选择就不是任意的，而是基于自身的特质做出的。正如前面指出的，孔乙己的故事之所以被选择和讲出来，是因为讲故事的人觉得生活很无聊。同样的，所有故事内容的选择都与叙事者的身份有关系。比如，唐传奇的代表作《李娃传》所呈现的故事是因为"汧国夫人李娃，长安之倡女也。节行瑰奇，有足称者。故监察御史白行简为传述"。[①]这一选择的标准在故事的最后继续加强。"嗟乎，倡荡之姬，节行如是，虽古先烈女，不能逾也。……贞元中，予与陇西公佐，话妇人操烈之品格，因遂述汧国之事。公佐拊掌竦听，命予为传。乃握管濡翰，疏而存之。时乙亥岁秋八月，太原白行简云。"[②]

讲故事的人要讲述的事自然是其认为有必要讲述的。没有必要讲述的事自然会被讲故事的人忽略掉。于是，故事时间就成为一个可以理解的概念。讲故事的人会将不值得关注的时间略过，着重讲发生重要事情的时间。同样的，讲故事的人也会带领我们领略故事中值得关注的场景和空间，而忽略不值得关注的场景和空间。但是，我们必须意识到也必须让学生意识到，没有被讲述的事情、人物、空间并不是不存在的，而是讲故事的人认为不值得讲或没法讲。

既然叙事者选择了讲述的人以及事情，那么，就必然会让这些人和事情在情节中呈现。这个呈现的过程往往伴随着矛盾冲突。叙事者总会选择

---

① 白行简：《李娃传》，见张友鹤选注：《唐宋传奇选》，北京：人民文学出版社，1998年，第74页。

② 白行简：《李娃传》，见张友鹤选注：《唐宋传奇选》，北京：人民文学出版社，1998年，第80页。

一些戏剧化的冲突作为情节的核心。人物以及讲故事人的立场也正是在情节展开的过程中得以呈现的。一般来说，讲故事的人会呈现三种戏剧化的冲突。第一种，人物间的冲突。在一般的叙述中，人物与人物之间的冲突呈现出某种二元对立的特点，即人物与人物之间多维度的相互对立。而且，在很大程度上，这种冲突的核心是道德冲突。故此，这种冲突往往以有道德的一方的胜利为结局。其故事形态是喜剧。第二种，人物与社会/命运的冲突。《俄狄浦斯王》《骆驼祥子》《月牙儿》等是这类冲突的代表。这一冲突的一个表现形式是主人公与代表命运、社会的"无名者"的冲突。其结果往往是人物的毁灭，故此，是悲剧的。第三种，人物内心的冲突。在现代文学的叙述中，人物的内心冲突成为很多文学作品的表现主题。比如《包法利夫人》《复活》等。人物内在冲突往往涉及本我与超我的冲突，其结果是本我与超我融合形成兼顾两方的自我。

基于对叙事者的讨论，我们自然可以将人物、事件、情节以及我们没有展示的叙事话语串联起来，建构起完满的知识体系。

三、批判性思维与思想引导：知识体系的进一步拓展

单纯的知识讲述并不构成批判性思维，无论这种讲述多么严整和前沿。批判性思维与思想引导源自对体系本身的反思。就叙事性文学来说，叙事者恰恰也是一个反思的切入点。

作为人格化的形象，叙事者不是纯粹的描述者，他/她还有意无意地介入到所讲的故事中。这主要表现在两方面：第一，叙事者的声音。在讲述故事时，叙事者会有意无意地表露立场，同时，他/她也会跳出故事直接对听众说话。这是显性的。第二，叙事者的身份。叙事者的身份决定了他/她以何种立场、何种语言、何种方式讲述故事。这是隐性的。叙事者的这两方面介入，必然会影响到故事讲述的两个方面：第一，巨大的潜文本未被讲述。第二，故事中被叙述者的观点、思想、立场被遮蔽。

基于叙事者对讲述内容的选择以及讲述与未讲述之间的关系，我们就

可以对故事本身进行反思。以《奥德赛》为例。《奥德赛》的文本中呈现了西方文学史上第一个坏女人的形象——克吕泰墨涅斯特拉。不过，有意思的是，这个坏女人在奥德修斯返乡中从没有正面出现过。她只是一个被讲述的形象。在宙斯、涅斯托尔等神或接近神的形象的描述中，克吕泰墨涅斯特拉是无辜的或者不是杀死阿伽门农的主犯，而在阿伽门农和墨涅拉奥斯两个男性的叙述中，克吕泰墨涅斯特拉则是恶毒的、谋杀阿伽门农的主犯。这样的叙述本身就说明了基于男性立场的叙述对女性说话权利的剥夺。

同样基于对叙事者的分析，我们可以建构起我们文学发展的基本脉络。在我国传统叙事文学中，基本上是以帝王将相、才子佳人为中心或讲述对象以及讲述立场的，很少以被压迫者的立场进行叙事。正因如此，韩愈在《张中丞传后序》中才无意中赞美吃人的行为。"远诚畏死，何苦守尺寸之地，食其所爱之肉，以与贼抗而不降乎？"[①] 而近现代作家如鲁迅、老舍、茅盾等则尝试并实践被压迫者的叙事，基于被压迫者的立场进行故事的讲述。在当前的中国，我们一方面需要延续鲁迅等人对多样化群体的关注，基于多样化群体进行叙述；另一方面，则需要以中国整体的姿态面向世界叙述，讲述中国自己的故事。

四、结语

作为一门理论性课程，理论性、抽象性、条理性构成了文学概论的基本特质。我们关于文学概论内容的讲述也必须遵循这样一些特质并基于这些特质进行。从整体上看，文学概论作为一门课程是基于一定的理论基础建构起来的系统知识体系；从具体内容看，每一讲内容都应有自己的讲授基础和推理过程。唯其如此，我们才能以"文学概论"课程本身促发学生的兴趣和引导学生的思考。

---

① 庄适、臧励龢选注：《韩愈文》，上海：商务印书馆，1931年，第37页。

论高校教师职业与专业的区分与互动

——兼论"文学概论"课程思政的实施

张成华

当代学科发展的一个基本原则是学科的分野，即不同学科各有其独特的构建原则、学科范畴、研究对象和研究方法。基于此，每个专业都在追求其独特性的过程中，展现出明显的排他性。术业有专攻，不同专业（当然也包括不同领域）各有其独特性和限定性。但是，就教师这一职业来说，其职业操守要求教师打破学科专业的藩篱而与学生形成互动。这一互动既是职业与专业的互动，也蕴含着德育与智育的互动。当然，高校教师教学中课程思政的设计和实施也必须在这一区分和互动中进行。

一、当代知识状况的转变：时代对教师专业化的推动

术业有专攻。当代高校教师将自我定位为专业知识的研究者和传授者，其原因除了学科分野外，还有现实的促动。所谓现实的促动，就是现实社会的语境促发教师不得不为的情况。这主要包括以下三方面。

首先，大学职能的转变。利奥塔尔在《后现代状态：关于知识的报告》中指出，在"最发达社会"中，大学的职能发生了转变。"大学和高等教育机构从此需要培养的不是各种理想，而是各种能力：多少医生、多

少某专业的教师，多少工程师，多少管理人员，等等。"① 尽管我们还不算是最发达的社会，但我们目前的大学教育中也有一种强烈的唯能力为中心的取向。一个典型的例子是，高校会在学生毕业时统计学生的就业率，而不会关心学生在学校塑造了何种崇高的道德和理想。从这个意义上讲，教师专业知识传授者的意识是与整个大学职能的转变具有同构性的。社会和大学既然以这一点为取向，那么，教师自然而然地就需要这样做。

其次，高校学生的自我职业规划。当代社会，大学生关于自我的角色定位发生了变化。利奥塔尔如是强调："大学生……不再是一个来自'自由精英'的青年，他也不再或近或远地关心社会进步、人类解放的伟大任务。"当代社会需要大学毕业生成为，他们也必须和乐意成为"职业知识分子"或"技术知识分子"。② 当然，这在中国的情况略有差异。对中国的高校学生来说，除了要成为"技术知识分子"，还有一条更有吸引力的职业规划——公务员或事业单位人员。当然，成为公务员或事业单位人员并不一定与"为中华之崛起而读书"相抵牾，只有当其为了做公务员或事业单位人员而参加考试时才是。

最后，高校职称评审体系的策动。目前的高校职称评审体系侧重科研而忽视教学。发表论文、拿到科研项目、获得各种人才称号，本就是名利双收的事情。相反，侧重教学则可能尽管在某种程度上获得学生的认可，乃至获得同行的尊重，但并不能解决最实际的问题——职称和经济困局。正是这非常实际的问题，让高校教师不得不说："实话说，我哪有时间去跟这帮孩子套近乎。"尽管各种教学比赛的奖励非常丰厚，尤其是青年教师大赛和创新比赛，但是，这些比赛就像是一场赌局，要么名利双收，要么一无所有。而大多数没有走到最后的教师是一无所有的。既然如此，依照现实的考量，高校教师写一篇论文，无论好坏，都更有价值。

---

① ［法］利奥塔尔著，车槿山译：《后现代状态：关于知识的报告》，北京：生活·读书·新知三联书店，1997 年，第 104 页。

② ［法］利奥塔尔著，车槿山译：《后现代状态：关于知识的报告》，北京：生活·读书·新知三联书店，1997 年，第 104 - 105 页。

当代知识状况的现实迫使高校教师从理想、个性的培育者转变为专业知识的传授者。这是多种因素共同作用的结果。这非常实际。不一定是教师不愿意去做，而是社会现实、学生的自我定位和高校考核体系不允许教师去做。让高校教师甘于奉献的前提是有能对这种奉献的肯定体系，而不是奉献向左，政策向右。

二、专业与职业的互动：教师职业道德与规范的内在要求

单纯从宽泛的道德上谴责专业教学、忽视道德教育，是苍白无力的。问题的核心并不在于这个观点正确与否，而在于教师的专业与职业之间的关系问题。这就涉及对于"立德树人"之"德"的解释和推进路径。习近平总书记在全国教育大会中指出："教师是人类灵魂的工程师，是人类文明的传承者，承载着传播知识、传播思想、传播真理，塑造灵魂、塑造生命、塑造新人的时代重任。"① 这是一个总体性的指导，也是教师的根本使命。具体到当代的知识状况及教师职业，需要从教师本身的职业特点入手，进而推进到对其使命的阐述。就教师使命的实践和推进来说，具体要包括以下三方面。

首先，"立德树人"之"德"指的是教师的职业道德。教师，无论是大学教师还是中小学教师，其职业本身要求其处理好教师与学生的关系，也可以说是教与学的关系。对大学教师来说，无论其专业为何，其研究方向为何，其基本的职业要求必然需要其处理好教师与学生、教与学的关系。从这个意义上讲，高校教师对学生的了解和认知是其职业道德的基本要求。

其次，"立德树人"之"德"是指专业知识的传授，也即专业品德。教师需要在遵守职业操守的基础上，处理好教与学的关系；这一关系的进

---

① http://www.moe.gov.cn/jyb_xwfb/xw_zt/moe_357/s7865/s8417/。

一步延伸是教师以自己的专业知识和研究为基础在教授学生专业知识的基础上，让学生能够以一种专业的眼光（本专业的眼光）审视和审思社会，对社会和现实有一种基于学术视野的认知和判断。

最后，"立德树人"之"德"是一种家国情怀和人类意识。在以上两方面的基础上，高校教师需要传授给学生一种家国情怀和人类意识。这种家国情怀和人类意识不是抽象的，而是在传播和教授专业知识的基础上，以及在对社会现实的专业认知的基础上，自然而然地基于本专业知识对社会进行基本判断，促使学生认识现实并最终能够介入现实。

基于对"立德树人"之"德"的基本认知，我们需要强调，对高校教师来说，研究专业知识固然是高校教师的立身之本，但了解和熟悉学生，处理好教与学的关系，将专业知识以正确的方式传递给学生，同样是高校教师这一职业的基本伦理要求。并且，我们也需要着重强调，专业知识的研究和传授是实现"立德树人"这一教师使命的核心环节。所谓"立德树人"不是从抽象意义上讲的，而是在非常具体的层面上要求教师能够以传授专业知识为基础，让学生能够以专业的眼光审视、认知、反思社会现实，并以此为基础，站在家国情怀和人类命运的角度对社会现实作出正确的判断和介入。当然，毋庸讳言，传授专业知识的过程本身也是促进教师重新反思本专业知识，加深对本专业知识了解的过程。

三、"文学概论"课程思政内容的设置与实施

"文学概论"作为我国高校文学院各专业的必修课，课程思政内容必然蕴含在课程的讲授中。当然，其课程思政内容的呈现，必须要在专业知识的讲授中，依据专业知识的原则进行。这主要包括以下几方面。

首先，注重课程设计的指导思想与基于指导思想的总体课程规划。马克思及之后的马克思主义者有丰富的文学概论资源。我们"文学概论"课程的总体设计，也需要以马克思主义为基础，讲授文学的性质及其价值与

功能、文学活动的构成、文学活动的发生与发展。当然，这并不意味着放弃文学概论的专业性。事实上，马克思及之后的马克思主义者都在强调文学的独特性及其审美原则，我们的授课需要以对马克思主义经典文献的研读为基础，而不是为了课程思政而课程思政。

其次，在具体的知识讲述中，注重专业性与体系性。文学概论分为文学的性质及其价值与功能、文学活动的构成、文学活动的发生与发展三大板块。这三大板块又可以分成不同的主题。每一个主题都可以作为一讲内容。在具体的教学设计中，我们需要在课程总体与板块的统摄下，进行具体主题的内容设置。并且，很重要的是，每一讲内容都需要具有相对的独立性和体系性。体系性、条理性、专业性、抽象性等本身就是文学概论的基本特质。这些特质也必须要渗透和深入到"文学概论"课程总体和具体主题的教学中。唯其如此，文学概论才是文学概论。

最后，在课程效果的追求中，引导和强化批判思维。文学概论不是对文学事实的讲述，而是对文学一般原理的讲授。这一讲授本身就具有思辨性和反思性。也就是说，这一课程的讲述本身就是对文学基础知识的反思和升华。当然，仅做到这种反思和升华还不够，还必须基于文学理论的知识体系对文学作品进行批判性的分析。所谓批判，并非批评，而是基于理论的反思。文学作品写作的好坏、其基本立场或意识形态特质、其再建构性及其效果呈现都构成了文学概论教学中要引导学生思考的问题。

贯彻课程思政基本原则，深化马克思主义对本课程的指导作用，尤其要强调其对本课程体系构建和知识反思的重要作用。正因如此，两方面的措施必不可少：一方面，重视授课过程中对相关理论知识的反思和评价；另一方面，组织学生进行讨论和课堂汇报，在学生的讨论和课堂汇报中对学生进行引导。唯有学生参与其中，文学概论的特质、专业性和思想性才能内化到学生的学习和思想中。

四、结语

教师在课堂上的知识传授基本上分为三个层面：其一，专业知识的传授；其二，研究方法的教导；其三，伦理道德的影响。在教学中，专业知识的传授和研究方法的教导是基础，而伦理道德的影响则既是要坚守的立场也是应该追求的目标。我们需要在了解和熟悉学生的基础上，在传授和教导专业知识的过程中，让学生学会以专业的眼光打量和审思历史和现实，并能基于家国情怀和人类立场，对历史和现实作出专业的认识并进行积极的介入。

下　编
理论思考与探究

先秦审美意识的多元酝酿

陈立群

先秦是中国古典美学的奠基时期，这个时代的许多思想观念命题对后世的中国古典美学有着深远的影响，故而，对先秦审美意识酝酿发展状况的研究也一直是中国古典美学研究的一个重要主题。窃以为，先秦审美意识的酝酿非肇自一端，而是多点萌发、多方互进；其进程不是单线、单向的，而是多向、多方面、多层次的展开。其间，彼此不只是同一文化历史时空中的并存关系，而是错综冲突碰撞，始终处于对话状态。在对话中，彼此相互激发、相互促进而逶迤前行，纵深与拓展并进。其间，彼此在命题、概念、范畴、思想、思维模式、心理形态诸方面，都有交集、融合、共用、贯通的情况。

综观先秦审美意识酝酿的整个过程，这些原点、路向、层面大致可归结为三个中心，即天道、心性、言象。

试论如下。

一、"世界"之思——天道论

天道论是先秦人对世界的观念、意识，即其"世界"之"思"。它的核心是"天"与"道"这两个范畴。在原始社会，人们由于生产力水平和知识水平的低卜，生发出对自然的原始信仰，此即自然崇拜。这其后又发展为天神崇拜。商朝，便有以"帝"为首的天神崇拜。到了周，这演变为对"天"的信仰。"天"在西周有二义，一类于"帝"，为人格神；另一则隐含非人格性质，非实体化，① 但二者为主宰之意则相同。至春秋战国，"天"有更多义，但万变不离其宗，或为万物之渊薮，或为道德之根本，或为一切运化之原动力，要皆举目所及之世界之根本。

"道"原义为道路，后指人伦之规范、秩序②。而人间之"道"，究其实，乃"天"之所"命"，原出于"天"，二者关联紧密。尔后更有"天之道"之称，指向世间万象的运行规律③。最后，老子以"道"为最高存在，直指一切事物现象的本原。这样，在先秦社会发展的后段，"道"取得了与"天"并驾齐驱的地位④。

围绕着"天""道"范畴，引申出来的，还有"命""气"，以及阴阳、五行等观念。"命"是"天"对"人"的"令"，是"天"对人的生理寿命与伦理规范的授予⑤；"气"是万物运动变化的直接动力，是生物感应交通的中介；"阴阳"是世界中万物之间的对立统一的关系；"五行"是构成世界、演化万物的基本元素；等等。凡此种种，所指，皆"天""道"的运行化成。

"天""道"以及"命""气"等概念构建起了先秦人的"观念"的

---

① 如《诗经·大雅·文王》："上天之载，无声无臭。"见（汉）毛亨传，（汉）郑玄笺，（唐）陆德明音义：《毛诗传笺》，北京：中华书局，2018 年，第 355 页。

② 如《尚书·洪范》："无偏无党，王道荡荡；无党无偏，王道平平；无反无侧，王道正直。"见（清）孙星衍：《尚书今古文注疏》，北京：中华书局，2004 年，第 294 页。《诗经·小雅·小旻》："发言盈庭，谁敢执其咎？如匪行迈谋，是用不得于道。"见（汉）毛亨传，（汉）郑玄笺，（唐）陆德明音义：《毛诗传笺》，北京：中华书局，2018 年，第 277 页。《左传·僖公十三年》："救灾恤邻，道也。行道有福。"见杨伯峻：《春秋左传注》，北京：中华书局，1990 年，第 35 页。

③ 《左传·庄公四年》："盈而荡，天之道也。"《左传·宣公十五年》："川泽纳污，山薮藏疾，瑾瑜匿瑕，国君含垢，天之道也。"见杨伯峻：《春秋左传注》，北京：中华书局，1990 年，第 163、759 页。《国语·越语》："天道皇皇，日月以为常，明者以为法，微者则是行。阳至而阴，阴至而阳；日困而还，月盈而匡。古之善用兵者，因天地之常，与之俱行。"见徐元诰撰，王树民、沈长云点校：《国语集解》，北京：中华书局，2002 年，第 584 页。

④ 先秦诸子都称"道"，"道"在诸子书中都有准则之义。

⑤ 《尚书·召诰》："今天其命哲，命吉凶，命历年。"见（清）孙星衍：《尚书今古文注疏》，北京：中华书局，2004 年，第 399 页。

"世界"。这是统治者赖以进行统治的理论依据，也是一般人据以展开自己的现实生活的知识基础和信仰支柱。因而天道论是先秦思想中最先获得理论形态的，它为整个社会的现实生活和精神生活奠定了基本的立足地。而此"观念的世界"的形成过程，实即世界"人化"的过程，或者说，是世界"审美化"的过程。人所生活的环境，在思想意识中被意识到，"现象"慢慢绽放、成形，客观外在的世界，就此变成属人的"世界"，审美活动所据以发生的场域建立起来。审美活动所面对的对象，是作为人的精神活动、思想意识中的"现象"，而不是直接的现实的物质对象。此即中国古典美学中所讲的"意象""意境"。意象、意境，乃"意"之"象""境"，而非实在之象、境。欲有"意"之"象""境"，须有实在的象、境向"意"中的转移。天道之论，正是实在现象、环境转变为"意"中之"象""境"的过程。"天""道"概念之形成，便是将实体的世界、物质、自然、社会抽象为"天""道"。这个"抽象"，不是一种理性逻辑的概括、归纳，而是一种思想的、精神的上举、超拔、跃升。世界由此不仅是物质的，还成为精神的，"世界"由此不仅是肉体存活的必需的外部空间，还是精神寓身并运动、发展的家园。

天道之论，由此便从一个宏大的规模上营造了"意境""意象"。这是说，"天""道"不等于后世的审美意境。"天""道"不是具体的"意象""意境"，而是这个具体的"意象""意境"所依托的构架，是它们得以产生、绽放的"场所""域"。人的审美并不依它而起，却非它而不可行。因此，人的审美活动并不直接面向着它，却会通过对具体形象的欣赏而接触到它。此即所谓的"象外之象""景外之景"是也。——对此，中国古典文论、艺术论有深切的认识，所以其每每论述具体作品，都言及其中之"天""道"。其非指作品有鉴于世界的规律或本体，而是说，在作品所营构的具体形象、意境中，得窥其所托身的大境、大象——即"天"也，"道"也。

二、"人"之思——心性论

在天道论逐渐发展成形的过程中，心性论也开始萌芽。"性""心"二字，至春秋方广为见用，但其所蕴含的意义，之前便已潜生。西周初年，"天"范畴建立，天命思想流行，出现了"天生烝民"的说法①和德命的观念，这当中，其实已隐含了一种对人的生理属性与道德属性的认定。春秋时期，"心""性"概念通行，二者作为一种经验性的实指，所指均为人的生理性的需求、欲望、情绪、习性。《左传·昭公十九年》曰"民乐其性"、《国语·晋语四》曰"以厚民性"，"性"皆生存需求也；而《左传·襄公二十六年》的"夫小人之性"、《国语·周语中》的"夫人性"云云，"性"为人之生性，亦为一种生理禀赋。"心"多指向某种欲望，《左传·隐公元年》有"无生民心"、《左转·昭公四年》有"楚王方侈，天或者欲逞其心"、《诗经·抑》有"民各有心"，"心"皆为对某种物的实在的欲求。心、性于此皆为人的实在的、具体的心理活动或生理行为，即后世所谓"血气心知之性"。孔子之后，"心""性"的内涵逐渐虚化、形上化，郭店简《性自命出》等篇中，"性"与"物"以及"心"与"事"的区分开始被反复地强调②。最后，在孟子与庄子的手中，"心""性"最终与"天""道"贯通，本体化了，演变为形而上的范畴。

伴随着"心""性"范畴的演化，一系列与心性相关的概念与命题也在形成。其中，有"命""气""情"等概念和性善、性恶、性无善恶等命题。"命""气"概念原生自天道论，而为心性论所沿用，而在心性论对它们的使用中，它们又添入许多新意。"命"不仅是上天对人的规定，也是人自身的属性；"气"作为天地万物交感的中介，也是人与自然感应交

---

① 《诗经·大雅·烝民》《诗经·大雅·荡》。而据徐复观云，这一说法来源甚为古老。见徐复观：《中国人性论史》，上海：上海三联书店，2001年，第26页。

② "好恶，性也。所好所恶，物也。""虽能其事，不能其心，不贵。"见李零：《郭店楚简校读记》（增订本），北京：中国人民大学出版社，2007年，第136、138页。

通的通道，是人的本能欲望发动的内在动力。"情"原指"情实"，与"伪"对立，但自孔门后学处，它与心、性密切干系，指向人之"心""性"受外物所感而生发的种种波动，而成为心性论中的重要概念；等等。

凡斯种种，将"人"的形象——作为一种发现也作为一种发明，凸显出来了。这"人"，是有"性"有"心"的人。"性"被认为是他的本然状态，这里面，有他的生理现实，也有对人自身的期许，"心"是他的活动状态，或者说，是他的活动力的描述；这里面，有本能欲望的萌动，也有理智与意志的抉择。这样的一个"人"，既是自然的产物，又是自觉的存在，既蕴含着感性、现实、世俗，又包孕着理想、可能、创造。这样一个"人"，是完整的、均衡的、全面发展的。此外，在这个"人"身上，"心""性"并非对立或并行的二元，而是通贯的一体。"性"之中，既有生理的血气，又有"自然"或"善"的灵明；"心"之中，既有坚立静持的决断，也有物欲与情欲难耐的勃发。"性"之所动，即为"心"生，而"心"之所至，无非"性"地。动与静，有与无，原为一体，无须外借。与之相关的"命""气""情"等范畴亦如是。这其实很难用西方哲学的感性理性二分或知情意三分来划分区别。其意义，均涵盖了感官、欲望、理智、情感。

这里面，既有来自历史实践的经验总结，又有出于各种政治理想或社会理想的预设。它的出现，一方面为统治者的施政提供实用的参照系，另一方面又是对社会个体的指引与期许。它为整个社会的现实作为提供着最直接的理论指导。而最后，它终从对现实人性的经验性总结转变为对理想人格的塑造。而在整个转化过程中，它与天道论之间一直相互贯通，互为映发。在西周的天命观中，天与人君之间有着"命"的授受，天之"命"必须要降临到人君的身上，凝聚为人君的"德""行"。这里，天是人之德的基础，德是天之命的具体显现，二者互为表里。到了战国时期，天命观发展为"天""道"理论，而孟子说："尽其心者，知其性也。知其性，则知天矣。"心、性、天之间层层递进，一气贯通；而庄子称"心斋"，以此来"合天",也以心天为相通、从心可以至天;这里,心性与天道更有深切的勾连。因此,心性之"人",又是以"天""道"为根基的。人之"性",乃天之所"生",人之"心",乃"天之所予"。这是与"天""道"合一的"人"。

这样的"人",对中国古典美学的酝酿具有决定性意义,它塑造了中国古典美学的基本形态。中国古典美学不是以感性理性二分、主体客体对立的哲学基础建立的,而是建立在感性理性混融、主客分别泯灭、天人合一的心性论基础上的。所以,其内容,于人的审美感受的发生,不是"表象""现象",而是"兴象""意象";其于世界向人的呈现,不是"经验""理念",而是"气韵""意境";等等。

三、语言之思——言象论

言象论是先秦人对人用以建立人的"世界"和"人"本身的手段、工具——语言的"思"。它的核心概念是"文""言""象",其主要的命题有"正名""文质彬彬""言以尽意""言不尽意""立象尽言",等等。

先秦人很早就有了"文""言""象"的概念。"言"是口头语言。《诗经·大雅》中的商周民族史诗、国风中的各国民谣,《左传》《国语》里人们称引的旧谚,都是先秦人世代相传的口头语言。它们是人类生活智慧与情感心理的积淀,传递着生存的各种体验,陶冶教育着一代代后人。这些言记录下来,就是"文"。"文"指向以文字记录的文献资料。然而"言"之演变为"文",并不只是物质载体的变化,它更标志着,一种生存经验被普遍地认可,从而被固定化和标准化。这就是典章制度。"文"在先秦指的就是典章制度①。

---

① 《论语·八佾》:"周监于二代,郁郁乎文哉!"见(清)刘宝楠:《论语正义》,北京:中华书局,1990 年,第 103 页。

而"言"变为"文"所需的载体——文字，就其实质来说，乃是一种"象"①。"象"是一套完整的象征符号系统，它包括了文字、数字、色彩、器物，等等。"象"首先是对神秘的天命的象征，如易象、星象、天象，因此它与天道论有天然的瓜葛；"象"又是对人间等级制度的表现，如服饰文章②，因此它又是"文"的一部分；"象"还指向对道德典范的遵行和模仿③，因此它与心性论又有交集。"文""言""象"一同构建了先秦的语言的体系。

这个体系，与社会礼乐制度、宗法制度紧密结合，成为古代社会秩序的支柱。这个体系，是社会的共同财产，它传递着社会生活与生产的经验智慧，维持着人们的公共生活。这时的"文""言""象"，即使创自个人，也是隶属于社会全体成员的公共财产。所谓"三不朽"中的"立言"，"不朽"的只是"言"本身，而非立言者本身，这与曹丕以为语言可以寄寓个人生命的观点是截然不同的，它反映的实际是个人的语言创造而成为社会公共财富，供社会长期使用的事实。

而这一体系，严格来说，在战国以前，并不是一个独立的"体系"，而是附庸于天道论的。"言"之伊始，首为"天"之"言"。④"文"之规章制度，是秉承天命、体现着"天"所界的"彝""彝伦"⑤。而"象"一开始也是对天意的指向，如易象、天象。所以，"文""言""象"均来自天，为天或其代言人的发布。因而后来孔子会自称"述而不作"，唯天及其代言人可"作"——制作"文""言""象"，而孔子不敢以此自诩。

---

① 《说文解字叙》："仓颉初作书，盖依类象形，故曰文。"见（汉）许慎：《说文解字》，北京：中国书店出版社，1998 年。

② 《国语·周语》："服物昭庸，采饰显明，文章比象。"见徐元诰撰，王树民、沈长云点校：《国语集解》，北京：中华书局，2002 年，第 60 页。

③ 《左传·襄公三十一年》："德行可象"。见杨伯峻：《春秋左传注》，北京：中华书局，1990 年，第 1195 页。

④ 《逸周书·商誓解》："在昔后稷，惟上帝之言。"见黄怀信：《逸周书校补注译》，西安：三秦出版社，1996 年，第 225 页。

⑤ 《尚书·洪范》："天乃锡禹洪范九畴，彝伦攸叙。"见（清）孙星衍：《尚书今古文注疏》，北京：中华书局，2004 年，第 294 页。

　　然而孔子时期"文""言""象"的公共性与天赋性已然遭到破坏。孔子、老子均有"奸言""佞言""巧言"之说，此乃被个人私欲利用、背离了大道的语言。这时个人已开始攫取语言的所有权和使用权。对此，孔子提出"正名"，要纠正个人对语言的不当使用，老子、庄子却对语言传达天道的功能提出了质疑。这种质疑，实际是从侧面承认，语言可能脱离现实，语"乌有之乡"，作"荒唐之言"。这就是赋予了语言一定的独立性、自足性。名家的各种悖论，可以说也是在这基础上对语言自足地构造自身的一种实验和探索。

　　而名家的实验，最终开启了一个纯文本、纯符号的世界。这个世界，搁置了现实，凌空虚构，以自己的内在逻辑而自我构造为一个圆满的世界。韩非曾批判辩士之论虚浮无实①，这不妨说是恰恰表明了语言独立自足、对现实世界的超越性。而正是借着语言的这一种超越，天道论的形而上"世界"、心性论的能动之"人"，方才有了具体的依托。形上之"道"，于实有世界无事可征、无物可达，唯有借语言而"道"；心性灵动，脱逸世事而天马行空，所趋所止也只有"卮言""寓言"构筑的"无何有之乡"。故而，一"象"耳，而老子以言"惚恍"之物②，韩非以表心造之境③。"文""言""象"为天道、心性所开启的人的审美化、理想化、精神化的"世界"，提供了物质外壳，三者熔铸一体，开启了人之生存的崭新向度，为人类精神提供了一个不断攀升的空间。

四、对话与共生

　　综上所述，天道论、心性论、言象论都源自原始氏族文化之遗存，又与先秦古代文明社会的发展进程紧紧缠结，随着这一进程中社会经济政治

---

　　① （清）王先慎：《韩非子集解》，北京：中华书局，1998 年，第 89 – 90 页。

　　② 《老子》十四章："是谓无状之状，无物之象，是谓惚恍。"见陈鼓应：《老子注译及评介》，北京：中华书局，2009 年，第 113 页。

　　③ 《韩非子·解老》："人希见生象也，而得死象之骨，案其图以想其生也，故诸人之所以意想者，皆谓之'象'也。"见（清）王先慎：《韩非子集解》，北京：中华书局，1998 年，第 148 页。

体制的变迁、人们精神需求的起伏而演化流变，它们隶属于一个同源的、共时一体的思想文化进程。但由于各自承传的文化渊源层面不一致，参与牵涉的社会结构不同，受影响的社会需要、现实条件有差异，它们又表现为同一进程的多元分蘖、歧向分流。天道论起源于原始宗教观念，由于国家统治和人们精神生活的需要而建构成形，它作为社会现实生活与整个文明系统的终极依据，显现出包罗万象、简明贯一又玄奥难测的神秘玄思与至上权威；心性论源于原始氏族社会公共生活的体验，又结合了先秦古代文明社会的公共管理经验而凝聚为论，其概念与问题主要是针对现实生存，多是根据经验的直接判断而少有逻辑的演绎与推理，其思维方式体现出一种"实用理性"（李泽厚语）；言象论来自原始社会语言文化的传统，又伴随着古代文明的繁荣及由此而生的对文化、语言本身的反思而兴起，它对自身的反省，是针对语言文化的功能、结构而进行的，故而发展出一套游离于实在世界的形式逻辑与抽象思维方式。

这样，三论呈现出不同的思维模式和知识形态，提出了不同的问题，发展出不同的概念，从不同的维度塑造了先秦的审美意识，在不同的层次上影响了中国古典美学的基础理论形态与基本体系的建构，各自对中国古典美学的发展起到了不可替代的作用。但是，这些概念、问题、思维方式等，由于三论在文化传承与现实历史中的纠缠交集，又往往彼此交错重叠，最终形成了一种相互对峙、相互映带、相互补足、相互激发的共生样态。这从历时的过程来看，往往呈现为一种此消彼长、互相推进的动态结构。例如，最初，由于统一的国家统治的需要以及科技文明的原始，带有强烈意识形态色彩和巫术思维性质的天命观成为社会思想文化的柱石，对"人"与"语言"的"思"被掩蔽在这一强势之下。随着文明的发展、社会的进步，人的自觉能动性日益强化，对"人"的思考逐渐取代对天命的崇信，"心""性"问题遂被提出来。由此，"人"的社会历史内容被发掘出来，语言文化作为人的创造物、教化者而受到瞩目，于是对"言"的"思"开始了……整个进程中，各个时期的中心话题都是随世变迁、与时俱进的，而在显话题与潜话题、主话题与次话题的酬答与迎来送往之间，一个个概念、范畴诞生并日益丰满起来。而从静态的、共时的结构来看，三论又在理论形态上呈现为逻辑上的互补、互证。天道论多神秘而简要的断言，这就需要大量的来自心性论的经验现象的罗列的补足；心性论多直接的、缺乏推理的直言判断，这就需要天道论精巧玄奥的理论的支持；言象论虽有完备精密的体系，但局限在符号世界里的周旋难免单薄局促，还需要连接天道论、心性论的广大空间……这种互补互证突出地表现在两个典型现象上。一是概念的通用及多义。从前面的论述中我们已经看到，三论中有许多概念名词是相同的，但它们的内涵，在不同的理论区域里会有所不同。这就造出了中国文化史上一个令人头疼的现象：范畴的多义。冯友兰分析过的"天"就是其中的一个代表。但这种"多"，并不是杂乱无章的"杂多"，而往往是彼此有历史渊源以及逻辑因果的"多样化"。这说明，概念的多义，是三论连接和融合的结果。另一现象是命题的跨越。三论的命题，往往所涉足的不止一论范围。如西周之天命观，"天命"从"天"降为人之"命"，中间又有"天"对人的谆谆言命，这就已然覆盖了天道、心性、言象三论；又如孟子的性善说，从"尽心"到"知天"，也跨越了天道、心性二论；等等。这种跨越，也反映了三论内在的逻辑关联。

而通过这样的历史与逻辑的交互缠结，三论最终成长为一棵盘根错节、枝繁叶茂、遮天蔽日的理论长青之树，为中国古典美学的发生发展奠定了坚实的基础。

西周礼"文"建构与"中和"审美形态发生

余 琳

在以"中"进行自我命名的古代中国,"中"的概念具有极高的政治意义与哲学意义。"中"是中国传统政治建构的标志性话语,《尚书·洪范》云:"皇建其有极",意思就是君王要以中正之道治国理政。"中"进入哲学语境则体现在《礼记·中庸》篇,据载,本篇为孔子之孙子思所作,以"昭明圣祖之德也"①。中庸,意思为"中和之为用"。本篇提出两个重要的理论主张:一是"中"乃天地之道性,"天命之谓性,率性之谓道,修道之谓教",确立了中在本体层面的地位;二是从事物内在之中,延伸出外在之"和"的审美维度:"喜怒哀乐未发之谓之中,发而皆中节谓之和。中也者,天下之大本也。和也者,天下之达道也。"(《礼记·中庸》),至此,中庸之道,成为儒家哲学体系中的"天下之至道""中庸其至矣乎"(《礼记·中庸》)。中和之美,为儒家至高之审美理想,"致中和,天地位焉,万物育焉"(《礼记·中庸》)。《中庸》篇本为孔门七十二后学的思想提炼,代表着战国至西汉时期儒家哲学的发展走向,因该篇对"中"之道性的阐释和对"中和"之美的建构补足了先秦儒家哲学重人伦、轻思辨的缺陷,成为儒家思想全面完善的标志性论著。

《中庸》篇经典化走过了一个漫长的历程。本篇先由子思撰成,录入《礼记》,汉代郑玄注经,即发现其关涉"天人之奥",但未给予充分的重

---

① 《十三经注疏》整理委员会整理,李学勤主编:《礼记正义》,北京:北京大学出版社,1999 年,下文所引凡出自该版本,一律在文中注明篇名。

视与阐释，认为该篇于五经无所属，于名物制度无所发挥，将其纳入礼书中"通论"篇。《汉书·艺文志》中收有《中庸说》二篇，颜师古注"今《礼记》有《中庸》一篇，亦非本《礼》经"。后梁武帝曾作《中庸》义疏，录于《隋志》，其书已不存。自宋代心性之学大兴，宋人对《中庸》篇倍加重视，"宋儒研求性道，始定为心传之要，而论说亦逐日详"①。南宋时期，朱熹反复沉潜，"敢会众说而折其衷"②，将《中庸》篇分为三十三章，引证串讲，发挥经义，撰成《中庸集注》，《中庸》篇地位得以全面提升，从《礼记》中单篇独出，与《大学》《论语》《孟子》合称"四书"，纳入十三经范畴，其深远影响波及古今。《中庸》篇与《礼记》，经历了一段由合到分的过程，从一开始在《礼记》中的尴尬地位，到最后独出列为经典，治礼之人始终认为本篇与礼仪主旨及具体实践关系不大，而专研《中庸》篇的古今学者，也多从春秋战国时期儒家思想的内涵发展入手进行研究，或重视该篇的"中之为性"，如《四库总目提要》著录宋儒研治该篇，多从"中"之性与"庸"之道层面入手，结合本时期程朱理学思想进行阐发；或重视本篇"中之为用"，即修道，如明人赵南星撰《学庸正说三卷》，四库馆臣赞其"说中庸，不以无声无臭虚论性天，而始终归本于慎独"③。可见，明人将中庸主旨落实于躬行实践；或如清代学者，说解章句，格物致知。至于当今学者，也十分关注"维精维一，允执厥中"背后的哲学内涵："《中庸》之道源自《易经》，它在哲学史上完成了《大易》刚健中正的道德哲学体系，这种道德哲学是儒家的'本体论'。本体是恒量，表现在中华民族性格上，它是'极高明而道中庸'；表现在个人身上，它也是完整的中庸之道。"④然而，对于思想命题的生成研究，从内在的理论发展逻辑去认识固然重要，从孕育思想的外部环境来考察也具有不可忽视的意义。事实上，中庸思想的提出，以及在此基础之上中和美

---

① （清）永瑢等：《四库全书总目提要》，北京：中华书局，1965 年，第 1194 页。

② （清）永瑢等：《四库全书总目提要》，北京：中华书局，1965 年，第 1195 页。

③ （清）永瑢等：《四库全书总目提要》，北京：中华书局，1965 年，第 1202 页。

④ 杨向奎述，李尚英整理：《杨向奎学述》，杭州：浙江人民出版社，2000 年，第 96 页。

学话语的全面成熟，都与此前西周礼制的行为实践、话语生成与理论体系息息相关，可以认为，周礼不仅为中庸思想的产生提供了外部环境，也为其理论品格的成熟提供了思考范式上的借鉴。

一、中之为用：前理论话语时期的礼仪实践

《礼记·中庸》篇所论之中，并非时间之中点或空间之中心，而是一个脱离具体形态后的抽象概念。究其理论内涵，大致有三：其一，它与天地根本大道相关，《中庸》篇开篇即论："天命之谓性，率性之谓道，修道之谓教。"孔颖达疏解："明中庸之德，必修道而行；谓子思欲明中庸，先本于道。"性，天命所降，具有先在性；道，统领天性，通达于万物；修道之教，从个人之性，体悟天地之道，以合于己身，通达天下，修道之教化是联系个体与大道的中介，所修的过程是对道的参透体悟，而道之内在根本，即为"中"的状态。其二，中，为个体内在生命最本来之面目。"喜怒哀乐未发之谓之中"（《礼记·中庸》），此为《礼记·中庸》对人性的新释。继战国孟、荀二家人性"善""恶"之争后，《中庸》篇提出人性为中，即个体生命最初始、最恒久的状态是未受各样情感影响的平静、内敛、稳定之态。这一解释，开战国末年至西汉时期人性"天生而静"的理论先河。其三，中，是万事万物的共性提炼。《中庸》篇借孔子之名赞誉先君舜王，指出其成就在于"隐恶而扬善，执其两端，用其中于民"（《礼记·中庸》）。这里执两用中的核心，并不是折中善恶，而是指舜善于体察民众中的两端：知者、愚者，并在其中寻找共性，以求得各方面的普遍接纳："舜能执持愚、知两端，用其中道于民。"（《礼记·中庸》）因此，中作为理论命题，涉及天道、人性、万物，从隐至显，从一而多，表达道性、人性、物性之基本状态，具有高度抽象忭与思辨性，实为中国儒家哲学阐释体系的核心概念之一。

然而，"中"之抽象致思的理论品格，虽在战国时期正式形成，事实

上却历经了漫长的前理论时期酝酿阶段。上古先民对于实体"中"的切身实践，逐渐将"中"剥离于物质层面内涵，转向宇宙境界描述话语，西周礼制全面形成，更直接催生了中和理念的成熟完善。

1. 原始社会时期的"中之为用"

"中"在获得其哲学性理论话语身份之前，已走过了一个漫长的从实体之"中"到理念之"中"的发展历程，"中"的体认，最早伴随着先民的身体感觉，先以自身为中心，后才有四周概念出现。从个体到世界，"中"逐渐形成一元、向心的结构图式，最典型体现在上古礼制性建筑——宗庙建筑结构当中。从新石器时期开始，在红山文化、龙山文化等考古遗址中，便有祭坛建筑出现，作为祭祀礼仪的主要场所。河南偃师二里头文化遗址，被认为是可靠的夏晚期都城遗址，"它不仅是我们探索夏史和夏文化的关键性遗址，也是探讨我国国家和文明起源极其重要的遗址"。① 其中披露的宫殿——宗庙建筑遗址，尤其突出了一元中心的结构模式。

河南偃师二里头文化遗址中二号宫殿由东、南、西、北四面墙壁组合，形成一个闭合空间。墙体四周均有柱洞存在，证实墙体以外还有廊庑，该宫殿应是一个由廊庑环绕屋室组合而成的进深空间。二号宫殿属于河南偃师二里头文化遗址三期，同属于三期遗存的还有一号宫殿，其外围宫殿建制同样也是这种正室外围绕着廊庑的构造："大门夯土基址的南北边缘发现13个柱洞或柱础石（依照现有遗迹复原，总共应有16根柱子），应该是檐柱所在。由此推知大门的上面罩有屋顶。按照《汉书·窦婴传》颜师古注'廊，堂下周屋也。庑，门屋也'之说，可将一号宫殿南大门这个'门屋'称为'庑'，面阔7间。"② 此外，在比一、二号宫殿更早的类似建筑中，即在河南偃师二里头文化遗址三期之前的宫殿建筑群遗存当

---

① 中国先秦史学会、洛阳市第二文物工作队编：《夏文化研究论集》，北京：中华书局出版，1996年，第66页。

② 杜金鹏、许宏主编：《偃师二里头遗址研究》，北京：科学出版社，2005年，第508、800页。

中，也有类似的形制发现。《偃师二里头遗址宫殿区》发掘报告中，还发现有第 3 号夯土基址，它是迄今为止二里头文化最早的具有规模的夯土基址，二号宫殿即在它的基础上再次填平夯土建筑修建而成。发掘结果表明："该基址系一规模较大的夯土建筑，基址坐北朝南，由三重庭院组成。在发掘区内的南北总长度已逾 40 米，东西宽度逾 15 米，且庭院仍向南、北、东三面延伸。"① 在《二里头遗址宫殿基址群》报告中对三号基址再次进行补充："位于 2 号基址庭院下的中院主殿夯土台基宽 6 米余，其上发现有连间房屋和前廊遗迹。"②

综合上述特征，可以总结出河南偃师二里头文化遗址从早期至晚期均拥有廊庑环绕殿宇这样的建筑结构，同时，这种结构也影响到早商时期的宫殿建造，如《河南偃师二里头早商宫殿遗址发掘简报》中报告，于 1960 年在遗址的中部，即第五工作区发现一组早商时期的宫殿遗址。其基本特征为："宫殿的四面廊庑，外面起墙，里面立柱，是一面坡的形式。南北两面的廊庑中间起墙，两面立柱，是两面坡的形式。"③ 这一四围有廊庑，中有台基，台基上有堂的宫殿建筑形制从二里头文化时期开始出现，并奠定了古代宫殿的基本造型，该建筑结构的影响意义是深远的。

二里头宫殿类建筑的主要特征，在于营建出一种"中心投射"结构。由廊庑环绕的闭合内室，既是被隔离的所在，又是被投射的对象，整个建筑实体体现出刻意为之的对封闭感和纵深感的追求。宫殿周围的廊庑使其与外界隔开，形成一个独立的空间，在廊庑之外只能看见高大的宫墙却无法了解内部的细节，这一隔绝造成宫殿建筑的威严感、神秘感。倘若进入宫中，从廊庑到内室需要经过漫长的甬道来跨越中庭，随着宫室神圣核心的相对遥远，无法立刻接近，但又逐渐趋近，宫殿内部出现与外围不同的另一种空间效果。宫殿外是靠廊庑来营造出封闭、独立的效果，是视觉上

---

① 杜金鹏、许宏主编：《偃师二里头遗址研究》，北京：科学出版社，2005 年，第 508 页。
② 杜金鹏、许宏主编：《偃师二里头遗址研究》，北京：科学出版社，2005 年，第 801 页。
③ 杜金鹏、许宏主编：《偃师二里头遗址研究》，北京：科学出版社，2005 年，第 607 页。

的中断，从而制造出心理上的神秘性与向往感；宫殿内则是通过对空间的不断拉长和遮盖（使内室不被直接发现），而制造出紧张、压抑、凝重的心理情绪。内外两重空间的重点都是以宫殿内室为核心的。它既是被隔离、被特殊化的对象，同时也是被聚焦、被向往的目标。内室在整个宫殿结构中处于顶点位置，表示其在观念层居于最高等级。

正如前面所说的，宫殿建筑实为礼制建筑，其建造目的不仅是提供居所，更是思维观念物质化的表达。夏文化宫殿遗址结构是聚合型的而非发散型的，宫殿整体都围绕内室构成，体现出夏人的思维模式也是向心型的。这种中心诉求型思维模式旨在提供解释的起点与行动的指向，一旦中心状态保持永恒、永在，其衍生的概念、行为便均被赋予了以中心为旨归的存在价值与意义。中心诉求型思维正是形而上概念思维的特有方式，张隆溪在《道与逻各斯》中解释道，不管是以表音为主的西方拼音文字或表意为主的汉字体系当中，都存在这样的中心与次极："按照德里达的说法，形而上的概念化总是依靠等级制进行的：'在古典哲学那里，我们涉及的并不是面对面的和平共处，而毋宁说是一种粗暴的等级制。两个术语中，一个统辖着另一个（价值上统辖，逻辑上统辖），一个对另一个占据上风。'"① 从夏文化宫殿遗址所体现出的思维结构来看，对中的空间体悟与建筑构型已为其形而上层面的抽象提升准备了实践基础。

2. "中"与宇宙生成图式

从实体之中的空间内涵里抽象出的"中心""一极"意义，还体现在上古中国一种古老而流行甚广的宇宙观念描述上。《史记·天官书》载："北斗七星，所谓'璇、玑、玉衡以齐七政。……斗为帝车，运于中央，临制四乡。分阴阳，建四时，均五行，移节度，定诸纪，皆系于斗。'"② 中国古代天学认为，北斗七星是天之中极，斗柄指向不同，以提示季节更迭。北斗斗柄自转，统领群星，诸星之转，绕北斗而行。《论语·为政》

① 张隆溪：《道与逻各斯》，南京：江苏教育出版社，2006年，第41页。
② （汉）司马迁：《史记》，北京：中华书局，1959年，第1291页。

云："子曰：为政以德，譬如北辰，居其所而众星共之。"① 北斗运行覆盖的区域，被认为是天的穹窿，《史记》索引杨泉《物理论》云："北极，天之中，阳气之北极也。极南为太阳，极北为太阴。日、月、五星行太阴则无光，行太阳则能照，故为昏明寒暑之限极也。"在这穹窿之中，还有"天极星"的存在，代表天的中心与顶极：《史记·天官书》载："中宫天极星，其一明者，太一常居也。"② 极星是整个天空的最中心，在《周髀算经》中，极星所处位置，叫作"璇玑"：《周髀算经》卷下载："欲知北极枢，璇周四极，常以夏至夜半时北极南游所极，冬至夜半时北游所极，冬至日加西之时西游所极，日加卯之时东游所极，此北极璇玑四游。正北极，璇玑之中，正北天之中，正极之所游。"③ 因此，天极的概念，不仅指"天极星"这一固定天体，同时也是由北斗位移所划分出的专门的区域，天极，作为宇宙中极，其状态在《周髀算经》中也有详尽的描述：《晋书·天文志》引蔡邕曰："所谓周髀者，即盖天之说也。其本庖牺氏立周天历度，其所传则周公受于殷商。周人志之，故曰周髀……其言天似盖笠，地法覆盘。天地各中高外下。北极之下为天地之中，其地最高，而滂沲四隤，三光隐映，以为昼夜。"④ 中极黑暗寒冷，万物不生、不息不死、亘古永恒，以恒定不变的模式支配了万千事物生生不息的轮回，是宇宙、社会、人事运转的终极动力源头。

从礼制建筑"中心"型空间模式构造到天之"中极"宇宙结构营造，中国古人对中的体认，逐渐经历了从有形之物向观念之物的转变。这一思想的形成与发展，正是在上古礼仪制度的召唤背景中发生的。二里头宗庙建筑为礼制建筑，服务于祭祀礼仪，体现敬天敬神思想；而上古礼仪本身

① （清）程树德撰，程俊英、蒋见云点校：《论语集释》，北京：中华书局，1990年，第79页。
② （汉）司马迁：《史记》，北京：中华书局，1959年，第1289页。
③ （汉）赵爽著，（北周）甄鸾重述，（唐）李淳风等注释：《周髀算经附音义》，见《丛书集成初编》（第1262册），北京：中华书局，1985年，第55－56页。
④ （唐）房玄龄等撰：《晋书》（第一册），北京：中华书局，1974年，第278页。

要求从"上天垂象"中进行模仿，在结构设计与意义诉求上均对宇宙图式的生成与形态有所期待。因此上古礼制作为广泛的思想与文化背景对"中"概念的提出与提升起到了催化与促进作用。

二、"中和"建构：礼仪实践与话语形态的双重启发

中庸思想的核心是中之为用，即注重中的为用之法，可见中本为体，是本质之物的内在状态。中国古典哲学对中道的高妙多有阐发，认为这是人事活动的最高准则："孔子曰：'过犹不及。'又曰：'中庸不可能也。'《尚书》亦曰：'允执厥中。'释氏炼妙明心，归于一乘妙法；道家九转功成，内结圣胎，同是一'中'字至理。盖超凡入圣，自有此神化境界。"①中的化用，是由内而外的，是本质之物内在端正中直向时空维度的显明，中从悬置抽象性质，转体为用，在当下世界显明自身，即表现为"和"的形态。恰如《中庸》篇言："喜怒哀乐未发谓之中，发而皆中节谓之和。"和是中的外显形态，它的出现，使中从形而上的哲学属性转向审美形态，成为事物状态、伦理道德的理想向度。中和之美，是儒家中权克让之道的美学呈现，中在内，和发而为外，一体一用，两者构成内外互文关系。中与和之所以能形成平衡的概念关系，在于从中到和的内外转化过程中，要受到"节"的调控。节，使内在之中向外发散的过程中，始终保持克制与均衡，维持了中天生而静、正直恒定的理论品格，同时促进外在情感与行动向度上"和"的生成："无所偏倚，故谓之中。发皆中节，情之正也。无所乖戾，故谓之和。"②中和推行至极致，则天地有序，万物生长有时。"致中和，天地位焉，万物育焉。"（《礼记·中庸》）如果说中在虞夏文明时期的礼仪场域中得以哲学化的概念演绎，中和作为审美形态的提出则与

---

① （清）朱庭珍：《筱园诗话》卷一，见《丛书集成续编》（第158册），上海：上海书店出版社，1994年，第189页。

② （宋）朱熹注，王华宝整理：《四书集注·中庸章句》，南京：凤凰出版社，2016年，第18页。

西周全面庞大的礼乐文明形式有着密不可分的联系。

首先，西周礼仪的形式构造使节的观念得以充分演绎。节在礼仪中形成张力，化为形式，使礼仪形式审美获得发生的可能。周代礼仪的根本特征是"经礼三百，曲礼三千"，周礼渗入上层社会的方方面面，使人的行为严格遵守礼制规定，各就其位，序而不乱。社会全面礼制化的结果是人的行为充满形式感，而礼制化的发生推行，则需拳拳服膺于礼仪之道来"节制"人心恣意散漫之情。因此，《仪礼》与《礼记》中记载孔子与弟子谈礼、习礼，多以克己复礼为核心。如在情感表达上，《礼记·檀弓下》："礼有微情者，有以故兴物者，有直情而径行者，戎狄之道也。礼道则不然，人喜则斯陶，陶斯咏，咏斯犹，犹斯舞，舞斯愠，愠斯戚，戚斯叹，叹斯辟，辟斯踊矣。品节斯，斯之谓礼。"礼对人的情感宣泄既有限制，又有疏导。"微情"：微，杀也，意思是克制情感的过度发泄，如对丧亲后哀伤之情的克制："言若贤者丧亲，必致灭性，故制使三日而食，哭踊有数，以杀其内情，使之俯就也。"相反，对于情感冷漠者，礼又有引导、提倡的作用："兴，起也。若不肖之属，本无哀情，故为衰绖，使其睹服思哀，起请企及。"毫无节制地放纵感情，任意而为，被认为是"戎狄"行为，不符合礼仪"节制"要求。又如在行为动静上，人的一举一动，均不可随意而行，均需以一定的准则予以规范。《礼记·曲礼下》中就记载以佩戴玉饰来提示、辅助人的日常行动："立则磬折垂佩。主佩倚，则臣佩垂；主佩垂，则臣佩委。"郑玄解释道："倚，谓俯于身。小俯则垂，大俯则委于地。""立则磬折垂佩"，站立本是自然姿态，但由于行礼人均有佩玉，因此可从玉的垂挂方式不同来规定行礼人的站姿不同。主佩倚，"倚，谓俯于身"，即君主站立时需保持佩玉与身体保持贴合，因此必须挺立站直；臣佩垂，"小俯则垂"，臣子需保持偻折的姿态才能使佩玉悬垂于地。这种姿态如同"磬之背"，被称为"磬折"。当君主佩玉悬垂之时，臣子所佩之玉则需"委"，"委"需要臣子摆出"大俯丁地"的姿态。如此可见，西周礼仪体制下，没有随心所欲的情感宣泄，也没有动静随意的行动举止，人的行为与表情达意，均需以与礼仪合宜的规定性方式表现出来，礼仪对"节"的强调，使得社会呈现出一种整饬、有序的形式美感，而这种形式在古人的理想中是合于礼仪大道的，因此这种秩序也符合天地之理想状态。可以说，礼仪中对节的把握和实践，激发了中和审美形态的出现，这是在典型外围环境中所孕生的必然之美的理想。

其次，西周礼制不仅为"中和"之美提供了外部环境刺激，其礼制内在的话语形成模式也为"中和"互文阐释提供了思维范式。孔子谈及周礼，以"郁郁乎文哉"概之，"文"是周代礼仪的表征，是对周礼内涵与形式的全面表达。周代"礼文"的建立，标志着本时期除言语符号之外重新构建了另一套独立、完善的表意符号系统——礼仪符号系统。

礼文，即礼仪形式，虽是以意义表达为目的而人为形成，但古人将其存在提升到先在的高度，认为文是本体的昭明：礼与文之间形成"互文"阐释结构："文之为德也大矣，与天地并生者何哉？夫玄黄色杂，方圆体分，日月叠璧，以垂丽天之象；山川焕绮，以铺理地之形；此盖道之文也。"① 这样，礼文的出现和存在才具有根源上的合理性："礼文之制的全部奥秘，就是以文物声明的量化方式建构其全社会权利分配的控制网络。其社会地位的高低贵贱，政治权力的等级大小，社会秩序的整理与构成，都以文化享受权利的差额分配方式固定下来、昭示出来，因此整个社会无论是在体制运作的细节上，还是体制建构的宏观形态上，都无不表现为一种文物构型的社会组织形态。"②

礼文具有构型性。文的形式，虽同于礼之大道，但它是礼的外在呈现形式，使导于抽象虚无的"礼"的内涵，以垂象时空的姿态显明自身。"夫礼本于太一"，礼内在于本源之物。《礼记·仲尼燕居》："礼者，理也。"《韩非子·理老》："理者，成物之文也。"③ 《礼记·乐记》："礼也

---

① （梁）刘勰著，范文澜注：《文心雕龙》，北京：人民文学出版社，1958 年，第 1 页。
② 彭亚非：《中国正统文学观念》，北京：社会科学文献出版社，2007 年，第 50 页。
③ （清）王先慎撰，钟哲点校：《韩非子集解》，北京：中华书局，1998 年，第 146 页。

者，理之不可易者也。"文是礼由本体层面进入世界后的呈现样式，它是自然而然的，未发为礼，发而为文，"是故大人举礼乐，则天地将为昭焉"。文是礼的天生属性，是其最重要的特征。(《礼记·乐记》) 礼文的演进过程，首先是文"明"，其次为文"化"。礼制设立作为文的昭明，代表其作为表意符号的阐释体系的建立，《礼记·曲礼》："鹦鹉能言，不离飞鸟；猩猩能言，不离禽兽。今人而无礼，虽能言，不亦禽兽之心乎？夫唯禽兽无礼，故父子聚麀。是故圣人作，为礼以教人，使人以有礼，知自别于禽兽。"在古人看来，礼是人的本质属性，带有质的判断。礼制在整个社会权力层面的覆盖，象征着礼的"文化"，代表着礼仪表意符号体系的能动运作，成为与言语符号平行的独立庞大的意义生成与传递体系：如《礼记·乡饮酒义》"乡饮酒之义，立宾以象天，立主以象地，设介僎以象日月，立三宾以象三光。"该礼仪中宾、主、介的设立都具备宇宙论层面的象征意义，建立了完满的符号表意体系，而对礼仪的不断实践则使其意义自明、扩散，礼仪践行与展开使得社会焕发出整饬的形式感与丰富的意味性，礼文并举的概念构型，表达出抽象概念的逐渐显明：礼，本是先在层面概念，与道平行共生，具有本原性；文，是礼在时空中的显现与化生，是礼进入时空后的可观可感形式，使礼的观念变为可理解和可接受的实在。礼文，内外同构，互为表里，它的提出，标志着礼从观念到实体"导虚入实"阐释历程的发生，礼与文之间的互文关系，表现在可以互相解释；礼与文之间的体用关系，表现在其从不可见抽象本体之物向可见的形象感知层面的转化。

这种概念意义上内外同构、言说上从抽象到具体的构思模式，为中从中庸之道向中和之美的转化提供了良好的思考范式。中最重要的理论品格，在于它是本源内在特征的描述，是其内部平衡协调并维持长久恒定的结果，《论语·尧曰》云："允执其中。"皇侃疏："中，谓中正之道也。"[1]

---

[1] （清）程树德撰，程树英、蒋见云点校：《论语集释》，北京：中华书局，1990 年，第 1731 页。

《中庸章句》开篇朱熹引程颐言中庸"中者，天下之正道"。进而注解"其书始言一理，中散为万事，末复合为一理。放之则弥六合，卷之则退藏于密"①，可见，中在儒家正统阐释视域中，与道的理论品格有相通之处，均是隐匿于事物背后的本源，又发散在弥纶天地之间，但终归是隐而不显，可领悟而不可言传；因此，中的内在性得以明确。同时，这一内在状态蕴含着向外转化呈现自身的必然性——由内部关系的平均带来"正"的感觉；进而向外延伸，展现为世界平稳、恒定现实图景，即中的外化"和"。中、和构成了"中"概念的内外两个层面，中在内，即为正，发于外，则显为和，和是中的"道"性在德的层面上的表现，和使中具备了时空层面的可解性，这样，中与和的概念具有了互文关系，把握了内在之"中"，行为必然是"和"，而外部呈现的"和"的状态，必然蕴含"中"的支撑。中和概念互为阐释，互相补足，故《礼记·中庸》篇提出"中为大本，和则为用"。中之为体，是由于本源内在的均匀状态而带来长久稳定，并为其向外延伸提供动力；和之为用，则是本源进入世界之后的显明方式，这一方式不仅使中成为可感知与可理解的，同时也为人事活动提供了规范。中、和内外连理，生成周代"中和"美学话语，中和之美，是内部正直而焕发出来的协调之美，是事物以内在品格之端正而自觉处于可控制、可协调的状态之下。

东周至春秋战国年间，一系列内外互文的理论命题纷纷出现，如道与德、性与命等，中和命题也位列其间，这些话语共同的构思机制，都是将悬置的、不可言说的抽象命题进行言语演绎，使其进入阐释体系之中。在上古先民使用语言建立意义能指之先，西周完善的礼制已以郁郁乎文的充沛形式为阐释的礼之终极宏旨做出了实践示例。

---

① （宋）朱熹注，王华宝整理：《四书集注·中庸章句》，南京：凤凰出版社，2016 年，第17 页。

三、诚的介入——礼乐文明形态与中和美学的内涵修正

《礼记·中庸》下篇的核心，是在上篇对中和之美的阐释基础上，引发出"诚"的新命题。中和的立足点在社会形态建构，多以明君圣贤为例，"诚"则将重心放到个人立身处世上来，从切身角度讨论中和理想之美在个体人格上的投射与实现。《礼记·中庸》下篇提出，"诚"首先是"人之道"。诚者可以从容履行中道，亦可持守善道；其次，至诚，是人之本性："自诚明，谓之性；自明诚，谓之教。诚则明矣，明则诚矣。唯天下至诚，为能尽其性。能尽其性，则能尽人之性。"（《礼记·中庸》）再则，诚者能使万物完善，道理通达，能促使天地万物呈现和谐恒久之态："博厚所以载物也，高明所以覆物也，悠久所以成物也。"（《礼记·中庸》）最后，人若欲成为诚者，应谨守中庸之道，精神专一，克己复礼，方可为"至诚"。"故君子尊德行而道问学，致广大而尽精微，极高明而道中庸，温故而知新，敦厚以崇礼。"（《礼记·中庸》）《中庸》篇对"诚"命题的开拓，打开了"中和"美学的新向度，体现儒学思维重心从外部世界伦理维度向个人内在情感心性的转向，将社会整体审美形态糅合为个人自觉之道德律，提升个体生命意义，是中之为用及中和之美在具体的人生形态层面的实现，将中的理念演化为广义的行为准则。诚作为中庸命题的新向度，还成为品评人性真伪，关涉艺术活动情感深浅的衡量尺度。《周易·乾·文言》："君子进德修业。忠信，所以进德也；修辞立其诚，所以居业也。"[1] 程颐谈到"诗三百"创作态度时提及："思无邪者，诚也。"[2] 就诗与诚的关系，金人元好问谈道："故由心而诚，由诚而言，由言而诗也。三者相为一，情动于中而形于言，言发乎迩而见乎远。同声相应，同气相求，虽小夫贱妇孤臣孽子之感讽，皆可以厚人伦、敦教化，无他道

---

① （清）李道平：《周易集解纂疏》，北京：中华书局，1994年，第48页。
② （宋）程颢、程颐：《二程集》，北京：中华书局，1987年，第106页。

也。故曰不诚无物。"① 那么，能否将诚看作中庸思想形成之后新的理论话语呢？事实上，诚从中庸母题中衍生而出，也经历了西周礼乐文明社会形态的综合影响，可以说，在西周礼制社会中，诚的意义和作用就已得着反复的实践和体悟。

《礼记·礼器》有云："《经礼》三百，《曲礼》三千，其致一也。"郑玄注："致之言至也。一，谓诚也。"诚是行礼始终追求的态度，是主体内在状态的描述。"君子之于礼也，有所竭情尽慎，致其敬而诚若，有美而文而诚若。"《礼记·乐记》篇也强调"中正无邪，礼之质也。……致礼以治躬，则庄敬，庄敬则严威。"诚，是行礼时主体所应处身的正确姿态，是心灵行为的高度统一。这一点，在西周祭祀礼仪中体现得尤为突出。西周礼仪仍以祭祀礼仪为核心："礼有五经，莫重于祭"（《祭统》），祭祀的动因出于人心之所需："夫祭者，非物自外至者也，自中出生于心也。心怵而奉之以礼，是故唯贤者能尽祭之义。"（《祭统》）祭礼既然从心而出，必追求竭心尽力，《论语·八佾》载："祭如在，祭神如神在。子曰：'吾不与祭，如不祭。'"②《礼记·祭义》载："君子反古复始，不忘其所由生也。是以致其敬，发其情，竭力从事，以报其亲，不敢弗尽也。"西周社会以血缘关系为纽带，建立了庞大的宗法社会网络，将祭祖礼的地位空前提高，在祭祖过程中完成个人内在情感倾述，并以此和睦宗亲，团结族人。西周祭祖礼仪还将"立尸"作为自身标志性特征，为完成后人对祖先的报答回馈之情，采取从与祖辈同昭同辈的孙辈中选择"尸"作为祖灵替身的形式，迎其回来，供以饭食，尽心尽力致以孝子情义，《仪礼·士虞礼》云："尸，主也。孝子之祭，不见亲之形象，心无所系，立尸而主意焉。"③ 因此，诚在西周祭礼中，表现为祭祀者对于祭祀对象的高度信任与

① （金）元好问：《杨叔能小亨集引》，见《遗山先生文集》卷三十六，四部丛刊本。
② （清）程树德撰，程树英、蒋见云点校：《论语集释》，北京：中华书局，1990年，第79页。
③ 《十三经注疏》整理委员会整理，李学勤主编：《仪礼注疏》，北京：北京大学出版社，1999年，第803页。

崇敬，在祭祀对象面前，个体生命毫无遮蔽地完全敞开：《说文·言部》云："诚，信也。"《礼记·郊特牲》言"币必诚"，孔颖达疏："诚，谓诚信也。"扩及整一西周礼制，诚则体现为对于礼仪意义、过程、形式的完全接纳，将看似繁文缛节的外在行动规范内化为个体必然的生命情感诉求，使礼仪中因对中和之美的审美追求而必然要求的节情行为成为主体自觉服从的行为选择。诚在礼仪中的重要意义，使得高度形式化的礼仪制度具备了长久延续、合情合理的人性支持。因此，诚是礼文形式的介入与修正，维护其运行发展的可能性。西周礼仪社会的存在形态，充分认知诚对礼的实现拥有决定性的意义，因为礼必然将从抽象之概念导入人伦，而这一体悟无疑对中庸之道和中和之美的现实转化提供思路，诚也将为两者在时空中的实现架设桥梁。

西周社会对于诚的认识和习得，不仅发生于行礼主体的内在状态上，在礼制社会建设过程当中，周人已开始对礼制本身进行反思和修正。周代礼仪制定者在弘扬礼仪等级感与秩序感的同时，也意识到繁缛复杂的行为规定对人的内在情性有较大抑制，而在集体社会生活中过分强调礼仪等级区分功能，虽能使人各就其位，但也使人与人被隔离开来，《礼记·乐记》云："乐者为同，礼者为异。同则相亲，异则相敬。乐胜则流，礼胜则离。"因此，西周礼制事实上是礼与乐的组合，是礼乐共生的综合体系，周人以乐的音乐情感功能，补足了单纯礼制的偏差，礼乐文明是一种内外双生的文明样式，乐对礼的充溢和补充，是从内向外的，乐的构思原则，是人心所出："凡音者，生人心者也。情动于中，故形于声，声成文，谓之音。"乐是人心状态的天然化成，人心真情真性，乐的产生原则也是诚实无伪，"是故情深而文明，气盛而化神，和顺积中，而英华发外，唯乐不可以为伪"（《礼记·乐记》）。作乐者情有所动，听音者心戚戚然，音乐从内在情感向度上起到感化、和同人群的作用，弥补消解了单纯礼仪制度带来的人心阻隔。礼乐配合，一静一动，理情，使得西周礼制不仅具有存在本体层面的深刻性，也具有认识情感层面的真实性，礼乐协同的世界，在西周审美观念中，既获得最根源的存在意义，又具备生命流动之美："穷本知变，乐之情也。著诚去伪，礼之经也。……是故大人举礼乐，则天地将为昭焉。天地䜣合，阴阳相得，煦妪覆育万物，然后草木茂，区萌达，羽翼奋，角觡生，蛰虫昭苏，羽者妪伏，毛者孕鬻，胎生者不殰，而卵生者不殈，则乐之道归焉耳。"（《礼记·乐记》）。可以看出，《中庸》篇中对"诚"这一命题的体认，已经历西周社会对诚在礼乐文明形态中重要性的实践，诚在成为中和之美的道德命题之先，已拥有生命审美形态之前身。

中国先秦礼制社会形态对后来社会的发展影响是巨大的。这一影响，不仅体现在文物制度方面，如创造出重要的礼仪用品青铜器、玉器之属，建造了特殊的礼制性建筑如宫廷、宗庙；而且更为重要的是，礼制的存在，影响并在一定意义上决定了中国古人的思想方式，礼仪概念的演绎、内外双生的言说模式，体现着辩证思想在上古社会的成熟，并作用于同期乃至以后的抽象命题构型，成为思想的范式。先秦礼制是上古社会广义的知识图式与思维背景，其中蕴含的话语居于中国理论体系的"元"理论层面，具有巨大的促生能力与深远的影响力度，在我们厘清上古思想发展演变脉络时，先秦礼制是不可抹杀的存在。

[本文原载于《华南师范大学学报》（社会科学版），2018 年第 5 期]

视觉思维何以可能

史风华

作者按：阿恩海姆（1904 年 7 月 15 日—2007 年 6 月 9 日）先生于 2007 年 6 月 9 日在 Ann Arbor，Michigan 于睡梦中辞世，终年 103 岁。2007 年 9 月 30 日，笔者参加了由阿恩海姆的女儿 Margaret Nettinga 主持的在密西根大学举行的纪念活动，来自世界各地的专家学者充分肯定了阿恩海姆的成就，缅怀大师生前的种种事迹。这篇文章也是对阿恩海姆的纪念。

从传统思想的角度看，视觉思维这个词显然有些自相矛盾：视觉就是视觉，它是感觉的东西，怎么会有思维？思维不是理性的吗？思维不是开始于感知结束的地方吗？在西方的思想传统上，人们普遍接受的看法是，世界将自己的反映投射到大脑中，而这些倒映（反映）作为原始材料还要被细细地审查、精选、重新组织和储存，这种组织活动以一种独立积极的创造性能力去接受。虽然，感性主义的哲学家们一直在用强有力的证据提醒我们，在理性所得到的东西中，没有一样不是预先由感官采集，并在感性领域中出现过的。但即使是持这种看法的人，也仍然把获取感性材料的活动说成是一种"粗活"：它们是不可或缺的，但又是低级的，只有创造概念、积累知识和推理等，才是大脑中高级的认识活动，这些高级活动唯一要做的事情，就是从感觉到的个别事物中抽象出概念。吊诡的是，就连提出关于感知的新原理，并为之命名为"美学"的美学之父鲍姆嘉通，也把知觉看作两种认识能力中较低级的一种，认为它缺少那种只有推理能力才具备的清晰性。

现在，人们仍然接受这样的观念：知觉和思维是两大互不关联的领域。艺术受到不应有的忽视，是因为它的基础被认为是感知，而感知与思维相比只是较为低级的——尽管是不可或缺的。正是由于对这些现实的不满以及对视觉思维重要性的充分认识，阿恩海姆提出了"视觉思维"的概念，那么，视觉思维何以可能呢？

一、西方思想史上的视觉观念

从古代哲人的态度中，我们可以区分出两种不同性质的视觉观念：一种是本体论意义上的观看，一种则是经验论意义上的视看。

在本体论的意义上，虽然古代的人重视看，但这并不意味着必然要把世界看成什么，也不必把世界作为自己的对象或者表象来把握，单纯的观看只是人们活在当下的基本方式，也就是在世的基本方式。古代一些理论家认为，看的动作紧密地同在世的生存相联系：看，就是看到世界；看的过程，就是生存于世的过程，它是人类所共有的行为，也是最基本和最普遍的存在方式，它有别于我们今天所说的肉眼活动的观看，这样的视看只是触觉性的，世界不在人的世界之外，而是在视看的过程中，世界就是身体的一部分，视看作为身体在世的活动和世界纠缠在一起，以至于人们难以区分视像与现实世界之间的差异，而世界就在人的视看中自然地呈现出来。人们看世界不是个人的主观情感或者视觉感受刺激，而是根源于人类单纯的但又普遍的生存状态。基于此，我们不能把视觉感官从人的整体生存中抽象出来单独地加以思考。事实上，视觉天然地是身体活动的组成部分，是人类身体现实的存在方式，因此，视觉活动的意义总是基于人的整个生存意向才显现出来的，视看不过是显现人的整个生存情绪的方式。

本体论意义上的视觉活动不是一种用肉眼感知，也不是为了有所知而看，而是来自对世界整体存在的朴素的要求。看的本质属性不是为了逼迫世界，而是一个有生命的人对于有限性的否定及至向整体生存的意向。阿恩海姆对这个问题也进行了比较深入的研究，他认为，在人类发展的初期，他们所关心的是这个世界的最一般、最普遍的形式，而这是通过观看进行的。比如说，出于一种想理解世界存在方式、存在"形式"的迫切需要，人类设想自己生活在一个平坦的世界上（虽然有高山和深谷），四周有一圈圆形的地平线将世界封闭。在这一平坦的大地的上方，覆盖着一个半球形的苍穹，上面镶嵌着无数的星星，在苍穹与大地相接的地方，有一条深深的"护城河"盘绕一周，它的深水就是上天的排泄物。总之，在人类特有的早期对自我环境的想象性观看中，世界是一个封闭的存在，看上去就像一幅儿童画那样简明扼要①。

视觉虽然是具体的、感性的，但是因为共同的生存论根源而具有了一种客观和普遍的意义。本体论意义上的观看成为后世宗教及艺术观念的重要基础，无论是原始图像还是与宗教有关的艺术形象以及世俗的艺术形象本身无不根植于此②。视觉是一种人人共有的方式，它使所有的眼睛都趋向于光，当目光投向扩张的、紧张的，和充满光的世界时，时间服从了空间。当视觉所见的世界被自我理解为光的中心时，扩张了的事物本身就变成了宗教性的，我们称之为"神性""启示"的情形，无非是受到光照的现实的因素而已。

在对西方人的心灵探讨中，最早提出需要从经验角度着手的无疑是亚里士多德。亚里士多德认为，一件事物之所以对我们来说是真实的，完全是因为它那真实的和永恒的本质，而不是它那偶然的和变化不定的性质。它的普遍性是从它身上直接感知到的本质，而不是间接地收集起来的这个种类内个别事物间共同本质的认识。它们之间共有的偶然性质并不能作为一个"种"或"类"的基础。

---

① ［美］鲁道夫·阿恩海姆著，滕守尧译：《视觉思维——审美直觉心理学》，成都：四川人民出版社，1998 年，第 368 页。

② ［英］泰勒主编，韩东晖等译：《从开端到柏拉图》，北京：中国人民大学出版社，2003 年，第 371 页。

　　这种主客二分的观看，是一种对象性的观看，也就是所谓经验论意义上的观看。它的基本特征表现为人们为了满足对于视觉感官的刺激、心理需要和思想观念的需要而看，是一种有企图的对象性观看。它把世界看成对主体有限的感知对象来把握，这种对于世界的感知，与世界本身的存在无关，所见到的对象世界不过是对世界真实存在的代表，是关于世界的描述。世界被看作什么样的对象，取决于主体所生活的社会、文化和政治背景，取决于观看的技术、方式、视角、感知水平和世界作用于人的肉眼的主观感觉方式。它因为对世界的"逼视"，把世界从它的自由自在状态中逼迫成为与人的主体相对立的视觉表象，而"看作"则因为这种世界表象和生存现实缺少了切身的关系而对所看的对象漠不关心。即便是具有高超的视觉技术、发达的视觉器官，也并不必然具有意义。这也是阿恩海姆反对有声电影和彩色电影的原因，因为它们与世界是二分的。这也是当代的一些视觉艺术缺乏感动的原因，比如《无极》这样的片子炫耀的是技术，而缺乏的是对世界的一体化的关注，因而技术显得外在与多余。在当代的视觉文化中，人们相信"眼见为实"，视觉的意象形态比意识形态更加坚固和隐匿，它的主要功能不在通过视觉文化形态所传达的意识内容上，而在于人们对于视觉感知的信任上，这意味着人们更愿意以视觉化的方式来表达世界，并把它看作通达世界本真的方式，好像只有世界成为可见的，它才存在一样。

　　其实这种经验论的视看传统由来已久。人类意识在其发展的早期阶段，总爱把心理现象当成真实的物理事物。因此，感觉与理智的分裂就在所难免。在早期思想家看来，这种分裂并不存在于心灵中，而是存在于外部世界中。毕达哥拉斯坚信，天界的事物与地上的事物有原则的区别。星星运行的轨迹是永恒不变的，人们可以从同一轨迹的有规律的重复中预示到它的行踪。然而在人类居住的尘世，却处处充满了不可预言的变化，因而是一个混沌的世界。可见生活在六世纪的古希腊哲学家已经在自己的天文观察中对有规律的秩序有了概括的认识。但是，还有人认为，天体的永恒秩序同人世间各种事物的形状和各种事件的无穷变化间的差别要归因于人类使用的观察工具——向人的心灵提供材料的人体感官。正如西方古代哲学家巴门尼德所坚持的,世界本身并没有变化和运动,感性经验不过是一种骗人的幻觉。巴门尼德竭力主张把知觉活动和理性活动明确地区分开来,认为只有理性才能纠正感觉的错误,最后达到对真实的把握。

"不要让很多经验的习惯驱使你走上这条路,运用不作审视的眼睛、轰鸣的耳朵和舌头;而是用理性判断我讲述的充满争议的试验。"①

这种对感觉之不可知性的强调,促使诡辩学者提出一套哲学怀疑主义。但与此同时,又产生了一种自认为物理世界是同一的,其中一切事物均由相同的自然规律和秩序支配的观点。按照这一观点,尘世的混乱和多变,应归于各种错误的和主观的解释。阿恩海姆认为,西方文明却从这样一种对客观存在的世界以及人对它的主观知觉加以区分的做法中"受益匪浅":不要天真地以为我们感知到的世界同真实的世界是一致的。当代的视觉文化更多地继承了经验论的看法,强调人对于世界的感知,同时又把世界看作确证自身价值的方式。目光逗留于世,只是激发和满足了人们对于世界的好奇心。作为对象来看的世界,正如镜中之像,它本质上是一种思想或者理论上的幻觉,而与世界的存在没有直接的关联。

正是基于人们对视觉与思维的二分以及由于这种二分而导致的对艺术教育的忽视,阿恩海姆致力于研究视觉思维,但是他在提出这个概念时当然也遇到了前所未有的困难。

二、视觉与概念的分裂以及格式塔心理学的贡献

在古代西方哲学史上,一些先哲,如赫拉克利特、德谟克利特、柏拉图、亚里士多德等,都曾从不同角度强调感性与理性之间的相互渗透关系,而同时也肯定了感知觉与思维之间的联系。但从总体上看,在西方哲

---

① [英]泰勒主编,韩东晖等译:《从开端到柏拉图》,北京:中国人民大学出版社,2003年,第157页。

学史或认识论研究史上，感知觉与思维之间的划界仍然是很明确的。

将世界划分为理念世界和事物世界，或可知世界和可感世界，这是柏拉图整个哲学的出发点和基本原则。他从存在论和知识论的角度进行论证，阐明了区分两个世界的理由。

柏拉图关于两个世界的思想把感觉事物看作既存在又不存在的现象，认为在现象之中不可能有永恒不变的东西，因此在始终处于变化之中的、相对的和暂时的事物世界之外，一定存在着另一个稳定的、绝对的和永恒的世界作为它们的根据，否则一切都将失去存在，甚至根本就不可能存在。

从某种意义上说，柏拉图提出理念论的目的是解决认识的问题。在他看来，事物的世界可感而不可知，理念的世界可知而不可感。既然如此，我们如何能够认识理念呢？通过一系列的论证和比喻，柏拉图终于完成了他关于两个世界的区分，从而建立起他的理念世界。显然，他的目的是要人们去关注众多、相对、变动、暂时的事物之外的那个单一、绝对、不动、永恒的理念，并且从中获得真正的认识。例如，人们要获得美的认识，就不能靠美的人物、美的雕像、美的建筑、美的风景或美的图画等事物，因为它们总是相对的，不可能十全十美，也不可能永远美丽，只有去把握美自身即美的理念，才是永恒的、绝对的、无限的。

这样，一个哲学的普遍问题引起了哲学家们的极大兴趣："怎样才能使感官世界和理想世界调和起来？"康德从最高的道德原则出发进行了分析和论证，鲍桑葵认为："我们已经从康德的批判的三个部分之间的关系中看到了这个问题的答案，他认为，自然界的秩序和道德秩序必然有一个共同的根源。这个根源最明显地表现在对于美有敏锐的和创造性的感觉的人所能感到的自然必然性和理想目的的自发和谐上。美的艺术同自然共同具有的无意识性和自由说明，这一合目的性确是物质性事物所固有的，并不是外界强加到感性的或自然的要素上去的。如果是这样的话，它们也就具有固有的合理性，于是这不但证明了自然界的秩序和道德秩序的相容性，而且更证明了自然秩序和道德秩序的最后一致。"① 这里虽然注意到了"目的性"是物质性事物所共有的，但是更加强调道德的原则，也就是主体的后天的感觉，并没有真正触及审美感知的核心。

对知觉与思维之间的严格界限最早有所突破的，还是20世纪初期诞生于德国的格式塔心理学派的研究。

格式塔心理学采取了胡塞尔的现象学观点，主张心理学研究现象的经验，也就是非心非物的中立经验，在观察现象的经验时要保持这种现象的本来面目，不可将它分析为感觉元素，认为现象的经验是整体或格式塔，所以被称为格式塔心理学。由于这个体系初期的主要研究是在柏林大学实验室内完成的，故有时又称为柏林学派。

格式塔心理学基本观点的形成，除了依赖于胡塞尔现象学的哲学基础外，起初主要就是根据其创始人韦特海默（M. Wertheimer）关于知觉的研究，其中最著名的是他关于"似动现象"（Phi-phenomenon）的知觉实验。主持这个实验的是韦特海默，观察者是柯勒和考夫卡。实验借助速示器，将a、b两条发亮的直线先后投射在黑色的背景上。两条线放映时间的相隔过长，例如2000或200毫秒时，观察者可先见a线，后见b线，没有看见运动；时间相隔过短，例如30毫秒，便可见两线同时呈现，也没有看见运动；如果时间相隔介于两者之间，例如60毫秒，便可见a线向b线移动，或只看见运动，没有看见线，这便称作似动现象，与看电影时所见的相同。电影的相片是静止的，但放映时观众看见人物形象的活动。所谓"似动"，即当两条直线按适当间隔时间先后出现时，人们会把它们看成一条正在移动着的线，而不是先后出现的两条静止的线。电影艺术正是利用这一知觉特点的典型例证。韦特海默认为，这种似动现象是人的视知觉固有的特点。也就是说，人在视知觉过程中，总是会自然而然地有一种追求事物的结构整体性的特点，韦特海默称之为"格式塔"（Gestalt）。知觉到的

---

① ［美］鲁道夫·阿恩海姆著，滕守尧译：《视觉思维——审美直觉心理学》，成都：四川人民出版社，1998年，第369页。

格式塔不可分析还原为原来的各组成部分，也即各组成部分不是格式塔，或格式塔并不是各组成部分的简单加合。比如"似动"的还原就不是"动"，而只是两条静止的直线。所以，格式塔的内蕴总是大于它的部分、决定它的部分，而不是相反。

格式塔心理学则认为，现象的经验就是整体或格式塔，所谓感觉等元素乃是不自然的分析的产物。现实的经验只能证明"感性的组织"。

格式塔心理学关于创造性思维的研究主要也是韦特海默的工作。韦特海默认为，所谓创造性或产生式思维（productive thinking），从根本上说就是认识主体在知觉过程中，将"坏的格式塔"转变成为"好的格式塔"。例如，当教会了从未学过几何学的孩子求解长方形面积后，再要求他自己去求解平行四边形面积。在反复观看图形的过程中，他完全有可能"发现"平行四边形的两端看起来存在着"干扰"；进而还有可能"顿悟"到，只要把左端多余的部分转换成右端缺少的部分，该图形就会成为一个长方形，于是问题便一下子得到了解决。

韦特海默做了不少类似的教学实验，并认为如上述求解平行四边形面积的"发现"过程，也就是从"坏的格式塔"向"好的格式塔"转变的过程。在韦特海默的这一研究中，知觉与思维之间的界限实际上已经开始打通。也就是说，当他在强调人们如何通过"观看"而对事物的内在规律性有所"发现"，或如何通过从"坏的格式塔"向"好的格式塔"转变而使问题得到解决时，便已很难对知觉和思维予以绝对区分了。

三、视觉思维概念的提出

格式塔心理学对知觉和创造性思维问题的研究，虽然已经初步打开了知觉和思维之间严格界限的缺口，但并没有明确提出"视觉思维"的概念。较早且较详尽研究和阐明这一概念的，应数当代美国德裔艺术心理学家鲁道夫·阿恩海姆。

阿恩海姆正是运用格式塔心理学的理论和方法研究艺术心理学问题。经进一步研究，他不仅继承和发展了韦特海默关于知觉和创造性思维的研究思想，而且从更高的角度或从更一般的意义上，探究了视知觉的理性功能。到20世纪50年代，他出版了《艺术与视知觉》（*Art and Visual Perception*）一书。作为一部艺术心理学著作，其中虽然尚未明确使用"视觉思维"概念，但已提出了"一切知觉中都包含着思维，一切推理中都包含着直觉，一切观测中都包含着创造"的重要思想。

到20世纪60年代末，阿恩海姆关于视觉思维的一些基本思想便已形成，并在发表论文的基础上出版了直接标题为"视觉思维"（"Visual Thinking"）的专著，在这部著作中，他不仅进一步阐述了视知觉的理性功能问题，而且还阐明了"视觉意象"（visual image）在一般思维活动，尤其是创造性思维活动中的重要作用和意义。这两方面的思想，即视知觉具备思维的理性功能，以及一切思维活动，特别是创造性思维活动离不开"视觉意象"的思想，可说是阿恩海姆关于"视觉思维"概念所作阐明的最基本的内容。

此外，阿恩海姆还提出了需要对"一般性知觉思维"，即不仅对视觉思维进行认真研究的问题。他认为，在人类认识活动中，最有效的还是"视觉思维"。不过，关于"一般性知觉思维"的提法，对于研讨知觉与思维之间的一般关系问题，或许更具有重要意义。

总的来说，阿恩海姆对视觉思维进行了颇为详尽的研究。而且，他主要是用大量的知觉实验和艺术（主要是绘画）实践的事实，来说明上述两个基本观点。从艺术理论研究角度看，其严谨、理性的科学态度确实难能可贵。但从对"视觉思维"概念的阐释看，他似乎一直还未对这一概念本身给出过明确的定义。如果说也曾有过某种界定的话，那就是他说："所谓视知觉，也就是视觉思维。"当然，在他这样说时并未反过来指明，所谓视觉思维也就是视知觉。对此，我们或许应该理解为，在阿恩海姆看来，"视觉思维"概念的内涵和外延，比起"视知觉"还是要更深、更广。但关于这一点，显然还需要作更进一步的论证。

尽管有大量的前期理论准备，但是阿恩海姆还是意识到了他所提出的这一概念所面临的强大的西方感性与理性二分的传统，他深知"这与18

世纪开始的西方哲学的研究顺序是背道而驰的，因为按照这种哲学研究方式，应该从非审美的到审美的，从一般普遍性的感性经验到个别性的艺术"①。他在对西方思想系统梳理的基础上，在《视觉思维——审美直觉心理学》一书中充分展示了他的理论天赋。在这本书的一开始，他就指出，人们一般都认为，大脑为了把握外部世界，必须完成两项工作：第一，获取有关它的信息；第二，对这些信息进行加工处理。从道理上说，这两项工作应该是截然分开的，但实际上是否如此？它是否会把这种加工处理过程划分为若干互不往来的专门领域呢？阿恩海姆的回答是否定的。他指出，这种划分实际上并不存在，如果大脑内部有如此清晰的分工，认识活动中知觉与思维的交织与合作就会是无法理解的。

他首先对传统的知觉与理性二分的思想传统给予了充分的理解和同情，指出，虽然古希腊哲学家作出知觉和推理的二分，但这种二分并不像近几个世纪西方思维方式在采用这一教条时那样僵化。所以他对人类早期对知觉的认识还是有所肯定的。

事实上，阿恩海姆在该著作中，除了用较多的篇幅论述视知觉的理解能力、识别能力、解题能力，对"视觉意象"的论述，也不完全局限于视知觉范围。此外，他对抽象、语言、理论模型等也都给予了一定关注，尽管其重点仍然是强调视觉思维及视觉意象的重要意义。

总之，阿恩海姆对视觉思维作了多方面的理论阐释。虽然他并未使"视觉思维"比视知觉的内蕴更为丰富，或者对"视觉思维"概念本身的内涵，用更为概括的语言明确地表述出来——这或许与其研究的着眼点或出发点主要还是在艺术领域有关，但无论如何，阿恩海姆第一次在西方思想史上弥合了理性与感性的鸿沟，使"视觉思维"得以可能。

---

① ［美］鲁道夫·阿恩海姆著，滕守尧译：《视觉思维——审美直觉心理学》，成都：四川人民出版社，1998年，第1页。

公民素质培养与社会正义建构

——论玛莎·努斯鲍姆的审美教育思想

刘慧姝

努斯鲍姆运用哲学和教育理论的广博知识，创造了教育的人类发展模式，并使之成为民主制度的必需。努斯鲍姆的这种教育模式实质是审美教育，致力于培养具有全球意识的公民，塑造人文艺术素养，培养公民的道德情感与人性，构建公正的社会生活。

一、批判功利主义教育

努斯鲍姆指出了当前民主制社会发生的巨变，各个国家为了追求短期的经济效益，努力培养高度实用并能赢利的技能，而科学与社会科学中的人文特征——想象的、创造的、严谨的批判性思维正被忽略或萎缩，努斯鲍姆担忧此种倾向发展下去，世界各国只会制造出有用的机器而不是完整的公民。

席勒揭示了现代社会造成的人性的分裂与弊端，他通过人性中感性与理性的整合来实现社会的变革，指出审美教育能"培养我们的感性和精神力量的整体达到尽可能和谐"①。努斯鲍姆提倡的教育模式已然具有审美教育的内涵与理念，继承和发展了西方美育的教育宗旨，通过人文艺术的审

---

① ［德］席勒著，徐恒醇译：《美育书简》，北京：中国文联出版公司，1984年，第108页。

美教育塑造人性并改进社会，她倡导培养完整的公民——能独立思考，批判传统，理解他人苦难与成就的意义。"努斯鲍姆确实承认当代技术驱动的全球经济所带来的各种挑战，但是以重申古典人文主义理念和激进自由政治学来回应这些问题。她支持人们对普遍人文主义价值观的需要，它是我们这个时代碎片化和相对论漂移的疗方，而这个问题是全球自身造成的。"① 其教育思想回应了当今的全球困境，批判了不重视审美教育的弊端。经济增长并不一定会有更好的生活质量，忽视和嘲讽艺术和人文学科，将使人们的生活质量与民主制度的健康陷入危险，甚至造成广泛蔓延的全球性危机。

在为赢利的教育与为培养更全面公民素质的教育之间，努斯鲍姆力图证明，人文学科和艺术在中小学教育与大学教育中的重要性。她引用了不同教育阶段和水平的大量例证，提出"教育不仅是为了培养公民素质。教育能培养从事各种职业的人员，重要的是，教育能培养出使自己的生活有意义的人"②。为了一切民主国家内部的健康发展，能对世界最紧迫问题提出建设性解决方案，创造一种良好的世界文化能力极为重要，而这些能力与人文艺术领域的审美教育相关：包括批判性思考的能力、对本国的忠诚、以"世界公民"身份看待世界问题的能力、以同情之心体会他人困境的能力。她提倡的人文主义审美教育模式，来自东西方优秀的文化传统。努斯鲍姆深信教育首先是育人，其次才是授业，而绝不是培养赚钱的工具。这种教育重点培养学生的三种能力：批判性思维能力、想象能力与同情能力，它们对造就民主社会的公民至关重要。在经济全球化的时代，深入认识各种文化、民族、国家的批判性思维与反省能力意义重大。它们能维持民主制的活力与公民的普遍警醒，使民主国家将自己视为相互依存的世界一员，能负责任地处理人类当前面临的问题。任何现代国家的利益都

---

① ［意］罗西·布拉伊多蒂著，宋根成译：《后人类》，郑州：河南大学出版社，2016 年，第 55 页。

② ［美］玛莎·努斯鲍姆著，肖聿译：《功利教育批判：为什么民主需要人文教育》（修订版），北京：新华出版社，2017 年，第 11 页。

需要强大的经济与繁荣的商业文化，人文学科和艺术会"形成一种能使负责任的、警觉的人们得以发挥才能的氛围，形成一种创造性革新的文化氛围"①，而增强同情与想象他人的体验能力，以此实现以人为本，促进社会公正，对维持现代社会的正常制度具有深远意义。

努斯鲍姆在《功利教育批判：为什么民主需要人文教育》一书中提出了"行动号召"，该计划旨在以促进民主的教育模式取代损害民主的教育模式，倡导公民素质的根本基础是人文学科和艺术。大量实验表明，音乐和艺术能培养社会共同体，培养卓越以及广义的公民身份感。"全世界的商业文化也敏锐地意识到了批判性思维和想象力对商业文化的重要性。"②批判性思维造就了有责任感的公司文化，经过训练的想象力对创新更是不可或缺。文艺的审美教育对培养创新能力不可或缺。创新需要灵活、开放、创造性的头脑，想象力是一切健康经济的关键。人文学科教给学生解决问题的技能，有助于其获得商业领域的成功，华尔街顶级公司的执行官们都在学习人文学科。成熟的人文教育培养的论证技能对个人成功和国家商业文化都贡献极大，使学生们为未来的多种角色做好准备；人文学科还提供了自身的固有价值，能使人们更深刻地理解自我、人生与生命。

努斯鲍姆一方面批判了单纯以经济增长为导向的教育模式，另一方面探索了与之相反的美国教育传统。这种模式源自教育理论悠久的西方哲学传统，"教育并不只是被动地吸收事实和文化传统，它还是向思维挑战，使思维具备积极的、胜任的、彻底的批判力，去面对复杂的世界"③。美国一些重要的教育家将文科教育与培养有知识的、独立的、具有民主意识的公民相结合，文科教育的模式依然较为强大，但在美国经济困难的时期，

① ［美］玛莎·努斯鲍姆著，肖聿译：《功利教育批判：为什么民主需要人文教育》（修订版），北京：新华出版社，2017 年，第 13 页。

② ［美］玛莎·努斯鲍姆著，肖聿译：《功利教育批判：为什么民主需要人文教育》（修订版），北京：新华出版社，2017 年，新版前言第 11 页。

③ ［美］玛莎·努斯鲍姆著，肖聿译：《功利教育批判：为什么民主需要人文教育》（修订版），北京：新华出版社，2017 年，第 21 页。

它却面临着严重的危机。努斯鲍姆提出了"人类发展模式"①，此发展模式致力于民主，每个人在生活主要领域中都应享有生命、健康，以及完全的政治自由、政治参与和教育的权利。她认为，如果要发扬一种人道的、以人为本的、致力于增加每个人"生存、自由和追求幸福"机会的民主，一个国家必须培养公民的各种能力，主要包括：正确思考影响国家的政治问题的能力；将公民同胞视为享有平等权利者的能力；关心他人的生活的能力；理解各种政策的能力；想象影响人生全过程的各种复杂问题的能力；以批判性思维判断政治领导人的能力，但也应多方面地、真实地了解他们能利用的机会；将国家优点看作整体优点的能力；将自己的国家视为复杂的世界秩序的一部分的能力，而要解决世界秩序中的各种问题，则要求理智的、跨越国度的深度思考。② 这些是以人为本的民主社会公民所必备的能力，需通过人文与艺术的审美教育来培养与获得。

二、教育公民的观念与实践

努斯鲍姆强调，负责任的公民能正确思考各种具有国家与国际意义的事务，并做出正确选择。如何培养公民的基本能力呢？努斯鲍姆提倡自古希腊以来的民主教育思想，也继承了教育哲学家杜威的教育思想。苏格拉底的教育观造就了积极主动、有批判精神、有求知欲、能抵抗权威与同伴压力的公民，杜威的核心目标与苏格拉底一致，其苏格拉底主义体现为一种生活形式，在教师指导下，与其他儿童一起，努力了解现实世界的各种问题和紧迫任务，而不必被迫接受外界的权威。"批判性思维应当融入各式各样的课堂教学法，使学生学会探究，学会评估论点，学会用结构良好

---

① ［美］玛莎·努斯鲍姆著，肖聿译：《功利教育批判：为什么民主需要人文教育》（修订版），北京：新华出版社，2017年，第28页。

② ［美］玛莎·努斯鲍姆著，肖聿译：《功利教育批判：为什么民主需要人文教育》（修订版），北京：新华出版社，2017年，第30－31页。

的论点撰写论文，学会分析其他文本提出的观点。"① 苏格拉底的教学法并非智力技能，而是社会实践的体现，它既是对待现实生活问题的态度，也是对待他人的方式。它重视每一个人的发言权，会促进一种提倡责任的文化。个体的思想具有独立性，不仅对自己的论证负责，还在相互尊重的理性氛围中交流思想，目前世界正因种族与宗教冲突而日益分裂，而该理念则是和平解决争端的基础。对一切民主社会来说，苏氏的思想都很必要，理想上可促成社会政治制度的诸多功能，正规的教育应将之看作一门学科，作为学校教育课程的组成部分。苏氏的理念一直是西方传统文科教育理论和实践的核心，然而在热衷于经济增长最大化的世界里，其理想却遭受到严重的损害，如果这种倾向继续下去，国家只能得到大批受过技术训练却不懂批判权威的人，生产出流水线般有用却毫无想象力的赚钱者，正如泰戈尔所指出的心灵的自杀。

　　家庭教育对于儿童的成长至关重要，家庭的积极教养结合后来的良好教育，能使儿童产生同情心、关心他人的需要，并将他人看作享有同等权利之人。社会规范、成人期或男性的主导性社会形象，都会干扰儿童同情心的形成，使之产生困难与压力，但良好的教育能战胜这种陈规，使儿童感到同情与互惠的重要性。商业的第一大要素是自我省察。大型跨国公司的主管深知创造一种包容批评文化的重要性。"苏格拉底所说的省察虽不能确保实现目标，但至少能保证要实现的各个目标之间关系清楚，保证重大问题不会因仓促和疏忽而被遗漏。"② 商业的第二大要素是创新，"人文教育能增强想象和独立思考的技能，这些技能对保持一种成功的创新文化至关重要"③。努斯鲍姆发现，美国经济增长的明显特点之一，就是一直依

① ［美］玛莎·努斯鲍姆著，肖聿译：《功利教育批判：为什么民主需要人文教育》（修订版），北京：新华出版社，2017 年，第 70 页。

② ［美］玛莎·努斯鲍姆著，肖聿译：《功利教育批判：为什么民主需要人文教育》（修订版），北京：新华出版社，2017 年，第 63 页。

③ ［美］玛莎·努斯鲍姆著，肖聿译：《功利教育批判：为什么民主需要人文教育》（修订版），北京：新华出版社，2017 年，第 68 页。

靠全面的文科教育，以及在科学中依靠科学的基础和研究，而不是仅重视狭隘的实用技能培训。

就艺术的道德内容进行坦率辩论是西方哲学与文学界传统的主要内容。苏氏的教学法对民主极有价值，能激发学生的思考和辩论，而不是听从传统和权威。努斯鲍姆主张，若想要更好地培养世界公民，应继续让文学教学在更真正的意义上遵循苏格拉底的方式，增加新的文学作品以增强人们对历史与人类的理解，批判性检验更多范本以获得新的见解，更关注自我批评的论辩。人文课堂上应在相对主义者和各种反相对主义者之间进行热烈的辩论，价值判断的高级别辩论有助于增进人们对各种选择的理解。努斯鲍姆强调，人们应坚持让世界公民概念下的多元文化主义成为课堂教学的基础。身份认同政治将公民描绘成以身份认同为基础的利益集团，是谋求权力的交易之地，认为需要确认差别而不是去理解；而世界公民的观点则坚持全体公民都要理解这种须学会适应的差别，努斯鲍姆倡导要培养世界公民，世界公民即要将自己的国家看作复杂连锁世界的一个部分，与其他国家和民族之间存在着经济、政治和文化的联系。"培养有智慧的世界公民，必须从人文学科的批判思维的角度，结合宗教研究和正义理论的研究，去教授世界历史和经济学知识，才能使它们发挥最起码的作用。"[1] 努斯鲍姆主张，培养世界公民的大学，应在专业课之外开设全校文科共同课，在研究中将自己看作世界公民，培养世界公民的教育应成为文科的基本课程。课堂讨论中应引进批判精神来分析所学内容。研究一种文化的历史和经济，应提出权力和机会的差别问题、妇女和少数者人群的社会地位问题、不同的政治组织结构的优缺点问题。良好的历史教学，要求使学生懂得历史是由众多资料和证据汇集而成，使之学会判断证据、鉴别互相矛盾的历史陈述。学生还应学会如何"专业化"[2]，更深入地探究至少

---

① ［美］玛莎·努斯鲍姆著，肖聿译：《功利教育批判：为什么民主需要人文教育》（修订版），北京：新华出版社，2017年，第120页。

② ［美］玛莎·努斯鲍姆著，肖聿译：《功利教育批判：为什么民主需要人文教育》（修订版），北京：新华出版社，2017年，第114页。

一种自己不熟悉的传统,从而掌握方法以用于其他地方。培养世界公民素质的教育还需外语学习,所有学生都应熟练掌握至少一门外语。良好的人文学科教育需要小型的班级、参与性的课堂讨论、更细致的课堂互动的定性评估与学生作文,有助于学生掌握批判性辩论的技能。

文艺对公民生活的巨大贡献在于,能使人们不仅在具体的情境中,甚至在思想和情感上发现彼此的差异与不同,能在通常迟钝麻木的想象中费劲地认可他人。因此,国家亟须设置有关课程,目的是培养可以自己进行推理的公民,不会把陌生事物视作威胁加以抵制,而是将之看作一种探索与理解的诱因,从而拓展思维以及身为公民的能力。如果人们尚未学会运用理性和想象,就置身于一个包括各种文化、群体与想法的广阔世界,无论他们在职业教育上准备得如何充分,在个人与政治领域仍是赤贫一族。

三、培养同情心与想象力

努斯鲍姆偏爱古希腊斯多亚主义者的著作,这些著作尤为确认"在一种真正合情合理而且完备的生活中,我们与他人形成的各种联系是有深度的"①。她认为,希腊化时期伦理学的一项主要贡献,就是力劝我们要像有限的存在者用属于人的方式去思考,即从摆脱激情(apatheia)中位移出来,转向爱欲(erōs)和同情。②

培养同情心,是最现代的民主教育理念的关键。各级教育机构若想积极发挥这种作用,须让人文学科与艺术教育课程成为核心内容,发展一种参与性的教育,培养和提高学生通过他人眼睛观察世界的能力。在人类生活中,艺术的首要作用就是培养和发展人的移情能力,艺术能丰富人们的个人情感与想象,使其获得理解自己和他人的能力。杜威曾有大量文章论

---

① [美] 玛莎·努斯鲍姆著,徐向东、陈玮译:《欲望的治疗:希腊化时期的伦理理论与实践》,北京:北京大学出版社,2018年,第512页。

② [美] 玛莎·努斯鲍姆著,徐向东、陈玮译:《欲望的治疗:希腊化时期的伦理理论与实践》,北京:北京大学出版社,2018年,第512-513页。

述艺术是民主社会的重要成分，杜威实验学校主要通过音乐和舞台戏剧培养想象力。泰戈尔认为，艺术的首要作用是培养同情心，他一直运用"角色扮演"教学法，要求学生以不熟悉的立场去思考，以体察他人的思想感情。这种方法既培养了学生的同情心，又培养了学生的逻辑思维能力。为了增强与扩展学生的同情与表达能力，艺术教育还须培养纪律性，树立他们的志向。努斯鲍姆提倡培养学生的"内心视点"（inner eyes）[①]，这意味着在文艺教育中需要仔细熟练的指导，使学生体验与理解性别、种族、民族与跨文化问题，从而消除具体的文化盲点，理解一种不同于自己文化的价值与缺憾。这种审美教育结合了艺术教育与培养世界公民的教育，使艺术的作用与民主价值观建立稳固的联系，要求学生以一种标准的观点去看待人类的关系，即将他人看作与自己平等的人，有尊严的人，有内心世界的人，有价值的人。想象力的培养要求认真选择作为教材的文艺作品，探索他人的世界本身还包含着一种矫正作用："它能矫正出于自我保护的恐惧，这种恐惧心理往往联系着以自我为中心的、控制他人的欲望。"[②] 艺术还能为人们提供感知、希望与重要的娱乐功能，在被种族和阶级分割的美国文化里能让不同阶层、种族的人们互相包容体验艺术表演，艺术发挥了培养民主公民素质的作用。现实生活中不能充分培养的同情心在文学中得到伸展。贪婪和自恋心理与尊重和爱作战，导致真正的文明冲突存在于个人的心灵间，发酵出暴力和灭绝人性的势力，而未能培养出造就平等和尊重文化的力量。人文学科和艺术的作用远比赚钱更宝贵，"它们能造就一个值得人类在其中生活的世界；它们能使人们将其他人看作完整的人，有各自的思想和感情，应当受到尊重与同情；它们能造就这样一种国家，它

---

①　［美］玛莎·努斯鲍姆著，肖聿译：《功利教育批判：为什么民主需要人文教育》（修订版），北京：新华出版社，2017 年，第 139 – 140 页。

②　［美］玛莎·努斯鲍姆著，肖聿译：《功利教育批判：为什么民主需要人文教育》（修订版），北京：新华出版社，2017 年，第 141 页。

能战胜恐惧和怀疑,以支持富于同情心的、讲理的辩论"①。

在培养世界公民的课程中,文艺使人变得敏感,能培养人的判断力与理解力。"实现世界公民之目标的最好办法是文学教育,把新作品加入众所周知的西方文学'真经'中,并且以审议和批判的精神来考虑标准文本。"② 文学能够描述各色人等的具体情况和问题,因而贡献尤其突出。亚里士多德提出,文学"不在于描述已发生的事,而在于描述可能发生的事"③。这种可能性的预知在政治生活中尤其有价值,它让我们了解普遍的可能性及其对人类生活的影响,更有利于对人类整体的理解。努斯鲍姆指出,要追求正义的社会,就必须"持久地关注道德情感,并注重在儿童发展阶段、在公共教育中、在公共辩论中、在艺术中培养道德情感"④。因此,公民想象力的基础必须从小开始着手,在成人的陪伴下引导其敏锐地留意其他生命体的遭遇,理解人类的共同目标和因环境产生的异质性之间微妙的相互作用。叙事想象是道德互动的重要准备,感同身受和推测猜想的习惯产生了某种公民与社会类型。这种公民与社会所培养的人们关心彼此的需要,明晓环境对需要的影响,同时尊重他人的独立性与隐私。如果拥有道德能力,就能替他人设身处地去感受与体验,还能抽离出来反思他人的判断是否清晰准确。莱昂内尔·特里林将小说读者的想象称为"自由想象"⑤,它导向对内心意识的尊重,引导读者既重视幸福的物质条件也尊重人的自由。读者在文学故事中学到人类特质诸如勇气、自制、尊严、坚韧与公正等的动态变化,理解想象中的复杂事实,从而变得富有同情心。

---

① [美]玛莎·努斯鲍姆著,肖聿译:《功利教育批判:为什么民主需要人文教育》(修订版),北京:新华出版社,2017年,第182页。

② [美]玛莎·纳斯鲍姆著,李艳译:《培养人性:从古典学角度为通识教育改革辩护》,上海:上海三联书店,2013年,第74页。

③ [古希腊]亚里士多德、[古罗马]贺拉斯著,罗念生、杨周翰译:《诗学诗艺》,北京:人民文学出版社,2000年,第28页。

④ [美]玛莎·努斯鲍姆著,朱慧玲、谢惠媛、陈文娟译:《正义的前沿》,北京:中国人民大学出版社,2016年,第293页。

⑤ Lionel Trilling, *The Liberal Imagination*: *Essayson Literature and Society*, London: Oxford University Press, 1981.

文学想象不仅能激发人们认真关注角色命运，还能赋予人物丰富的内心世界，学会尊重隐藏的心灵内涵，并认识到此尊重对于完整人性的重要意义。

文艺能看到人类的永恒，使人们理解自己的抱负和内心世界的复杂性，文学反映了人类的各种可能性，让人们探索自己是谁以及可能成为什么样的人。因此，文学艺术能发展的理解和判断能力是民主的核心。文艺的重要作用能对传统的智慧和价值观提出质疑，古希腊的传统之一即是观赏艺术跟基本公民价值观的论辩与审议密不可分。要培养真正有苏格拉底精神的学生，须鼓励他们以批判的态度去阅读，不仅要共鸣和体会，还要提出批判性问题。因此，富有同情的阅读与批判应并驾齐驱，学生能以新的敏锐视角看清其文本的内部结构，使自己跟文本的关系更为精准。学生以公民评价的方式进行阅读，从道德和社会角度讨论文本构建的各种社会境况，探究读者与文本的互动如何构建友谊与社会，这种阅读在道德与政治上都具有意义。

四、诗性正义与公共生活

努斯鲍姆所倡导的"诗性正义"，指通过文学想象与公共推理，培养公民的道德判断与伦理素养，建构一种人文的公共生活。她坚信故事、文学想象与理性的争论并不矛盾，它们能为理性争论提供必不可少的要素。理论界有学者认为努斯鲍姆的诗性正义理论与法律审判难以直接对接，存在文学情感与法律理性相矛盾的困境。[①] 究其实，她呼吁建构的是一种价值观，"研究并有原则地捍卫一种人文主义的、具有多方面价值的公共理性观念，一种在普通传统法中被有效示范了的公共理性观念"[②]。努斯鲍姆

---

① 李勇、于惠：《诗性正义何以可能？——努斯鲍姆〈诗性正义〉引发的思考》，《苏州大学学报》（哲学社会科学版），2016 年第 5 期。

② ［美］玛莎·努斯鲍姆著，丁晓东译：《诗性正义：文学想象与公共生活》，北京：北京大学出版社，2010 年，第 5 页。

提出，思考叙事文学确有可能有益于公共推理，特别对法律有益，她也肯定文学想象不是全部的公共理性，仅是组成部分。小说阅读与司法想象具有相关性，她强调需要掌握司法的专业技术，也需要情感和想象，当然，前者必须始终提醒和约束后者。尽管文学裁判对于优秀的审判绝不是充分的，在纯粹的制度约束与法律德性的约束之内，裁判中的文学因素可能为案件的各方面提供一种更完整的考虑，文学想象的洞识将有助于完整地考虑相关问题。可见，"诗性正义"是一种伦理素养与精神情怀，指引各项决策与事务，而不仅限于具体操作层面。因此，司法人士不仅需要培养技术能力，更应培养包容人性的能力，这样才能真正实现有效的公正。文学裁判不像某些特殊群体或派系拥趸有利益偏向，而是以一种全局公正的方式去思考；文学想象为审判相关案件提供了宝贵指引，对于多种公民自由与平等权益具有重要性，为国家急需的公共理性提供了一种典范。

现代经济学创始人亚当·斯密认为理想的理性应包含情感，相信某种情感的指引是公共理性的必需要素。他发现，读者体验中有一种"明智旁观者"[①]（judicious spectator）的态度与情感模式，期望"明智旁观者"的判断与感应作为公共理性的典范。努斯鲍姆推进了这一思想，明智旁观者的范式体现了文学裁判的衡量与尺度。她反对未经反思地信赖文学作品，强调进行反思性批判："我们基于自身的文学体验而倾向得出的结论需要持续和批判性检验道德和政治思想，检验我们自己的道德直觉、政治直觉以及其他判断。"[②]明智旁观者须超越移情，独立的评价位于其活动中心，从旁观者的观点评估历史中痛苦的意义及其对生命的含义。他不仅须对处境进行反思评估，弄清参与者是否正确理解作品并作出了适当感应，还须筛除个人利益所引起的情感。文学裁判致力于达到中立性，明智旁观者不具有私人的偏见与袒护，文学体验不仅关心弱势群体，还特别关注某些遭

---

① ［美］玛莎·努斯鲍姆著，丁晓东译：《诗性正义：文学想象与公共生活》，北京：北京大学出版社，2010 年，第 23 页。

② ［美］玛莎·努斯鲍姆著，丁晓东译：《诗性正义：文学想象与公共生活》，北京：北京大学出版社，2010 年，第 114 页。

受不公正对待的团体。"诗性想象的光芒是所有被排斥者实现民主平等的关键媒介。"① 文学裁判也是一种平衡器，即使小说描绘了人类彼此纠结的善恶世界，强调人们相互依赖的同时，也尊重每个人的独立生活。明智旁观者的情感是进行良好推理的必需因素。学习拥有情感意味着看到独特的人类个体建构的情感，因而能虚拟建构公共理性规范的某些重要元素，为正确感应提供宝贵的指导。这种情感塑造虽具有理想化的特质，但能据此发展人的道德能力，有效孕育人们的公共理性，指明了一种培养人性的目标与愿景。

努斯鲍姆批判了功利主义的经济科学观念。该观念用精确的数字计算代替质性差异，物化生命、利己自私、不承认人类个体内心道德生活的复杂性。为何运用小说来建构诗性正义？努斯鲍姆认为，相比其他的叙述体裁，小说更信奉内心世界的丰富性和个体生命的道德性，更能深刻地反对经济学简化世界的方式，更专注于具体的质性差别。"通过强调每个人生活的复杂性和个体差异的显著性，小说打消了简单的乌托邦式的政治方案，主张采取一种专注于自由同时又能包容多样性的进路。"② 努斯鲍姆对文学想象的强调并非反科学甚或否定经济科学，她建议更为适中的方案，即文学洞识的进路使建模和评估更具有可预期的收益，更能为政策提供良好的指引；强调文学想象并不意味替代道德与政治理论，或者用情感取代原则性争论。她之所以捍卫文学想象，乃是因为它是伦理立场的必需要素，要求人们同时关注自身与不同生活的善的立场。这种伦理立场"包容规则与正式审判程序，也包括经济学所提倡的途径"③。因此，文学想象是公民身份理论与实践的必需要素，在其空间里展现了公共工作所需的想象

---

① ［美］玛莎·努斯鲍姆著，丁晓东译：《诗性正义：文学想象与公共生活》，北京：北京大学出版社，2010 年，第 169 页。

② ［美］玛莎·努斯鲍姆著，丁晓东译：《诗性正义：文学想象与公共生活》，北京：北京大学出版社，2010 年，第 56 页。

③ ［美］玛莎·努斯鲍姆著，丁晓东译：《诗性正义：文学想象与公共生活》，北京：北京大学出版社，2010 年，第 7 页。

性框架。"小说阅读并不能提供给我们关于社会正义的全部故事，但是它能够成为一座同时通向正义图景和实践这幅图景的桥梁。"①

从公共想象的培养到建构理性公共生活，"诗性正义"还需许多非文学的知识与实践。但是，为实现完全的理性，文学裁判还须有畅想与同情的能力。畅想即为隐喻性想象，乃小说设定的一种能力。畅想具有创造性和真实性的能力，人们不仅可获得具体的图景，想象文本的特殊世界，还获得对待自身的一般性情。通过畅想心灵中的伟大慈爱，读者将会培育一种对世界的宽容理解，据此成为更好生活方式的起因。畅想更培养了对所见事物的丰富理解，激起人们对正义的认同与热爱。小说还能带来道德教化与审美愉悦，它提供给读者一种伦理规范，培养与之相关的同情情感。"小说阅读是一种对人类价值观的生动提醒，是一种使我们成为更完整人类的评价性能力的实践。"② 小说捍卫着平等与所有人类生命尊严这一启蒙理想，而不是未经反思的传统主义的捍卫者。若要小说发挥政治功能，需要对小说自身的伦理进行评估。通过在阅读中结合全神贯注的想象和更超然的互动的批判性反思，在审慎的道德、政治判断与阅读洞识之间，寻找最佳的契合点。小说描绘了人类的共同渴望以及与具体社会环境的互动，展现了对公共理性的追求，文学性的理解有助于消除群体仇恨的僵化形象，促成了通向社会公平的思想习惯。努斯鲍姆的正义理论以能力为基础，关注根深蒂固的社会不公正与不平等，尤其是因歧视或边缘化所导致的能力失败，它将一种紧要的任务交托给政府和公共政策，即要提升由人类所定义的全体民众的生活品质。

努斯鲍姆希望建构一种人文主义的、生动的公共推理观念，将培养批判性思维、同情性想象与社会制度的建构相结合，从而通向社会正义。努

---

① ［美］玛莎·努斯鲍姆著，丁晓东译.《诗性正义：文学想象与公共生活》，北京：北京大学出版社，2010 年，第 26 页。

② ［美］玛莎·努斯鲍姆著，丁晓东译：《诗性正义：文学想象与公共生活》，北京：北京大学出版社，2010 年，第 75 页。

斯鲍姆的审美教育思想虽有理想化色彩，但富有实践意义与价值，其诉诸
培养世界公民素质，强化了文艺的政治功能，有助于完善民主制度。文学
想象可塑造出更具人性、深怀人文主义启蒙理想的心灵，该价值观深植人
类的精神领域，将成为个体与群体立身处世的依据，终将实现人类公共领
域的理性、正义与光明。

论本真性的制造：从绘画到摄影

张 巧

长期以来，绘画和摄影在争夺本真性（authenticity）话语中形成了对抗关系。绘画理论主张，绘画由于显示了画家的独创性，因而被视为本真的；摄影则在本质上是机械生产的，是复制品，因而是非本真的。摄影理论却主张，机械生产的摄影是实在世界的完美副本，代表了绝对的客观性，因此是本真的；绘画则渗透了不完美的主观性意图，无法作为实在世界的完美图像，因此是非本真的。①

尽管双方都以本真性之名为自身的合法性进行辩护，但显而易见，他们据以定义本真性的理由大不一样。这说明本真性并不是一个具有稳定意义的词汇，它总是依据语境不断调整。也就是说，本真的（authentic）是奥斯汀（J. L. Austin）"大方向词"（dimension word）家族词汇的成员，这个家族还有真正的（real）、正规的（proper）、纯正的（genuine）、真实的（true）以及自然的（natural）等词。这些词在很多时候是语境性的，本真性总是和非本真性成对出现。奥斯汀举例说，如果我们希望一所大学有一个"正规的"的剧院，那么就相应地暗示当下的剧院是"临时搭建的"；画的真品对应画的赝品；丝的天然性对应丝的人工性。② 因此，根据他的

---

① 关于绘画本真性和摄影本真性的不同定位，最富启发的讨论可参见斯科特、吉尔德、维斯特杰斯特以及米切尔等人的讨论。Cf. Clive Scott, *The Spoken Image：Photographyand Language*, London：ReaktionBooks, 1999；［比］希尔达·凡·吉尔德、［荷］海伦·维斯特杰斯特编，毛卫东译：《摄影理论：历史脉络与案例分析》，北京：中国民族摄影艺术出版社，2013 年；［美］威廉·米切尔著，刘张铂泷译：《重组的眼睛：后摄影时代的视觉真相》，北京：中国民族摄影艺术出版社，2017 年。

② J. L. Austin, *Sense and Sensibilia*, London：Oxford University Press, 1964, p. 71.

论述，作为大方向词的"本真的"一词，在确定了肯定性意义的同时，也在语境中给出了相应的线索，让我们知道什么是"非本真的"。

本雅明在《机械复制时代的艺术作品》中，用"气息"（aura）① 作为本真性的同义词使用。他认为以摄影为代表的机械复制时代艺术丧失了气息，不再拥有艺术的本真性。本雅明关于本真性的理论框架是唯一的吗？在既有的对美学本真性问题的理解中，我们很大程度上囿于这一讨论框架，认为本真性只保存在绘画等传统艺术中，在摄影中已然消逝。② 然而，当我们关照更宽广的艺术实践，将本真性置于跨媒介视域下，综合考虑其出现的诸种复杂语境时，就可将之重新问题化。

本文的基本观点是：在有关本真性的美学问题上，"本真的"总是相对于"非本真的"而被建构。本真性并不是指绝对真实（true）或绝对真理（truth），很多时候它是在具体论辩中建构出的、用以划分肯定一方和否定一方的理据。没有唯一的本真性，只有各式各样的有关本真性的话语活动。因此，本文的目的不是去维护一种形而上的本真性，而是要展现本真性在绘画与摄影中所涉及的多元话语语境，进而重新激发它在技术媒介时代的阐释潜能。

一、原本与本真性

1. 原本与赝品

我们讨论艺术的本真性问题时，常常将之与艺术作品的原本（original）身份关联起来。纳尔逊·古德曼关于本真性的讨论就与观者如何辨别

---

① 目前，国内学界对于 aura 一词有灵光、灵韵、灵氛、光晕、气场、气息等多种译法，本文采"气息"这一译法。上述诸家对 aura 的译法大致有两个方向，一是偏于译为视觉性概念，比如说灵光、光晕等；二是偏于译为类似"气流"的概念，比如灵氛、气息、气场等。本文采用赵千帆在《本雅明气息（Aura）理论新诠》[《同济大学学报》（社会科学版）2012 年第 5 期] 中的译法，将之译为"气息"。理由如赵文所示，aura 乃"生命的呼吸"之义，近于"气"而非"光"。赵文特别厘清了 aura（气息）与 aureole（天体周围的光圈）以及 aureole（光环）的区分，认为它们绝不能混淆。

② 关于本真性消逝的讨论，参见李三达：《从赝品到复制品：消逝的艺术本真性》，《艺术世界》，2015 年第 8 期。

原本和赝品（fake）相关。在古德曼看来，原本和赝品引起的审美困惑主要在于二者在外观上常常是不可辨别的，① 即对所谓"完美的赝品"的担心。比如说，在很长一段时间里，人们把梅格伦《基督和弟子在厄玛乌的晚餐》看成维米尔所作，或者把伦勃朗《卢克莱蒂娅》与其完美的仿制品混淆，因为仅凭观看无法分辨真伪。古德曼并不认可有"完美的赝品"存在，他认为原本与赝品必然在审美经验上有所区分，二者的辨别难题其实是审美静观的后果。在这里，古德曼揭示出审美辨别难题的关键：一是"即刻"，二是"仅凭观看辨识"。古德曼认为，某人不能在某个时间段上通过观看辨别原本和赝品，并不足以说明它们在审美上无差异②。我们之所以总是可以分辨出原本和赝品，是因为审美经验的区分并不只凭借肉眼对两幅图像的静观，还包括观看主体在时间中的知识积累。在此，古德曼想要把艺术本真性问题处理成一个在时间上有所变化的问题，他认为我们应当放弃"什么是艺术"的本质性提问方式，转而使用"何时为艺术"的实用主义提问方式③。通过提问方式的转换，他想要表明的是，审美辨别"不仅包括那些通过观看它而发现的东西，而且包括那些决定它如何被观

① 古德曼所提到的原本和赝品之间的辨别难题，与分析美学中常讨论的现成品艺术的辨别难题有相似之处。在《寻常物的嬗变——一种关于艺术的哲学》中，丹托提到了当代艺术，比如说沃霍尔的《布里洛盒子》中所涉及的艺术品和寻常物在外观上难以分辨的情况，卡罗尔对此问题亦有进一步分析。参见［美］阿瑟·丹托著，陈岸瑛译：《寻常物的嬗变——一种关于艺术的哲学》，南京：江苏人民出版社，2012 年，第 141—167 页；Noël Carroll， "Identifying Art"，in *Beyond Aesthetics*；*Philosophical Essays*，Cambridge：Cambridge University Press，2001。

② ［美］纳尔逊·古德曼著，彭锋译：《艺术的语言：通往符号理论的道路》，北京：北京大学出版社，2013 年，第 85 页。

③ 古德曼关于"何时是艺术"的艺术实用主义思想，主要见于其《艺术的语言：通往符号理论的道路》以及《构造世界的多种方式》两书。在《艺术的语言：通往符号理论的道路》中，古德曼提到，尽管梅格伦的画作为维米尔的画出售时欺骗了当时绝大多数最有资格的专家，但在今天，有点见识的外行就能辨认出梅格伦和维米尔画作的差异，由此可见，时间成为拥有审美辨别能力的关键。在《构造世界的多种方式》的第四章"何时是艺术?"中，古德曼进一步将这个问题理论化。他认为："真正的问题不是'什么对象是（永远的）艺术作品?'，而是'一个对象何时才是艺术作品?'"参见［美］纳尔逊·古德曼著，彭锋译：《艺术的语言：通往符号理论的道路》，北京：北京大学出版社，2013 年，第 85－91 页；［美］纳尔逊·古德曼著，姬志闯译，伯泉校：《构造世界的多种方式》，上海：上海译文出版社，2008 年，第 60－74 页。

看的东西"①，从而将辨别艺术品审美品质的关键引向审美活动发生的具体历史性条件。

但是，为什么审美上有所区分，就一定可以说原本上附着的审美要素是本真的，而赝品是非本真的呢？这与古德曼关于亲笔的（autographic）与代笔的（allographic）艺术的观点密切相关。只有亲笔艺术才谈得上原本和赝品，谈论作品的本真性才有意义；代笔艺术谈不上作品的本真性，因为它并不牵涉原本和赝品的问题。② 在古德曼的艺术谱系中，绘画是亲笔艺术，而音乐、文学和摄影都被放到代笔艺术中。比如，他认为不存在诸如托马斯·格雷（Thomas Gray）的《墓畔哀歌》（*Elegy Written in a Country Churchyard*）的赝品，因为诗歌或小说的任何文字副本都像其他副本一样是原作，因此文学作品属于代笔艺术。③ 音乐也属于代笔艺术，因为海顿手稿的审美价值并不比其他印刷的复本更为纯正，它们都是乐谱的纯正的实例（genuine instance）④。因此，文学和音乐作品似乎都谈不上本真性的问题。

在《艺术的语言：通往符号理论的道路》一书中，古德曼对本真性与非本真性的建构主要依据的是视觉效果的差异，不过，在其论述的边缘部分，他似乎也给表演艺术的本真性留下了阐释空间，因为他也提到了"演奏可能在准确和质量上以及甚至在一种更神秘的'本真性'上有所不同"⑤。古德曼所提及的更为神秘的"本真性"其实并不真的神秘，只是当对本真性的讨论转移到音乐中时，他重新建构了本真性和非本真性的使用

---

①　[美]纳尔逊·古德曼著，彭锋译：《艺术的语言：通往符号理论的道路》，北京：北京大学出版社，2013年，第91页。

②　[美]纳尔逊·古德曼著，彭锋译：《艺术的语言：通往符号理论的道路》，北京：北京大学出版社，2013年，第89页。

③　[美]纳尔逊·古德曼著，彭锋译：《艺术的语言：通往符号理论的道路》，北京：北京大学出版社，2013年，第91页。

④　Nelson Goodman, *Languages of Arts*：*An Approach to a Theory of Symbols*，Indianapolis：The-Bobbs–Merrill Company, Inc, 1968, pp. 112–113.

⑤　Nelson Goodman, *Languages of Arts*：*An Approach to a Theory of Symbols*，Indianapolis：The-Bobbs–Merrill Company, p. 113.

规则。由于音乐属于二阶艺术（two-stage）①，如果不能从第一阶段作曲家创作的乐谱上来区分，就可能把第二阶段的演奏视为评估作品审美差异的关键要素。由此，尽管乐谱并无本真和非本真之分，但对于演奏，可以通过准确性和质量差别来区分。

在《艺术中的本真性》一文中，丹尼斯·达顿对这一问题进一步细化，提出可以从"名义上的本真性"（nominal authenticity）和"表现性的本真性"（expressive authenticity）两个方向来思考。达顿认为，美学语境中讨论本真性总是相对于非本真来说的，在涉及原本和赝品的区分时，可以说原本拥有"名义上的本真性"，因为它总是和一个对象的起源、作者身份以及种源问题联系在一起；而当涉及作品与其所表达内容之间的关系时，比如涉及个体或社会的价值和信念的表达时，则要讨论"表现性的本真性"②。无疑，达顿"名义上的本真性"主要对应古德曼谈到的在原本与赝品的对比中所确立的本真性，并特别指向了使用者的真诚意图，从而与赝品使用者非本真的欺骗性意图做出区分。而他关于"表现性的本真性"的思考，则涉及对艺术施行过程中的准确性与质量的评估，这呼应了表演艺术中所涉及的本真性。

2. 原本与复制品

本雅明以不同的方式建构了原本和本真性的联系。在他的文本中，与原本相对的不是赝品，而是复制品（reproduction）。显然，在谈及仿制品或赝品时，会与作品使用者的欺骗性意图相关，这就暗示了古德曼关于本真性的讨论是语境性的。③可以说，古德曼和达顿关于本真性的讨论都在

---

① 音乐之所以是二阶艺术，是相对于绘画是一阶艺术而言的。古德曼认为，当画家完成画作时，绘画活动就完成了；而作曲家在写完乐谱时，音乐活动还未完成，演奏才是音乐的最终结果。Cf. Nelson Goodman, *Languages of Arts：An Approach to a Theory of Symbols*, Indianapolis：The-Bobbs - Merrill Company, pp. 113 - 114.

② Denis Dutton, "Authenticity in Art", in Jerrold Levinson（ed.）, *The Oxford Handbook of Aesthetics*, New York：Oxford University Press, 2003, p. 259.

③ 一个有启发性的见解是把本真性艺术视为赝品的排除，以本真性的反面——赝品为着眼点，来说明本真性不是艺术品天然的属性，而是由体制制造的。参见李素军：《艺术体制视域下的赝品问题考察》，《文艺理论研究》，2016 年第 5 期。

不同程度上强调了赝品与作者欺骗性意图的紧密关联,① 但在本雅明对本真性的讨论中,无论是具有欺骗性意图的赝品,还是不具有欺骗性意图的那种"单纯的拷贝",都并不涉及使用者意图②。因为本雅明对本真性和非本真性的区分逻辑并不建构在艺术品和赝品的辨别问题上,因此并不特别关注它们出现的细微语境。他想要展示出本真性艺术和非本真性艺术所根植的根本性的历史文化切面,认为二者的出现是其所对应的文化逻辑的必然结果。

在本雅明看来,摄影是技术时代的艺术典范,它本质上不再拥有原本"独一无二"(the uniqueness)的存在,而是非本真的复制品。那么,本真性和非本真性的区分要素是什么呢? 这涉及"气息"概念。本雅明认为摄影是本质上(而不仅仅是语境下)的技术复制时代的非本真艺术,因为它不再拥有气息。他写道:"那么,什么是气息呢? 一段奇特的时空织物,一副独一无二的幻影(apparition),虽远却近在眼前。静歇在夏日下午,沿着地平线那方山的弧线,或顺着投影在观者身上的一截树枝,去呼吸那远山、那树枝的气息。"③ 本雅明认为,气息乃传统艺术作品所蕴藏的本真性,展示作品此时此刻的在场性,本真性作品即拥有"独一无二"的存

---

① 古德曼认为,"艺术作品的赝品,是虚假地声称具有那个(或某个)原作所必须有的制作历史"。达顿也认为,"伪造的概念必然涉及伪造者或作品销售者的欺骗意图:这将伪造与无辜的复制品或仅仅是错误的归因区分开来"。参见 [美] 纳尔逊·古德曼著,彭锋译:《艺术的语言:通往符号理论的道路》,北京:北京大学出版社,2013 年,第 98 页;Denis Dutton, "Authenticity in Art", in Jerrold Levinson (ed.), *The Oxford Handbook of Aesthetics*, New York:Oxford University Press, 2003, p. 259.

② 与古德曼不同的是,本雅明特别指出,原本在与经人手制作的复制品即赝品的比较中保留了自己的权威,但这不同于原本与技术复制品的关系。Cf. Walter Benjamin, "The Work of Art in the Age of Its Technological Reproducibility", in Michael W. Jennings & Brigid Doherty et al. (eds.), *The Work of Art in the Age of Its Technological Reproducibility, and Other Writings on Media*, Cambridge:Harvard University Press, 2008, p. 21.

③ Walter Benjamin, "The Work of Art in the Age of Its Technological Reproducibility", in Michael W. Jennings & Brigid Doherty et al. (eds.), *The Work of Art in the Age of Its Technological Reproducibility, and Other Writings on Media*, Cambridge:Harvard University Press, 2008, p. 23.

在。① 但在技术复制的摄影艺术那里，并不存在展示"此时此地"的气息。本雅明说："原本的'此时此地'形成所谓的作品本真性。……本真性的观念对于复制品而言（不管是技术复制与否）都毫无意义。"②

所以，尽管本雅明也从原本的角度建构了本真性，但他并未探究原本和赝品（或复制品）呈现的审美差异。与古德曼不同，他的重点在于传统艺术与技术复制艺术所展示的社会功用上的根本差异。他认为，本真性指向艺术的仪式价值，仪式的功能不是为了展示艺术品的外观，而是作为神之"在场"（presence）的见证，是为了神灵的"注目"。这就是哥特式大主教堂中有的圣母像常年被遮盖着，也有的雕像从地面上根本望不见的原因，因为"对这些图像来说，重要的是它们的在场而非被看见"③。显然，在本雅明那里，圣母像的在场主要不是为了本身被观看而展出，而是为了呈现"不可见者"（invisible）。让－吕克·马里翁有相似见解，他认为"不可见者"乃是"本真的现象"（authentic phenomenon），它为绘画的"可见性"提供了可能性④。值得注意的是，在本雅明关于艺术本真性的建构中，可能隐藏着传统图像论的阴影，因为艺术品的气息可能是马里翁所言的神之"不可见"的可见性。依据传统图像论，在神灵与艺术品之间有所谓"再现的时间"缝隙。阿多诺就注意到原始艺术生产中的观看主体对图像再现时经历的意向性时间的问题：

---

① Walter Benjamin, "The Work of Art in the Age of Its Technological Reproducibility", in Michael W. Jennings & Brigid Doherty et al. （eds.）, *The Work of Art in the Age of Its Technological Reproducibility, and Other Writings on Media*, Cambridge：Harvard University Press，2008，p. 21.

② Walter Benjamin, "The Work of Art in the Age of Its Technological Reproducibility", in Michael W. Jennings & Brigid Doherty et al. （eds.）, *The Work of Art in the Age of Its Technological Reproducibility, and Other Writings on Media*, Cambridge：Harvard University Press，2008，p. 21.

③ Walter Benjamin, "The Work of Art in the Age of Its Technological Reproducibility", in Michael W. Jennings & Brigid Doherty et al. （eds.）, *The Work of Art in the Age of Its Technological Reproducibility, and Other Writings on Media*, Cambridge：Harvard University Press，2008，p. 25.

④ Jean－Luc Marion, *The Visible and the Revealed*, trans. Christina M. Gschwandtner et al., New York：Fordham University Press，2008，p. 7.

"岩洞壁画的对象化的再现与直接观看对象之间的对比就已经包含了技术生产的效果，即被看的对象是从直接的观看行为中分离的。每个艺术品都是用来被大众鉴赏的，这就是为什么复制的观念（idea of reproduction）对于艺术来说从一开始就是本质性的。有了这层联系，本雅明对于他所谓的气息的（auratic）和技术的（technological）之间的差别就相当夸大了，其代价是忽略了它们之中的共同要素，因此在其辩证的批判理论中暴露得出来。"①

阿多诺认为，在原始艺术的产生中，复制性而非本真性才是更本质性的图像经验，因为图像的实质就是对象化的再现，再现的基本结构即可复制性。斯蒂格勒十分认同阿多诺对本雅明的批评，他认为，如果有原本这个概念存在，那么就证明了"可复制性"（reproducibility）这一在原作和复制品之间起关键作用的结构性要素的存在，换言之，原本乃是可复制性关系中生产的概念。② 因此，我们很难不去质疑，本雅明所谓的本真的艺术本质上是否已经是复本，因为任何影像化过程都不可能摆脱复制行为。犹太人正是基于同样的理由，认为绘画艺术中的神像乃是对神的偶像化结果。在他们看来，任何对神之形象的表象都并非神的本真形象，而是偶像化的形象，因而任何图像（当然也包括本雅明所谈及的绘画和雕像）都应当戒除，这就是所谓的偶像禁令。③

与绘画不同，作为复制艺术的摄影由于完全不涉及原本的问题，因此它的价值就不取决于对原本的模仿，而是要去实现它作为图像自身的存在价值。所以，摄影的"可复制性"不同于柏拉图主义的模仿，而是指图像自我生产和繁殖的功能。摄影图像在脱离了原本的情况下，成为自由且自治的

---

① Bernard Stiegler, *Technics and Time*, 3. *Cinematic Time and the Question of Malaise*, trans. Stephen Barker, Stanford：Stanford University Press, 2011, p. 214.

② Bernard Stiegler, *Technics and Time*, 3. *Cinematic Time and the Question of Malaise*, trans. Stephen Barker, Stanford：Stanford University Press, 2011, p. 213.

③ 王嘉军：《偶像禁令与艺术合法性：一个问题史》，《求是学刊》，2014 年第 6 期。

图像。正是在实现媒介自我内在价值的意义上，摄影可被视为本真的。

3. 摄影中的原本

不过，摄影中是否必然不存在原本问题呢？这要看我们依据的是本雅明还是古德曼为本真性建构的话语情境。按照前者对本真性的阐释，摄影由于气息凋敝而被视为非本真艺术；但是按照后者的解释，如果摄影中也涉及原本和仿制品的区分，那么就可以讨论摄影的原本问题。因此，讨论摄影中是否存在由原本建构的本真性，涉及摄影史上出现的不同类型的影像。威廉·米切尔认为，宝丽来照片符合古德曼对一阶艺术的规定，"画一张铅笔速写或者拍一张宝丽来照片是一阶过程"[1]。根据米切尔的分析，宝丽来照片有别于其他类型的影像，可以归入与绘画类似的具有本真性的艺术。

大卫·希克勒巴克在《如何判断摄影作品的真实性》（*Judging the Authenticity of Photographs*）一书[2]中为我们提供了更多谈论摄影中原本的语境：①原本是指原始照片（vintage），即"一张照片的影像是直接从一张原始底片或反转片（反转片同底片一样，只不过影像是正像而不是负像）印放（制作）的"[3]。②原本是指由摄影师本人或者在他的监督/授权下制作的照片。原件可能在不同时间印放，有些原件是摄影师本人制作的，因而特别具有收藏价值。[4] 希克勒巴克显然认为，当我们按照上述规则来判定摄影中的原本时，原始照片和由摄影师本人制作或授权制作的照片，都可被视为具有本真性。

然而，这种依据原本来界定摄影本真性的方式只对那些限制了版数的

---

① ［美］威廉·米切尔著，刘张铂泷译：《重组的眼睛：后摄影时代的视觉真相》，北京：中国民族摄影艺术出版社，2017年，第72页。

② 希克勒巴克这本书的中译本名为"如何判断摄影作品的真实性"，本文根据论述需要，译为"判断摄影作品的本真性"。

③ ［美］大卫·希克勒巴克著，毛卫东译：《如何判断摄影作品的真实性》，北京：中国民族摄影艺术出版社，2016年，第11页。

④ ［美］大卫·希克勒巴克著，毛卫东译：《如何判断摄影作品的真实性》，北京：中国民族摄影艺术出版社，2016年，第12页。

照片有效，我们无法以这个逻辑去解释本质上是复制的影像，比如"无作者"的数字影像。如果说宝丽来照片属于亲笔艺术，就好像一幅绘画的原本那样总是不能被精确地复制，那么数字影像则属于代笔艺术，一幅数字影像可以通过计算机设定好的"解释算法"（interpretation algorithms）制造出不同实例，正如一件音乐作品可以通过乐谱被如实地演奏并得以实例化。复制会改变"亲笔艺术"存在的必要属性，却不会改变"代笔艺术"存在的必要条件。根据相同算法生成的影像作品都是该算法的实例，没有原本和赝品之分。[①]

二、实在与摄影本真性

模仿现实曾是西方绘画的追求，在柏拉图的《理想国》中，绘画是对现实世界的模仿，现实世界是对神所处的实在世界的模仿，因此绘画是"模仿的模仿""影子的影子"[②]。柏拉图认为，绘画的价值取决于它模仿实在的程度，显然，柏拉图的实在指的是精神的实在。不过，安德烈·巴赞指出，从十五世纪开始，西方绘画不再只注重再现精神现实，而同时致力于将对精神的再现与对外部世界的逼真描摹结合起来，透视法的发明正是后一种愿望所催生的。[③] 不过，推崇透视法的西方绘画的价值取向仍没有变，其体现了柏拉图主义模仿论的原罪，即绘画越给人外表上接近实在事物的逼真感，越揭示出自身只是作为实在的幻象而存在。然而绘画根本上难以呈现客观事物，因为无论画家的手有多巧，都不可避免地打上主观印记。在这种情况下，摄影术应运而生，照片由照相机这个装置生产的特

---

① ［美］威廉·米切尔著，刘张铂泷译：《重组的眼睛：后摄影时代的视觉真相》，北京：中国民族摄影艺术出版社，2017 年，第 72 – 74 页。

② ［古希腊］柏拉图著，郭斌和、张竹明译：《理想国》，北京：商务印书馆，1986 年，第 387 – 426 页。

③ ［法］安德烈·巴赞著，崔君衍译：《电影是什么》，北京：中国电影出版社，1987 年，第 8 页。

性使摄影术完全避免了"人手"的干预，照片被视为直接由光线生产的实物的印记。巴赞认为摄影与绘画的不同在于其本质上的客观性，"作为摄影机的眼睛的一组透镜代替了人的眼睛，而它们的名称就叫'objectif'"①。巴赞认为，摄影师即便在照片中显露了个性，也不可与画家相提并论。因为绘画是艺术，而艺术都是有人介入的，照片则更像自然的产物，"照片作为'自然'现象作用于我们的感官，它犹如兰卉，宛若雪花，而鲜花与冰雪的美离不开植物与大地的本源"②。很明显，巴赞没有过多考虑摄影出现的技术和社会条件，而把摄影的起源归结为一种试图将客体完全转录到摹本上的心理需求，他进而把这种心理需求与制作木乃伊的心理需求进行类比，"都灵圣尸布就是遗物与照相的综合"③。巴赞认为，只有摄影才能由于"自动作用"免除人的主观性印记，而即使最逼真的绘画也无法避免此种因素。唯有摄影镜头拍下的东西是客观的，最逼真的绘画也只是对自然的仿造。曾被本雅明指为本质上是"复制品"因而缺乏本真性的摄影术，却被巴赞认为是实物的原型；相反，被本雅明认为拥有独特气息的绘画，则被巴赞认为带有画家的主观意图，因而总是对实在的虚假再现。本真性的定义在本雅明和巴赞那里显示出了十足的张力：被本雅明视为非本真的摄影，却被巴赞视为本真的。

从绘画到摄影，言说本真性的语境到底发生了何种变化呢？克里夫·斯科特分析了本真性的概念在绘画和摄影中的不同定位：在（a）主题/指示物↔（b）照相机（c）摄影师这一顺序中，本真性的保障在于（a）和（b）之间。而在（a）主题（b）绘制↔（c）画家的顺序中，本真性的保障则在于（b）和（c）之间。在摄影中，"伪造"就意味着改变（a）和

---

① ［法］安德烈·巴赞著，崔君衍译：《电影是什么》，北京：中国电影出版社，1987年，第11页。

② ［法］安德烈·巴赞著，崔君衍译：《电影是什么》，北京：中国电影出版社，1987年，第12页。

③ ［法］安德烈·巴赞著，崔君衍译：《电影是什么》，北京：中国电影出版社，1987年，第12页。

（b）之间的关系；在绘画中，同样的变化却保持了本真性（模仿、仿照、描摹、改编），"伪造"意味着准确地复制（b）与（c）之间的关系，而在摄影中，复制则意味着保持一种本真性（用同一张底片再次印放出照片）①。

在绘画那里，本真性指画家对原本所拥有的特权，即所谓的独创性特权，并以此区分和排除那些危及画家特权的复制品、仿制品和赝品。然而，罗莎琳·克劳斯却指出，"原创性"的渴求并不完全是合法的，可能只是一种理论神话。克劳斯注意到，罗丹的原创性和其复制理念之间显示出张力。罗丹常常被我们称颂为最有原创性的雕塑家，但他的工作程序中充满了复制，"罗丹大批量生产雕塑的核心源自对多样性的结构性增生"②。

一旦放弃由原本建构的艺术本真性追求，就会发现新的本真性言说空间。比如将本真性视为透明地揭示出实在的功能的实现，根据此种定义，摄影比绘画更有可能作为实在或者说自然的直接呈现物。乔弗里·巴钦就指出，摄影的起源与将摄影作为"自然的副本"的心理渴望密切相关，在尼埃普斯、达盖尔以及塔尔博特等原始摄影师对摄影的描述中，都可以发现摄影概念的核心，即"自然"。比如巴钦提到，尼埃普斯曾为摄影之名拟出许多家族相似词汇，他考虑了自然、本身、书写、绘制、图像、迹象、印记、痕迹、影像、拟像、模型、象征、表象、描述、肖像、展现、呈现、映现、真实、实在等词，这些词最终都指向"自然"。他说："他（尼埃普斯——引者注）的注意力最终单单集中到了 Phusis 或'自然'这个词上，这就成为他最终选择的四个组合词中每一个的基本成分：physaute、phusaute（自然本身）、autophuse、autophyse（自然的副本）。"③可见，摄影在相当长时间被视为与自然和实在联系最直接的媒介。直接摄影出现之后，摄影更被认为忠实于真实世界。

---

①　Clive Scott, *The Spoken Image: Photography and Language*, p. 28.

②　［美］罗莎琳·克劳斯著，周文姬、路珏译：《前卫的原创性》，见《前卫的原创性及其他现代主义神话》，南京：江苏美术出版社，2015 年，第 121 页。

③　［新西兰］乔弗里·巴钦著，毛卫东译：《热切的渴望：摄影概念的诞生》，北京：中国民族摄影艺术出版社，2016 年，第 91 页。

在此，"真实"（reality）显示出了不同的维度，它有时指向现代的时间观，渗透着特殊性，因而是"现实"的，在这个意义上，"真实"意味着个人通过知觉即可发现真理，真实世界即我们身处的现实世界。这种现代的真实观无疑来自笛卡尔和洛克的现代哲学阐释①。在这样的真实观影响下，对真实的把握即是去把握知觉到的瞬间。与现代真实观十分不同的是古希腊以柏拉图为代表的真实观：我们知觉的现实世界，只不过是真实世界的影子。② 很显然，对于柏拉图来说，真实指向的是一种永恒的时间持存。因此，在古希腊人的时间观中，现代真实观中的客观真实恰恰是非真的；而对于现代人来说，柏拉图意义上的真实指向理念世界而不是现实世界，因而是非真实的。

在《理想国》中，绘画由于与真实世界隔了两层，因而是"影子的影子"。如果将摄影置入古希腊的真实观语境中，它恐怕会被认为与真实世界隔了三层，因为摄影常常是绘画以及自身的复制品。然而在现代时间观中，摄影却由于机械的自动作用而被视为对客观世界的直接印刻。尤其是快速摄影，由于它具有绘画所不能比拟的顷刻而成的"摄取"知觉表象的能力，因而被视为呈现绝对真实的最佳媒介。显然，摄影所摄取的"真实"不是柏拉图的理念王国，而是现实世界。在此，我们发现两种真实观的冲撞。在一种现代性时间观中，摄影能够指示偶然事物，所以在描绘瞬间上具有优越性；而在一种更古典的时间观中，摄影与特殊的时空关系却是它非本真的理由。正是在现代的真实观中，摄影取代绘画成为最佳的表征真实的媒介。"决定性瞬间"的美学追求就表明了摄影在表征现代真实感上的优势。照片是否具有美学价值的评判标准，体现的正是影像与一个特殊的时间和空间的直接关联，它表明了照片所示的现代时间特性——事

---

① 参见《小说的兴起》中关于现代哲学的现实主义的描述和分析。Cf. Ian Watt, *The Rise of the Novel*, Berkeley & Los Angeles：University of California Press, 1957, p. 21.

② ［古希腊］柏拉图著，郭斌和、张竹明译：《理想国》，北京：商务印书馆，1986 年，第387 – 426 页。

件性，照片的美学价值在于对"点"呈现的能力。①

不过，值得思索的是摄影使我们感受到的那种绝对真实感本身的虚幻性。对此，本雅明可能比巴赞等人显得更清醒，他认为摄影生产了一种有别于绘画的新的感知真实的方式，但显然并不认为摄影所生产的真实感是绝对的。本雅明将摄影师和画家比作外科医师和巫师，认为绘画与现实的关系如同巫师与患者的关系，摄影与现实的关系则像外科医师与患者的关系，"画家在其作品中维持着一段与现实的自然距离，相反，摄影师却深深穿透现实的脉络中"②。本雅明的洞见在于，他没有像巴赞等人那样去制造摄影的实在论神话，相反，他指出摄影的价值是它将替代绘画，作为新的再现机制对现实进行重塑。正因为如此，尽管本雅明肯定了摄影对于我们知觉重塑的力量，却并未在摄影上塑造出另一种本真性的神话。

三、摄影的媒介特殊性

巴钦发现，在早期原始摄影师的话语中，对摄影和自然的关系的认识是不确定的。一方面，如前文所示，尼埃普斯等人认为摄影的价值体现在它对自然的精准描绘上；另一方面，他们又认为摄影的价值似乎在于描绘自身，于是摄影中体现着这样的双重性或者说自反性的任务："既反映对象又构成其对象，同时参与了自然与文化的领域。"③ 对此，巴钦总结道："摄影的命名更证实了这一点（摄影：用光书写，让光书写自己）。"④ 因

---

① 沃伦认为，摄影可比作一个点，照片主要让人产生的是时点（punctual）的印象。参见［比］希尔达·凡·吉尔德、［荷］海伦·维斯特杰斯特编，毛卫东译：《摄影理论：历史脉络与案例分析》，北京：中国民族摄影艺术出版社，2014 年，第 70 页。

② Walter Benjamin, "The Work of Art in the Age of Its Technological Reproducibility", in Michael W. Jennings & Brigid Doherty et al. (eds.), *The Work of Art in the Age of Its Technological Reproducibility, and Other Writings on Media*, Cambridge: Harvard University Press, 2008, p. 35.

③ ［新西兰］乔弗里·巴钦著，周仰译，毛卫东审校：《渴望的产物》，见《每一个疯狂的念头：书写、摄影与历史》，北京：中国民族摄影艺术出版社，2015 年，第 28 页。

④ ［新西兰］乔弗里·巴钦著，周仰译，毛卫东审校：《渴望的产物》，见《每一个疯狂的念头：书写、摄影与历史》，北京：中国民族摄影艺术出版社，2015 年，第 28 页。

此，摄影的本真性包含了两个维度，一是呈现实在，二是呈现自身。

查尔斯·泰勒敏锐地把握到了本真性与审美自律的密切关联。在他看来，审美的概念与艺术理解的重大范式转变相关，即艺术不应当被理解为对实在的模仿，而应当被理解为创造。① 在此，泰勒指出，这种把审美视为创造的新观念，和本真性诉求十分类似，因为它们都基于"自我发现"。泰勒认为，康德确立的审美自律思想与本真性的目标是一致的："事实上，它（美——引者注）是一种自为的满足。美给出了其自身的内在实现，其目标是内在的。但是，本真性也以一种类似的方式被理解为其自身的目标。"②

正是在此基础上，我们更容易理解克莱门特·格林伯格的现代主义方案，它是康德的自主性方案在艺术领域的一种转移，即艺术自主性的追求。在此，格林伯格所规范的艺术自主性方案乃是康德的自主性方案的一种巧妙的转移，其相互关联之处在于对自身价值的强烈要求。他认为："每一种艺术独特而又恰当的能力范围正好与其媒介的性质中所有独特的东西相一致。自我批判的任务于是成为要从每一种艺术的特殊效果中排除任何可能从别的艺术媒介中借来的或经由别的艺术媒介而获得的效果。因此，每一种艺术都将成为'纯粹的'，并在'纯粹性'中找到其品质标准及其独立性的保证。'纯粹性'意味着自我界定。"③ 在格林伯格看来，艺术本真性就意味着找到其媒介的特殊性，从而为自身划界。现代主义绘画的成就便是以形状、颜色以及二维平面凸显绘画自身的媒介特殊性。不过，格林伯格的现代主义方案中似乎从未考虑过摄影，他认为摄影无法被视为艺术，因为摄影的媒介被他视为透明的，所以与绘画相反，摄影不具

---

① ［加］查尔斯·泰勒著，程炼译：《本真性的伦理》，上海：上海三联书店，2012 年，第 78 页。

② ［加］查尔斯·泰勒著，程炼译：《本真性的伦理》，上海：上海三联书店，2012 年，第 78 – 79 页。

③ ［美］克莱门特·格林伯格：《现代主义绘画》，见沈语冰、张晓剑主编：《20 世纪西方艺术批评文选》，石家庄：河北美术出版社，2018 年，第 73 – 74 页。

有"特殊性"，因而也不具有艺术的本真性。显然，格林伯格对摄影的定位建立在将摄影视为大自然"模仿物"的成见上，因此当他以一种媒介本体论的方式去规划艺术本真性时，摄影由于其媒介的透明性被剥夺了资格。

　　然而，最近的摄影理论家们发现，摄影的本质并非如巴赞和格林伯格所认知的那样，是完全客观的或透明的模仿物，而是如绘画那般，是一种再现机制。摄影也具有自身的"媒介特殊性"，因此有权被纳入艺术本真性话语之中。在这个意义上，摄影理论家们以相似的媒介本体论诉求转移了对摄影本真性的讨论。他们对之前那种最常规的摄影本真性范式做出了挑战，就像绘画本体论所经历的从错觉到媒介的目标转换，摄影领域经历了同样的本体论范式转换。对于这些理论家来说，摄影本真性的实现不再是在呈现"真相"上的优势，而是凸显摄影自身的媒介品质。比如说，让娜·布尔热（Janet Buerger）就认为，达盖尔银版法中体现的不是达盖尔的实证主义意图，而是他对摄影的媒介本体论的追求，是对摄影作为透视剧场的认知，摄影的发明是为了揭示视觉中幻象的本质。① 于贝尔·达弥施强调了摄影机对于摄影活动的本体论位置，他认为摄影发明之初，摄影师并不关心如何创造一种新型的影像，或者创造一种新颖的表征模式，而是想要自发地把暗箱形成的影像固定下来。摄影的冒险正始于人们第一次想要保留他们早已知道如何制造的图像②。达弥施以结构主义的方式重新解读了早期摄影师们对影像的定位，他认为那些影像"绝不是自然给予的，而是依据摄影机的建构原理建构的"③。巴钦注意到，塔尔博特早就自觉认识到这一点，他引用伊安·杰弗里（Ian Jeffrey）对塔尔博特的评论

---

　　① ［新西兰］乔弗里·巴钦著，毛卫东译：《热切的渴望：摄影概念的诞生》，北京：中国民族摄影艺术出版社，2016 年，第 177 – 178 页。

　　② Hubert Damisch，"Five Notes for a Phenomenology of the Photographic Image"，*October*，5（Summer 1978），pp. 70 – 72.

　　③ Hubert Damisch，"Five Notes for a Phenomenology of the Photographic Image"，*October*，5（Summer 1978），p. 71.

说："他的图像并不只是对偶然随意发现的自然的再现，而是按照明显规则的图案选择和建构的画面与组合……当然，有关塔尔博特作品的关键，在于它显示了是人造之物。"①

如果说格林伯格认为绘画的媒介特殊性在于其平面性，那么什么才是摄影媒介的特殊性呢？法国学者米歇尔·弗里佐特试图以一种格林伯格式的还原论的方式来回答这个问题，他认为不应当通过指示符号（index）去探究摄影媒介的特殊性，因为它最终将我们引向了指示者，"指示性是一种因果关系，我们在照片中所看到的描绘之物，对我们来说是逆向地指向我们知道的曾经存在之物"②。然而照片到底指向什么呢？弗里佐特回答道："有的人会说是客体，或者现实。但对我来说，对摄影唯一有效的回答是光（light）［我甚至更喜欢说是光子（photons）］。"③ 弗里佐特认为，摄影并不比绘画更多地指向现实，它不同于绘画之处在于它制造现实的物质——光，"如果一个非常'真实的'客体并不反射任何光，它对摄影来说就并非真实。它是不可见的，因为这对感光表面来说没有任何意义"④。按照弗里佐特的观点，光子才是摄影分析的原点。然而，将光作为分析原点就像在绘画中以颜料为分析原点，显示了一种还原主义的论调。比起弗里佐特，沙考夫斯基可能更像格林伯格，他认为应当把摄影作为一种全新的构图范式，于是确定了五个摄影的概念，它们都十分形式主义，即物本身、细节、边框、时间和有利位置⑤。沙考夫斯基的《摄影师之眼》实际上体现了一种摄影理论或者摄影史的自觉。与沙考夫斯基的形式主义和结构主义倾向不同，彼得·加拉西（Peter Galassi）认为摄影这一媒介的特性

---

① ［新西兰］乔弗里·巴钦著，毛卫东译：《热切的渴望：摄影概念的诞生》，北京：中国民族摄影艺术出版社，2016 年，第 185 页。

② Michel Frizot, "Who's Afraid of Photons?", trans. Kim Timby, in James Elkins (ed.), *Photography Theory*, New York & London：Routledge, 2007, p. 271.

③ Michel Frizot, "Who's Afraid of Photons?", trans. Kim Timby, in James Elkins (ed.), *Photography Theory*, New York & London：Routledge, 2007, p. 271.

④ Michel Frizot, "Who's Afraid of Photons?", trans. Kim Timby, in James Elkins (ed.), *Photography Theory*, New York & London：Routledge, 2007, p. 272.

⑤ Cf. John Szarkowski, *The Photographer's Eye*, New York：Museum of Modern Art, 1966.

正在于它没有构图能力，因为摄影总是致力于异常和偶然而非普遍和稳定，显然，他作为理论参考的是"瞬间影像"①。

正如巴钦向我们揭示的，对摄影的本体论诉求值得肯定，但本文开篇就指出，本真性不是在单一的语境中呈现的，本体论的规划也不是单一的规划。本真性不意味占据着形而上的真理的位置，不意味着绝对的、固定的起源，也不意味着稳定的结构。②的确，我们总是拥有巴钦所说的对摄影的"热切的渴望"，那无疑与所有对本真性的渴求而不是单一的本真性图式相关。巴钦给我们的启示在于，我们不能成为唯一起源论者，而应当把摄影的身份问题复杂化，揭示其"无尽的起源"③，从而将之重新定位为一个涉及"摄影"话语的、问题重重而又变化无常的领域。

四、余论：后现代主义视域下的本真性

相对而言，后现代主义的艺术理论家和艺术史家们认为，我们应当放弃对绝对真相以及照片真相价值的追问，转而求取一种相对的真，"真正成问题的，是谁的真相和谁的意识形态，这些问题使得对本真性的追求看似一种退化了的人文主义幻想"④，"所谓完全不诉诸某种虚假的天真无邪的本真性这一概念，显然没有更大的空间了"⑤。在后现代主义论域，摄影本真性的讨论中重要的不再是真相，而是主观性，即照片如何表露和达成拍摄者的意愿。因此，他们实质上发展了一种与客观真实对立的本真性话

---

① ［新西兰］乔弗里·巴钦著，毛卫东译：《热切的渴望：摄影概念的诞生》，北京：中国民族摄影艺术出版社，2016 年，第 23 页。

② ［新西兰］乔弗里·巴钦著，毛卫东译：《热切的渴望：摄影概念的诞生》，北京：中国民族摄影艺术出版社，2016 年，第 9 - 28 页。

③ ［新西兰］乔弗里·巴钦著，毛卫东译：《无尽的起源》，见《更多疯狂的念头：历史、摄影、书写》，北京：中国民族摄影艺术出版社，2017 年，第 15 - 28 页。

④ ［英］露西·苏特著，毛卫东译：《为什么是艺术摄影？》，北京：中国民族摄影艺术出版社，2017 年，第 101 页。

⑤ ［英］露西·苏特著，毛卫东译：《为什么是艺术摄影？》，北京：中国民族摄影艺术出版社，2017 年，第 101 页。

语,即艺术摄影的本真性。这意味着,艺术世界作为一个自治的世界,发展出了一个与日常生活相反的本真性逻辑。

露西·苏特(Lucy Soutter)为我们呈现了本真性话语中的这一支流。她指出,在摄影的艺术本真性追求中,被解读成本真的是画面随意、布光随意的作品,其主题是具象的,或者来自日常生活。例如提尔曼斯的脏盘子或者戈尔丁的黑眼圈,这种充满个人体验的作品被称为本真的,因为它们试图传达的是真挚(sincerity)。与之相对,无表情影像(deadpan ima-ges)通常被解读成是客观性的,比如说伯纳德·贝歇夫妇的作品,就采取了客观而无动于衷的拍摄方式,因此被解读为非本真的(inauthentic)①。显然,在后现代主义的理论框架下,本真性话语得以保留并不是为了追求一种绝对真相的神话,而是一种本真性的伦理追求。在他们那里,本真性涉及的不是任何外在的客观事实,而是内在的真诚向度。这契合查尔斯·泰勒的《本真性的伦理》一书中所给出的本真性的伦理学谱系,在其中,本真性最核心的要素是对自我的忠诚。② 在后现代主义视域下,本真性的探寻最终从认识论转移到了伦理学,本真性诉求从真知变为了真诚的伦理理想。苏特认为,后现代视域下,艺术摄影的本真性指向的是"呈现上的本真"(presenting the authentic),同时,照片将被视为我们实现真诚意愿的表达媒介。③ 因此,艺术摄影的本真性在后现代主义理论框架下可能同时承载主观性的表达意愿、伦理上忠实于自我的真诚以及媒介的自我特殊性三个复杂维度。

在后真相时代,我们应当以怎样的姿态去理解本真性呢?本真性只是一种过时的人文主义幻想吗?数字影像的存在方式威胁着本真性,这不仅在于其根本上的复制性,而且在于摄影呈现绝对客观真实的那种天真的渴望被打破了。在数字影像中,影像的形态与现实之间已没有任何指示关

① [英]露西·苏特著,毛卫东译:《为什么是艺术摄影?》,北京:中国民族摄影艺术出版社,2017年,第103-104页。

② [加]查尔斯·泰勒著,程炼译:《本真性的伦理》,上海:上海三联书店,2012年,第32-38页。

③ [英]露西·苏特著,毛卫东译:《为什么是艺术摄影?》,北京:中国民族摄影艺术出版社,2017年,第109-118页。

系。登月照片可能是伪造的，曾在摄影与世界之间建立的必然联系，已被合成影像彻底打破。今天我们再谈论本真性是否只是一种理论的空转？或许我们不应再从原创性和真相角度去测度本真性，而应转向对摄影媒介自身的本体论探寻，由此可以转而询问拍摄主体如何在摄影中达到主观性意愿并实现真诚的表达。艺术摄影的价值正在于此，它的目的不在于对真相做出见证，而在于如何更好地发挥摄影媒介的创造性再现功能。因此，对本真性的谈论并未过时，需要的是改变理解本真性的方式。今天，作为一个理论棱镜，本真性依然可以通过各种媒介传达伦理理想，在与非本真性的对比中引导我们在行动中做出取舍。最终，本真性仍将呼唤真理和真诚的伦理维度①。

（本文原载于《文艺研究》，2021 年第 2 期）

---

① 这让笔者想到伯纳德·威廉斯的《真理与真诚：谱系论》（徐向东译，上海译文出版社 2013 年版）。在当代，诉诸绝对真值的本真性理想备受攻击，威廉斯却认为我们依然应当致力于为真理和真诚辩护。

西方文论关键词"欲望机器"

于奇智

一句话概说

欲望机器（machines désirantes），为法国哲学家德勒兹与精神分析学家伽塔利在《反俄狄浦斯——资本主义与精神分裂症 I 》（以下简称《反俄狄浦斯》）一书中共同创造的概念。他们把欲望和机器大胆折叠，翻转紧粘，使之生成一个褶子：欲望—机器，即欲望机器，可谓一种奇异之思。

欲望机器试图表明：在宇宙系统与伦理关系中，有一种普遍存在的对偶关系。此即对立者的永恒轮回，永恒重复。它是因主体向往获得某物或达到某种目的而自行运转、产生能量，并经由零件与要素组成的一种装置。

这装置具有欲望生产功能，能减轻欲望生产强度，提高欲望生产效率。但是，这里所说的生产，是无意识欲望机器的生产。我们不妨把这种机器叫作德勒兹—伽塔利机器。

一、大背景解说

从表面看，欲望与机器毫不相干。它们的结合体——欲望机器，更让人感到莫名其妙。其实，这机器自有其历史与逻辑的生成过程。欲望机器，首先是德勒兹与伽塔利的合作创造。欲望与机器的结合，就是哲学家德勒兹与精神分析学家伽塔利的结合。它也因此是哲学与精神分析学这两个学科结合的产物。欲望与机器的结合，作为西方哲学史的重要事件，不仅成为哲学与精神分析学的嵌合典范，而且标志精神分裂分析学的建立。德勒兹与伽塔利创立的精神分裂分析学，从此取代了弗洛伊德与拉康的精神分析学。

我们知道，弗洛伊德于 1885 年到达巴黎，师从法国神经病理学家夏尔科，专门研究歇斯底里症。1895 年，他与布鲁耶尔合作出版《歇斯底里症研究》，此书标志着精神分析学的开端。但精神分析学的正式建立，却以弗洛伊德的名著《梦的解析》（1900）为标志。因此，这门学问又称弗洛伊德主义。

弗氏将生物学上的性本能抬高为人类原动力，甚至是改变个人命运、决定社会进步的永恒力量。这导致他同合作者荣格、阿德勒的决裂。弗氏的欲望本能（性本能）说，一直是精神分析学的基石。他先将心理存在分为三层：无意识、下意识、意识，继而改称本我、自我、超我。在他看来，本我即本能冲动，它按照快乐原则行事。自我源出本我，为一认识过程，它的活动（大部分属无意识）按照现实原则展开，即感受外部影响，满足本能欲求。超我，则是从自我中分裂出来的一个支流，作为人的良心，它依照至善原则活动，代表道德标准，调控本能表现。

1920 年，弗洛伊德发表《超越快乐原则》，从此将人的本能推向生死二维。生死本能，原为与生俱来的两大人类本能。生本能，就是性欲、爱恋与建设的力量。死本能，就是杀伤、虐待与破坏的力量。简言之，前者代表肯定行为，以及正面、施动、影响的方向，后者则代表否定行为，以及反面、受动、逆反的方向。由此可见，生本能与死本能，本是一种作用与反作用的对应关系。在弗洛伊德主义层面，一切现象无不朝着上述两个方向展开或显现。

20 世纪 40 年代以后，欧美涌现出一批新弗洛伊德主义者。其中一派以美籍德国学者霍尔尼、弗洛姆为代表，另一派要数拉康、德勒兹、伽塔利最为引人注目。拉康精神分析学、德勒兹与伽塔利的精神分裂分析学，堪称弗洛伊德主义在法国造就的一对成果。前者展现忠贞，后者显示叛逆。它们共同验证了法国精神分析学派的内部冲突。继拉康《著作集》（1966）之后，德勒兹与伽塔利于 1972 年出版的《反俄狄浦斯》，再次点燃巴黎战火，促使新老两派斗争白热化。

二、德勒兹与伽塔利相遇

德勒兹早年一度受到存在主义影响，但他很快摆脱这种影响而潜心研究哲学史，相继开展有关休谟、尼采、康德、柏格森、斯宾诺莎的专题研究。1972 年之前，他已出版一批著作，诸如《经验主义与主体性》（1953）、《尼采与哲学》（1962）、《康德的批判哲学》（1963）、《普鲁斯特与符号》（1964）、《柏格森主义》（1966）、《扎赫尔·马佐赫介绍》（1967）、《差异与重复》（1968）、《斯宾诺莎与表现问题》（1968）、《意义逻辑》（1969），以及数量可观的论文。

在以上系列研究中，德勒兹对前辈哲学家的概念进行大胆重组。他发现：在相异性概念区域之间，存在普遍的纽结或折叠现象。所谓纽结或折叠，就是事物相关必须同时兼顾各方，并使它们成为共生体。这种事物之间的纽带关系，正是事物彼此联系的根据和相互依赖的保证。据此，他大大弱化概念区域间的对立性、悖论性、差异性，进而提出一个独具个人风格的概念系统，譬如自然—机器、差异—重复、时间—存在、受虐狂—施虐狂、生命—死亡等。

在德勒兹笔下，每对水火不容的概念之间，都会生成一种相依互补却并不归入对方的多样性对偶关系。它们之间谁也离不开谁，谁也不是谁。更为奇特的是，每一概念，都会在其内部生成嵌套关系，并与其对立概念内部的类似关系生成更具多样性的对偶关系。比如自然中的自然、机器中的机器、自然中的自然—机器中的机器。这种一体化、层次化的对偶关系普遍存在，从而深刻体现出一种对立而永恒的轮回规律。总之，概念与概念之间，因纽结而相通，同时它们又始终保持着自身及其多样性品格。换言之，它们折叠又展开，封闭又开放。这种哲学狂想，逐渐画出某种哲学的构想线条。

德勒兹的难题，是如何不断加粗这种线条，并为它寻找途径和时机。这条线成为我们重新领会一切我们已经熟知的二元关系及其观念的全新可能性，因为它大大消除或弱化了二元现象之间的时空距离。到了《反俄狄浦斯》时代，"欲望—机器"或"欲望机器"概念的生成便是完全可以理解的了，因为这是一个研究过程的自然结果。

1969 年，深陷理论难题之中的德勒兹结识了成就斐然的精神分析学家、神经科医生伽塔利。结识意味着一种决定性的转渡，这种转渡又颇具危险性和浪漫性，因为结识者双方都不知道自己将把对方引向何地，也无法知道如何把握自己的职业生涯和命运，与此同时，一种精神与情感的行游以无法预料的方式把结识者双方带入奇景之中。伽塔利起步于拉康精神分析学，经过心理治疗而逐渐走向精神分裂分析学，在拉博德心理诊所工作期间提出了横断性、群体幻想等概念。虽然他受到拉康的系统教育，但总以自己的立场极大关注精神分裂症，并且坚信精神分裂症才是真正的分析对象。他拥有许多立场、论断、概念，却缺乏德勒兹那样的对偶折叠术。无疑，伽塔利也在寻找自己的出路。他首先真正发现且重视"欲望机器"这一概念及其巨大价值，并与德勒兹谈起。当然这个概念还很粗糙，尚与机器无意识、精神分裂无意识密切相关。德勒兹则认为，这个概念相当先进，断言伽塔利的探索工作已经比自己的工作前进了一大步，尽管它还没能摆脱结构、能指、符号、男根等词语，带有明显的拉康痕迹。他们也承认，精神分析学家对"欲望机器"早有所知，却以"欲望本能"概念完全掩盖和取代了它，把神经官能症误当作真正的分析对象而排除了精神分裂症，最典型的例证是对德国德累斯顿上诉法院院长、神经病患者施雷贝尔的含糊其辞。德勒兹与伽塔利一致判断，精神分析学一开始就把分析的对象和任务弄错了，并且加以歪曲和给予简约的解释。当然，我们应该看到，他们都背负着拉康幽灵，又力图摆脱它，坚信一定有一些更好的概念来确定和纯化"欲望机器"。他们遇到了困难，决定共同研究这个概念，一起研读了许多精神分析学著作，发现了其中的荒谬和精华。德勒兹把著作视为四处泄漏又严实的东西，伽塔利则将它们看作精神分裂症之流。这两种观点极其相似。这表明他们之间存在着许多共鸣点。

20 世纪五六十年代，德勒兹对柏格森哲学的研究颇具特色，把柏格森差异哲学视为划时代的贡献，进而把柏格森哲学确定为"思想尺子"，在尼采研究中以"完全差异"解释"强力意志"与"永恒轮回"，借助尼采哲学摆脱了在柏格森研究中所遇到的困境。这为解释"欲望机器"作了学理准备，因为"欲望机器"正是差异发生永恒重复而出现的思想奇观，或者说，欲望机器就是差异的永恒轮回。柏格森在《创造进化论》中明确以生命冲动（绵延）论超越机械论和生机论，而伽塔利的欲望机器概念在德勒兹那里获得自身的哲学意图：以欲望机器论超越机械论与生机论。由此可见，在超越机械论与生机论的艰难过程中，德勒兹与伽塔利选取了与柏格森不同的支点：在柏格森那里是生命冲动，而在德勒兹与伽塔利那里是欲望机器冲动。欲望机器化入哲学，使西方哲学获得了新的理论形态和发展视域。

在研究内容和思想志趣方面，他们的合作具有可能性和必要性。他们都需要对方，各自所缺乏的正是对方所具有的。因此，这完全是一种平等的互相需要、互相理解、互相欣赏。在他们没有相识与合作之前，各自的研究成果就已经获得了一种深刻的共生关系。

在《普鲁斯特与符号》与《扎赫尔·马佐赫介绍》中，德勒兹对反常现象或病理问题给予了极大的关注，探索病理学与哲学之间的有机连接点，明确把哲学导入情感论和病理学。作家、画家、电影家像医生一样从事病理学实践。他在《差异与重复》中正是以情感、反常、受难来界定

"重复"概念的,所建立的哲学就是关于情感、反常、受难的论说体系。反常现象分析与文体种类分析在德勒兹哲学体系中得以共存。作家、画家、电影家从患者—叙述者转变为医生—叙述者。在哲学史上,德勒兹以哲学家身份如此热情而认真地关注小说和小说家、绘画和画家、电影和电影家而获得的理论成就是相当突出的。德勒兹哲学吸纳了许多与众不同的研究对象,具有明显的悖论风格或疑难特征。

德勒兹努力把伽塔利从精神分析学引向哲学,而伽塔利努力把正热衷于对反常现象进行哲学思考的德勒兹引向反精神分析学,即精神分裂分析学。他们为精神分裂分析找到了沃野:资本主义社会、当下社会、群体或战斗的群体,进而反对俄狄浦斯。社会随时都遭受到意识围困和无意识围困的威胁。德勒兹与伽塔利在文学作品特别是英美小说中发现了一系列相关主题:强度、流、机器书籍、实用书籍、精神分裂症书籍。文学家最擅长分析精神分裂症,在一些细节刻画上大大超越了精神分析学家或精神病学家。我们应当明白,德勒兹与伽塔利关注的是精神分裂症的社会与政治规定性,而不是其医院规定性。这就是他们为什么把资本主义社会及其政治体制确定为精神分裂症的沃土。在此,他们的道路与福柯为癫狂与非理性展开的社会建制思路发生了奇迹般的汇合。

三、共同著作:《反俄狄浦斯》

德勒兹与伽塔利明确以"反俄狄浦斯"来对抗弗洛伊德的"俄狄浦斯",同时背叛了拉康。他们的合作成果《反俄狄浦斯》标志着"欲望机器"的正式诞生。在弗洛伊德那里,无意识中的欲望本能(特别是性欲本能)是心理过程与心理实在的基本冲动,而在德勒兹和伽塔利这里,无意识中的欲望机器(特别是性欲机器)成为心理过程与心理实在的基本冲动,是改变个人命运,决定生理、社会、技术、工业等发展的永恒动力。精神分析学强调欲望的本能性,而精神分裂分析学强调欲望的机器性,把欲望还原成机器，还原成心理问题进行分析，从生理、社会、技术、工业等角度去寻找成因。机器去除了欲望的本能或对欲望的本能施行了去势术，即作为本能的欲望消失了，但作为机器的欲望诞生了，欲望机器组装成功了，它切断了一直流淌着的欲望本能之流。我们得以清楚地看到，欲望已经发生了机器转向。

《反俄狄浦斯》无疑是1968年"五月风暴"的产物，其思想极具挑战性，富有激昂的时代特征。作者既以弗洛伊德和拉康为基础，又走向了这个基础的反面。精神分裂分析最终代替了弗洛伊德的精神分析，精神分裂分析的无意识最终代替了精神分析的无意识，欲望机器代替了欲望本能，反俄狄浦斯代替了俄狄浦斯。本书不断以精神分裂分析法去接近资本主义与精神分裂症之间的纽结、无意识和社会问题，明确把欲望视为机器，把无意识处理成由欲望机器组成的工厂、场所、原动力和代理者。在欲望机器系统内部，无意识不具有形象性和构造性，而富有机器性或机械性。弗洛伊德所谓的俄狄浦斯情结（恋母情结）把欲望生产封闭在父—母—我生成的家庭内部。在德勒兹与伽塔利看来，这严重妨碍了人们对精神病或精神分裂症的理解和根治。他们把批判的矛头直接指向俄狄浦斯情结。既然欲望机器与生理机器、社会机器、技术机器、工业机器一脉通连，那就引出了三种不同的社会样式：未开化的社会、野蛮的帝国社会、文明的社会。未开化的社会是一台领土机器，野蛮的帝国社会是一台君主专制机器，文明的社会是一台资本主义机器。欲望机器只有在文明社会里才能在欲望生产过程中展现出精神分裂症的本来面貌，挖掘这种本来面貌就是精神分裂分析。精神分裂分析既分析欲望机器又分析它所应对的社会困境，《反俄狄浦斯》既使辩证的马克思主义发生转向，又使弗洛伊德主义发生走叉或分化。可以说，《反俄狄浦斯》既是德勒兹与伽塔利道路的转折点，又是西方现代思想的转折点。因此，欲望机器认识论具有划时代意义。

四、什么是欲望机器？

欲望（désir，来自法语动词 désirer，而 désirer 于 11 世纪末源自拉丁文 desirare，源性意义为"对缺乏者的抱憾"），卷入了愿望、想望、要求、欲求、性欲、肉欲、所想望的东西，与此同时排除了其反义领域：轻蔑、冷漠、惰性、恐慌、忧虑、厌恶、不安、无视等。机器（机械，machine，14 世纪源于拉丁文 machina，意即创造工具或发明机器），也卷入了工具、器械、打字机、具有机械装置的车辆、机车、火车头、人机体、动物机体、身体器官、机构、机关、文学巨著、绘画作品、雕刻作品，以及人、东西、玩意、阴谋、诡计、地球等。"欲望"与"机器"这两个概念在西方哲学史上都有着漫长、厚实的观念史。总之，欲望机器把技术、技艺、力量、计算、缝纫、打印、虚拟处理、翻译、战争、航海、交通、舞台、人、动物、政治、社会、经济、艺术、世界等统统融入，并且把欲望者（欲望民）当作机器或者使之走向机器化。

机器化的目的就是广泛使用机器装备减轻或代替体力生产，提高欲望生产效率。欲望机器表达了主体希望获得某物或达到某种目的而能够运转、行驶、运动、产生能量的由零件与要素组成的装置。"人是欲望机器"取代了"人是欲望体力"或"人是欲望本能"，而今的"人是欲望虚拟"或"人是欲望网络"正在逐渐代替"人是欲望机器"。可见，欲望机器（机器化）是一项技术革命，甚至是整个技术革命及其余波的一个重要方面，即欲望由体力生产转向机器生产，既是欲望体力（体力化）的余波，又是欲望体力（体力化）与欲望虚拟（虚拟化）之间的过渡，与此同时，显得相当复杂且以不可阻挡之势开往各个方向，不断扩张自身的领地。很显然，欲望机器的出现意味着，精神分析学经过弗洛伊德和拉康到德勒兹和伽塔利完成了机器化转向（而今，欲望的虚拟化转向日渐明显），具有革命性、里程碑式的意义，并且拥有自身的逻辑、系统和场所。

弗洛伊德的"俄狄浦斯"试图将欲望本能幽闭于父—母—我三角家庭，而德勒兹与伽塔利的"反俄狄浦斯"力图把欲望机器开向家庭之外的每一方开放性领土，因为他们发现了未开化民族中的近亲相奸禁止系统的内在原因，没有必要在此系统内寻找俄狄浦斯的蛛丝马迹。欲望与机器的配置，如同胡蜂与兰花之合，生成纵横交错的异质领土。欲望主体把欲望流引入机器而使机器从事生产的意象与胡蜂运送花粉使兰花生殖的意象完全吻合。欲望主体成为机器生产的参与者如同胡蜂成为兰花生殖的传人，欲望与机器、欲望主体与机器生产生成既互相摆脱又互相亲和的关系。因为欲望流四处游牧且复杂多变，呈根茎状分布，所以欲望机器是一个具有强度性、多样性和冲动性的装置，并且具有外部规定性，可是，欲望机器的生产制度一旦内化为社会制度的有机要素，即获得内部规定性，就会使欲望主体具有内外二重性格。这意味着欲望主体必须同时与内部势力和外部势力角斗或合作。可见，任何一种出场性主体形象都不是某个单一性侧面的表演，我们对欲望机器的彻底认识也必须指向内外两个向度及其生成的复杂性线团，保存这种认识又依赖于传诵和写作，与此同时，传诵机器与写作机器同样受制于复杂、多样、紧张的内外势力，服从于各种组织或机构（作家协会、宣传机构、教育机构、媒体、报纸杂志社等），而这些组织或机构都具有自身的方向、目的、空间、模式、表现、情感和欲望。

五、欲望流向与欲望主体

欲望以机器为基础，欲望与机器生成不可分割的共谋性组合体。机器支撑着欲望，使欲望生成机械、无意识、不自觉、不由自主的性欲流，而由器官零件装置成的人（主体）是这种性欲流的策划者。欲望以无意识的游牧状态或自然状态而存在着，服从机器的功能、规定、生产、消费、记载、切断、开垦、战斗、扩张，随着机器并向领土的四面八方，指向多样性存在。荒芜的领土上开动着隆隆轰鸣的欲望机器，继而生长出鲜活的欲望之花。可见，欲望机器的生产为生命的诞生助了一臂之力。我们可以通过沉思将欲望机器导入存在领域和生命领域。欲望以机器为前提，以机器为前提的欲望才是正当的欲望，而以非机器（本能）为前提的欲望是非正当的欲望。欲望要么与机器折叠，要么同本能合流。这意味着抉择问题必然出现。欲望与机器折叠就是脱本能，同本能合流就是脱机器。欲望以不可阻挡之势指向两个基本方向：机器与本能，与此同时，它塑造了主体（欲望者）的形象曲线，这种曲线与主体欲望的基本指向相对应。欲望者一旦与机器和本能中任何一方结合就成为规定性主体。机器与本能对欲望者的本质起着互相对立的规定作用，也就是说，欲望者的形象与这种本质规定作用直接相联。欲望者面对机器与本能如何考虑自身的存在形式呢？这是个关键性问题。

"我欲"由机器或本能规定着，即"我欲"成为被规定者，"我思"在机器和本能之间作出抉择。这表明，在欲望行动尚未展开之前，其基本方向已经被发挥抉择作用的观念（我思）规定了。"我思"是规定者，"我欲"是被规定者。规定者与被规定者必然直接相关，那么是什么东西将它们连接起来呢？起着这种连接作用的是习惯、动机、生存条件、生活经历等因素的综合或紧缩。对于抉择者作为欲望者来说，这些因素的综合或紧缩是一个作出最后抉择的必然性当下状态，在抉择者面前生成当下十分紧要的逼迫之势。"作出抉择"由"现在"这一紧张而活泼的时间形式显示出来。"现在"表达了过去与将来的种种因素的汇合或打结，并不是"我欲"与"我思"（或欲望与沉思）之间的外在关系，而是它们之间的内在关系，因为它压缩了它们之间的空间距离，为消除二元现象的绝对对立出了力。自我作为欲望者往往在"现在"的临近状态下必须作出机器性抉择或本能性抉择，因此，自我是被动的，必须屈从"现在"。自我一旦作出某种抉择就划定了机器与本能之间的分界线，与此相对应，这条分界线区别了两种自我：机器的自我与本能的自我，即机器的欲望者与本能的欲望者，亦即德勒兹—伽塔利路线上的主体与弗洛伊德—拉康路线上的主体。可见，自我因抉择而发生分裂或者分化，抉择产生了"屈从性自我"与"分裂性自我"，或者"服从性欲望者"与"分裂性欲望者"。

欲望机器是主体从欲望体力到欲望虚拟的中间环节，是欲望虚拟得以实现的先决条件。电脑的广泛使用和虚拟技术的普及促使欲望虚拟化并加快了欲望虚拟化的进程。欲望虚拟的出现意味着主体走向消失和边缘化，把欲望指向越来越具有吸引力的网络世界或虚拟实在。这展开了欲望虚拟的言说之路。主体的身体本身越来越不能成为欲望的主宰，起主宰作用的是网络世界或虚拟实在。欲望主体面对不见面孔、不知性别、不知年龄、不知职业、不知身份、不知意图的陌生他者，从而获得的知识是虚拟的和远程的，即无面孔、无性别、无年龄、无职业、无身份、无意图的世界知识或世界观。欲望虚拟大大降低了本能和机器的作用。虚拟书写方式也大大削弱了手工书写方式、机器书写方式的作用，换言之，网络文本在逐渐抢占手抄文本、印刷文本的地盘。日益发达的虚拟方式深刻地影响着人们的欲望生存方式、欲望写作方式、欲望认识方式。欲望体力或欲望本能处于前欲望机器时代，欲望机器则处于前欲望虚拟时代。

六、结语

文学家，比如《追忆逝水年华》的作者普鲁斯特，是创制典型人物和艺术符号的欲望机器，哲学家是创制概念或概念登场者的欲望机器。德勒兹与伽塔利从机器角度发现了欲望概念的认识论价值，是欲望机器的思想者。前者以自然和存在为基础，后者以精神病为基础。欲望机器是资本主义与精神分裂症合流而生成的东西，成为精神分裂分析学的核心概念，也是德勒兹—伽塔利哲学的标志。德勒兹与伽塔利又运用欲望机器这个概念创制、发明、锻造了一系列重要的哲学概念，生成了哲学的概念链条，开辟了各自崭新的思想方向，与此同时，又在《卡夫卡，为了一种细节文学》（1975）、《根茎》（1976）、《一千座高原——资本主义与精神分裂症Ⅱ》（1980）与《哲学是什么?》（1991）等著作中形成汇合之势。欲望机器这个概念本身具有强大的生产力、繁殖力、推动力、开发力，开向了不同领域，诸如社会机器、技术机器、国家机器、文学机器、绘画机器、音乐机器、欲望巨作、作品机器、医学机器等，为德勒兹—伽塔利哲学的未来图景提供了新的可能性。欲望与机器的结合就是折叠，欲望机器正是因结合、黏合或折叠而生成的一个典型褶子。这为后来的《褶子》一书及其所展示的观念的诞生给出了某种暗示。在今天看来，以虚拟技术为特征的技术革命已经把人类欲望引到了网络世界。欲望网络化或虚拟化问题及其认识论思考将是一个非常值得重视的课题。

（本文原载于《外国文学》，2004 年第 6 期）

当代西方马克思主义美学的
生产转向及其理论意义

段吉方

文化生产问题向来是马克思主义美学研究的一个重要课题。在马克思和恩格斯的美学理论中，文化生产问题是以一种"问题性框架"的理论形式展现出来的。所谓"问题性框架"是指在马克思和恩格斯的美学思考中，他们既从具体的资本主义生产过程与生产组织方式的角度探讨美学问题，同时又把商品、生产、资本的问题与资本主义社会的哲学、文化与美学批判结合起来，最终在历史唯物主义的理论视阈中扩大了"生产"范畴的指涉范围及其当代属性，从而走向深刻的审美现代性批判。美学的生产视角及其理论属性研究在当代西方马克思主义美学与文化批判理论中被进一步发扬光大，在当代文化生产、文化资本、文化消费介入审美文化经验的过程与机制越来越复杂的语境下，法国学者布尔迪厄、朗西埃等将文化批判功能不断延伸到当代文化生产与审美实践领域，再度引发了当代西方马克思主义美学的"生产转向"。这种"生产转向"既是当代马克思主义美学重视文化经验的现实性与当代性的表现，同时也是当代美学内在的理论发展路径及其美学研究问题域发生重要变革的表征，其中展现的文化与社会、美学与现实、理论与实践之间的多重理论矛盾及其思想张力值得我们作出认真的考察与论析。

一、"生产"视角与马克思主义美学研究的问题域

马克思主义美学研究的基本问题域与马克思、恩格斯等理论家对资本主义文化生产方式的批判密切相关。在马克思主义美学中，"生产"的概念有效联系了劳动、文化、实践与人的感性问题，因此，关于生产问题的理论思考不但奠定了马克思主义美学重要的理论基础，而且构成了马克思、恩格斯思考现代美学问题的重要的理论视角及其思想原点，关于资本主义生产方式、生产与文化的关系以及文化生产的理论属性研究也构成了马克思主义美学基本的问题形式，是马克思主义美学中最具现代性影响的内容。作为马克思主义美学的重要概念及其理论学说，生产问题曾是马克思主义美学理论集中讨论的问题之一，一方面，"马克思在身后留下了分析资本主义生产方式的严谨而成熟的经济理论"①；另一方面，"马克思许多最富于活力的经济学范畴都蕴含着美学"②，正是这个原因，马克思主义美学研究中的很多问题都与生产问题密切相关，以资本主义生产方式、生产与文化、文化与资本、生产与人的感性意识发展等问题为核心的理论研究与文化批判也构成了马克思主义美学的基本问题域。

在这个马克思主义美学的基本问题域中，马克思没有孤立地阐释生产问题，生产问题是与雇佣劳动、资本、商品交换、价值、人的感性意识发展等问题相互融合交织在一起的。在《〈政治经济学批判〉序言》中，马克思强调："人们在自己生活的社会生产中发生一定的、必然的、不以他们的意志为转移的关系，即同他们的物质生产力的一定发展阶段相适合的

---

① ［英］佩里·安德森著，高铦等译：《西方马克思主义探讨》，北京：人民出版社，1981年，第10页。

② ［英］特里·伊格尔顿著，王杰等译：《美学意识形态》（修订版），北京：中央编译出版社，2013年，第190页。

生产关系。"① 但马克思同时提出，不能把物质生产本身当作社会中的一般范畴来看待，而要从一定的历史的形式来考察，如果离开了雇佣劳动、价值、货币、价格等与生产直接相关的社会属性研究，生产、资本等"就什么也不是"②。此外，在关于生产的研究中，马克思并没有简单地就生产本身问题展开思考，而是以生产为核心，将生产与资本、文化的阐释分析联系起来，着眼于资本主义社会的生产方式，深入到资本主义社会的文化生产和文化逻辑发展过程，这就使生产问题的研究具有了一种问题性框架的隐喻表达形式，不但丰富了生产概念的理论内涵，而且扩大了生产问题研究的历史唯物主义视野，从而为马克思主义美学问题域的确定奠定了重要的理论基础。

马克思主义美学基本问题域中的生产问题既是马克思主义美学研究的思想原点之一，同时也是一种理论发展与创造的新的阐释角度。卢卡奇说，马克思描述整个资本主义社会并揭示其基本性质是从分析商品开始的，"这绝非偶然"，"因为在人类的这一发展阶段上，没有一个问题不最终追溯到商品这个问题，没有一个问题的解答不能在商品结构之谜的解答中找到"③。这也是艺术生产论在马克思主义美学中占据了较大比重的原因。在《〈政治经济学批判〉导言》《〈政治经济学批判〉序言》《剩余价值论》《资本论》等著作中，马克思对生产问题的研究总是强调生产与资本、劳动、价格、人口等生产的社会属性的关系，在这个过程中，精神生产与艺术生产的关系问题是探讨生产与文化、文化与资本、劳动与价值等理论问题的重要内容。在《〈政治经济学批判〉导言》中，马克思提出："当艺术生产一旦作为艺术生产出现，它们（指艺术形式——引者注）就

① ［德］马克思：《〈政治经济学批判〉序言》，见中共中央马克思恩格斯列宁斯大林著作编译局编译：《马克思恩格斯文集》（第 2 卷），北京：人民出版社，2009 年，第 591 页。
② ［德］马克思：《〈政治经济学批判〉导言》，见中共中央马克思恩格斯列宁斯大林著作编译局编译：《马克思恩格斯文集》（第 8 卷），北京：人民出版社，2009 年，第 24 页。
③ ［匈牙利］卢卡奇著，杜章智等译：《历史与阶级意识——关于马克思主义辩证法的研究》，北京：商务印书馆，1996 年，第 143 页。

再不能以那种在世界史上划时代的、古典的形式创造出来。"① 马克思强调，艺术生产是与物质生产相区别的特殊的精神生产，它不是专指某一特定历史时期的艺术现象，一切艺术生产都是为资本创造价值的，一切艺术品都具有商品属性，只有产品进入社会文化与资本运作的过程中，艺术家的劳动才是艺术生产。通过对艺术生产问题的研究，马克思使生产问题与资本主义社会文化逻辑的思考建立了理论上的联系，正像卢卡奇说的那样："商品只有在成为整个社会存在的普遍范畴时，才能按其没有被歪曲的本质被理解。"② 这就意味着对商品、生产问题的理解既要走出经济基础/上层建筑的二元论理论模式，同时也要在更广泛的社会文化系统中加以考察，马克思通过艺术生产问题的研究，使生产问题连接起了资本主义社会的文化逻辑，让商品生产问题具有了文化属性与人本属性，并在这个过程中上升到了对资本主义社会文化生产关系与文化逻辑的批判，从而强化了艺术生产论的现代内涵。

生产问题作为马克思主义美学的基本问题域在马克思主义美学研究中具有重要的理论价值，马克思主义美学通过艺术生产与文化资本问题的理论阐释，有力地发展了一种唯物主义的文化生产美学。英国学者特里·伊格尔顿提出："马克思是最深刻的'美学家'，他相信人类的感觉力量和能力的运用，本身就是一种绝对的目的，不需要任何功利性的论证。"③ 马克思强调生产问题在资本主义社会生产关系与文化逻辑中的重要作用，但他对生产问题的研究没有忽略审美感性问题，这是马克思的生产理论具有美学元素的重要标志。这种美学元素首先是通过对生产与人的感性实践能力的关系探讨中展现出来的。在《1844 年经济学哲学手稿》中，马克思谈

---

① ［德］马克思著：《〈政治经济学批判〉导言》，见中共中央马克思恩格斯列宁斯大林著作编译局编译：《马克思恩格斯文集》（第 8 卷），北京：人民出版社，2009 年，第 34 页。

② ［匈牙利］卢卡奇著，杜章智等译：《历史与阶级意识——关于马克思主义辩证法的研究》，北京：商务印书馆，1996 年，第 146 页。

③ ［英］特里·伊格尔顿著，王杰等译：《美学意识形态》（修订版），北京：中央编译出版社，2013 年，第 183 页。

道："动物和它的生命活动是直接同一的。动物不把自己同自己的生命活动区别开来。它就是这种生命活动。"① 在此基础上，马克思从生产视角出发对人的劳动与动物劳动的区别做了深入探析，指出人的劳动具有实践性及其自由自觉的特征，因为在人的劳动中"劳动过程结束时得到的结果，在这个过程开始时就已经在劳动者的表象中存在着，即已经观念地存在着"②。这是马克思对生产与人的感性意识发展的最核心的理论思考，这种理论思考蕴含着生产、劳动与人的感性经验的联系，具有丰富的审美阐释空间，也让生产、劳动与美学的关系问题获得了理论上的提升，是马克思主义美学问题域中的重要理论内容。

马克思关于生产概念的隐喻性思考构成了马克思主义美学区别于他之前的西方近代美学的一个重要的标志。加拿大学者埃克伯特·法阿斯提出，马克思在界定人的本质时提出的"人有意识的劳动和生产"的概念构成了马克思向现代美学迈进中的"尼采式的要素"。③ 面对资本主义社会的文化，马克思通过生产问题的研究，不仅深化了生产、劳动、资本、价值、价格、人口等与古典政治经济学密切相关的概念，还从生产视角将唯物主义的文化生产美学与人的感觉经验问题结合起来，在《1844 年经济学哲学手稿》中，马克思说："没有自然界，没有感性的外部世界，工人什么也不能创造。"④ 同时，又强调："对私有财产的扬弃，是人的一切感觉和特性的彻底解放；但这种扬弃之所以是这种解放，正是因为这些感觉和特性无论在主体上还是在客体上都成为人的。眼睛成为人的眼睛，正像眼睛的对象成为社会的、人的、由人并为了人创造出来的对象一样。因此，

① ［德］马克思：《1844 年经济学哲学手稿》，见中共中央马克思恩格斯列宁斯大林著作编译局编译：《马克思恩格斯文集》（第 1 卷），北京：人民出版社，2009 年，第 162 页。

② ［德］马克思：《资本论》，见中共中央马克思恩格斯列宁斯大林著作编译局编译：《马克思恩格斯文集》（第 5 卷），北京：人民出版社，2009 年，第 208 页。

③ ［加拿大］埃克伯特·法阿斯著，阎嘉译：《美学的谱系学》，北京：商务印书馆，2011 年，第 325 页。

④ ［德］马克思：《1844 年经济学哲学手稿》，见中共中央马克思恩格斯列宁斯大林著作编译局编译：《马克思恩格斯文集》（第 1 卷），北京：人民出版社，2009 年，第 158 页。

感觉在自己的实践中直接成为理论家。"① 在马克思看来，人的感觉经验与人的感性意识的发展与社会生产是一种对象性的关系，人的感觉意识的发展离不开社会生产提供的基本的物质条件和能力，这种物质条件和能力是人与社会发展的核心要素，但如果忽略了人的本质力量展开的丰富性，它就会成为人的感性意识发展的异化源泉。在这种理论阐述中，马克思有力地将生产研究引向了关于社会生产方式的批判，从而使马克思主义美学具有了深刻的文化批判功能，这也是马克思主义美学具有丰富的审美现代性思想意蕴的表现。美国学者斯蒂芬·贝斯特、道格拉斯·科尔纳提出："卡尔·马克思是第一位使现代与前现代形成概念并在现代性方面形成全面理论观点的主要的社会理论家。对马克思而言，资本主义生产方式的出现形成了一种新的现代社会模式，它的动力和内部结构由商品生产和资本构成。"② 马克思深入思考了资本主义社会文化生产的动力和结构，并通过生产、资本与人的感性意识发展的关系研究，将资本主义社会批判上升为一种文化逻辑和美学的思考，从而为后来的西方马克思主义文化批判理论及其"晚期资本主义"③ 的文化研究提供了重要的思想资源。在马克思之后，西方马克思主义文化批判理论在不同层面上都与马克思对生产问题的原典阐释有关，同时也从马克思的美学思考中汲取重要的理论能量。比如，美国学者詹姆逊就曾指出，马克思的生产方式的概念所提出的问题"是马克思主义理论在今天所有分支中最为有生命力的新领域"④，原因就

---

① ［德］马克思：《1844 年经济学哲学手稿》，见中共中央马克思恩格斯列宁斯大林著作编译局编译：《马克思恩格斯文集》（第 1 卷），北京：人民出版社，2009 年，第 190 页。

② ［美］斯蒂芬·贝斯特等著，陈刚等译：《后现代转向》，南京：南京大学出版社，2002 年，第 100 页。

③ "晚期资本主义"的概念最早是比利时学者厄尔奈斯特·曼德尔提出的，曼德尔 1972 年发表《晚期资本主义》，从生产、文化与科技的角度剖析现代资本主义社会生产方式与文化变革的特征，认为晚期资本主义是垄断资本主义、自由资本主义之后西方资本主义发展的新阶段，并提出了资本主义生产方式与文化矛盾问题。曼德尔提出的"晚期资本主义"的概念，经过丹尼尔·贝尔等人的理论发展，成为概括当代西方资本主义社会生产方式与文化逻辑的典型概念与理论。

④ ［美］弗雷德里克·詹姆逊著，王逢振等译：《快感：文化与政治》，北京：中国社会科学出版社，1998 年，第 79 页。

在于马克思已经不是在抽象化的层面探究生产方式的概念，而强调生产、劳动与人的感觉经验主体生成的同一性，在生产、劳动与人的感觉经验主体生成的对象化关系中强调文化生产的塑造功能，进而深入剖析资本主义社会的生产方式、资本来源与人的主体感觉相互影响的过程与方式，由此构成了当代文化生产美学研究的新的理论出发点。在詹姆逊的理论读解上，马克思主义的文化生产美学是一种"再生产模式"的研究，这种"再生产模式"既是当代西方马克思主义美学发展马克思关于生产问题研究的重要的理论路径，同时也是马克思主义美学基本问题域在当代社会具有重要的理论辐射能力和思想影响的表现，它使马克思主义美学关于生产的提问方式与基本问题研究走出了传统马克思主义的经济基础/上层建筑的理论模式，进一步融合了文化、资本、人的审美感性意识发展及文化政治批判问题，并以这种理论思想为基础，展现出批判分析当代审美文化的新的理论视野。

二、从文化马克思主义到文化生产美学：当代西方马克思主义美学的生产转向

最早提出当代西方马克思主义美学理论转向问题的是英国学者佩里·安德森。在《西方马克思主义探讨》中，佩里·安德森曾提出，从20世纪20年代开始，随着西方马克思主义的出现，马克思主义理论发生了重要的转折，"西方马克思主义渐渐地不再从理论上正视重大的经济或政治问题了"，"西方马克思主义作为一个整体，当它从方法问题进而涉及实质问题时，就几乎倾全力研究上层建筑了。"① 在佩里·安德森看来，促使西方马克思主义美学理论发生理论转向的原因有两方面，一方面是西方社会政治环境的变化，另一方面是当代学术氛围的改变。第二次世界大战以来，

---

① ［英］佩里·安德森著，高铦等译：《西方马克思主义探讨》，北京：人民出版社，1981年，第96页。

随着西方文化政治形势的改变，西欧的马克思主义不同程度地陷入低谷，"在这个改变了的世界上，革命的理论完全起了变化"①。马克思主义理论的主要中心随之发生了转移，"它的正式场所由党的集会转向学院系科"②。在被称作"形式的转移"和"主题的创新"的西方马克思主义理论转向中，虽然研究的焦点是上层建筑，但真正在理论层面上发挥作用的更多的是文化、美学和艺术研究，这种理论形态被称作"文化马克思主义"。在"文化马克思主义"中，马克思主义的理论问题更多地融合在文化与意识形态的关系之中，特别是在英国伯明翰学派和德国法兰克福学派那里，文化被视为一种重要的生产要素和意识形态功能发挥作用，美国学者丹尼斯·德沃金总结了这种"文化马克思主义"的理论特征："一方面是对马克思主义经济决定论的拒绝"，"另一方面，他们更广义地看待文化——整体的生活方式，从这点出发，文化就是社会过程本身，就是经济和政治的组成部分。"③英国学者雷蒙·威廉斯则直接地将文化的整体性范畴嵌入传统马克思主义的经济基础/上层建筑的二元逻辑，坚持以经济基础、文化、上层建筑的三元关系代替经济基础/上层建筑的二元模式。④

"文化马克思主义"突出地展现了马克思主义自 20 世纪以来的理论处境，也是 20 世纪 60 年代文化研究兴起以后在马克思主义美学理论内部形成的重要的理论思潮，这种理论思潮的影响至今仍然鲜明可见。但"文化马克思主义"的理论缺憾仍然非常明显，它对文化与意识形态关系的倚重以及过于强调文化的意识形态的表意功能，往往也弱化了马克思主义美学对现实实践的把握能力。澳大利亚学者特纳曾指出："文化研究为了处理

① ［英］佩里·安德森著，高铦等译：《西方马克思主义探讨》，北京：人民出版社，1981年，第 36 页。

② ［英］佩里·安德森著，高铦等译：《西方马克思主义探讨》，北京：人民出版社，1981年，第 66 页。

③ ［美］丹尼斯·德沃金著，李丹凤译：《文化马克思主义在战后英国》，北京：人民出版社，2008 年，第 85 页。

④ ［英］雷蒙·威廉斯著，胡谱忠译：《马克思主义文化理论中的基础和上层建筑》，《外国文学》，1999 年第 5 期。

文化问题，以及完成文化研究的批判与政治目标，其所遭遇的理论问题，通常都具有相当的复杂性和综合性。"① 这也意味着马克思主义美学与文化研究的理论相遇与融合必然会在产生新的理论问题的过程中走向新的理论发展。到了 20 世纪 90 年代，马克思主义美学研究的一种新的理论局面开始出现，那就是随着马克思主义美学问题域中的商品生产与文化资本的凝结机制和展现形式空前复杂，文化和意识形态研究进一步融合了社会生产与文化经济的要素，从而促使当代马克思主义美学研究的文化生产问题再度变得重要，在西方文化研究逐渐显露理论落潮之际的同时，马克思主义文化生产美学开始展现新的理论生机与活力，由此更加推动了当代西方马克思主义美学的生产转向。

文化生产美学的理论转向是当代西方马克思主义美学在"文化马克思主义"之后的重要的理论发展，主要以布尔迪厄的文学场和文化区隔理论、朗西埃的"感知的再分配"理论和奥利维耶·阿苏利、彼特·墨菲、爱德华多·德·拉·富恩特等人的审美资本主义理论为代表，是当代西方马克思主义美学面对资本主义社会新的文化语境与理论情势而展现出的新的理论思考，具有重要的理论启发。法国学者布尔迪厄的理论是当代西方马克思主义美学生产转向的重要代表。布尔迪厄的文学场和文化区隔理论具有文化社会学的广泛意义，而文化社会学与马克思主义美学本身有紧密的关系，二者的紧密结合促使布尔迪厄的文学场和文化区隔理论带有明显的马克思主义生产美学的理论意蕴。在布尔迪厄的代表性著作《区分——判断力的社会批判》中，布尔迪厄提出了一种不同于传统社会学的文化区隔理论，这种理论融合美学、社会学、心理学与文学研究于一身，强调美学研究在摆脱了经济主义，重新置入文化趣味、文化需要、审美配置与社会属性之后所产生的一种新的美学理论状貌。布尔迪厄提出："文化需要是教育的产物：调查实证，所有文化实践（去博物馆、音乐会、展览会，

---

① ［澳］格雷姆·特纳著，唐维敏译：《英国文化研究导论》，台北：亚太图书出版社，2000年，第 7 页。

阅读等），以及文学、绘画和音乐方面的偏好，都与（依学历或学习年限衡量的）教育水平密切相关，其次与社会出身相关。"① 布尔迪厄考察了当代社会不同消费者的社会等级与审美偏好，包括他们的社会身份、教育程度、艺术修养及审美偏好，这些考察对象包括大学教授、中学教师、自由职业者、工程师、国营部门管理者、社会医疗服务人员、办公室职员、技术工人、普通工人，在对他们的社会地位及其文化资本占用与分配的详细考察中提出："消费者的社会等级与社会认可的艺术等级相符，并在每种艺术内部，与社会等级的体裁、流派或时代的等级相符。这就使趣味预先作为'等级'的特别标志起作用。文化的获得方式在使用所获文化的方式中继续存在着。"② 布尔迪厄强化了新型资本主义社会中文化、资本、习性与社会生产的复杂关系，不但在一个崭新的理论维度上复活了马克思主义美学的生产概念，而且融入了非常深刻的美学与社会批判精神，是当代西方马克思主义文化生产美学的重要的理论典范。

法国学者雅克·朗西埃也在当代西方马克思主义文化生产美学中占据重要的位置，朗西埃是当代法国"后阿尔都塞学派"的重要人物，相比布尔迪厄的文学场和文化区隔理论强调社会生产场域对审美、判断力的区隔与支配功能研究，朗西埃更强调社会文化生产语境中感知分配的主体功能及其对个体政治、审美属性的影响。朗西埃提出了一种基于民主、平等、感性、治理等哲学概念的"美学政治学"，在他看来，社会文化生产中占据重要位置的文化、经济、政治、美学等各个要素从来都不是彼此孤立分离的领域，"哲学的独特对象，正是政治、艺术、科学及任何其他思想活动交会的思想环节"③。在这个过程中，"政治"是核心概念，但朗西埃所

---

① ［法］皮埃尔·布尔迪厄著，刘晖译：《区分——判断力的社会批判》，北京：商务印书馆，2015 年，第 1 – 2 页。

② ［法］皮埃尔·布尔迪厄著，刘晖译：《区分——判断力的社会批判》，北京：商务印书馆，2015 年，第 2 页。

③ ［法］雅克·朗西埃著，刘纪蕙等译：《歧义：政治与哲学》，西安：西北大学出版社，2015 年，第 5 页。

说的"政治"是一个"复合概念",他赋予了"政治"这个概念多方面的意义连接,包括语言、感知、伦理习性、社会组织、政治结构、审美趣味以及规范等,是一种稳定而同质的共同体所依循的共识结构。这个共识结构既充满歧义,同时各种话语理性又对社会秩序共识形成某种允诺与干预,"理性似乎被赋予了感性的材料(la matiére sensible),而这些材料既是对理性的体验,也是对理性的证实"①。正是由于社会政治共同体中的歧义与各种干预机制存在,所以通过语言表达获得感知的区分与共享变得必要。朗西埃由此提出了他的"感知的再分配"(the distribution of the sensible)的概念。在他看来,当代社会商业生产所缔造的日常生活凸显了一种感知的再分配原则,这种原则以经验形式的再度分割的方式重构了我们的生活,席勒意义上的以"审美"作为特殊经验创造纯粹艺术世界的观念已不复存在,取而代之的是美术馆、图书馆、博物馆、电影院等具有感性实践和审美态度、个体认知模式和综合感知形式等新的体验方式及其表达形式,所以,他说:"'审美'作为特殊经验的这种思想能生产出纯粹艺术世界的观念,同时也能生产出生活艺术中的自我压抑的观念,既能生产出先锋激进主义的传统,同时也能生产出日常生活的审美化——这是如何可能的呢?"② 朗西埃不看好这种传统的审美化机制,在他看来,文化与资本、政治和美学不存在一道不容逾越的界线,先锋派对艺术自治性的坚持也面临着"再审美化"的转换,在这种"再审美化"中,新的感知机制应被独立出来,"处处都有'可感的异质性'。日常生活的散文变成了鸿篇巨制的神奇诗篇。任何物品都可以越界重居于审美经验的领域"③。以这种新的感知模式及其"感知的再分配"原则,朗西埃打破了审美经验自洽性的论断,特别是将审美感知放到当代艺术生产的文化语境中考察,强调审美的革命及其引发的政治反应,代表了当代西方马克思主义文化生产美学新的

---

① [法]雅克·朗西埃著,朱康等译:《词语的内身:书写的政治》,西安:西北大学出版社,2015年,第29页。
② [法]雅克·朗西埃著,赵文等译:《审美革命及其后果》,《东方艺术》,2013年第13期。
③ [法]雅克·朗西埃著,赵文等译:《审美革命及其后果》,《东方艺术》,2013年第13期。

方向。

"审美资本主义"问题的提出也是当代西方马克思主义美学生产转向中的重要概念。在 21 世纪的第二个十年，有两位学者出版的美学理论著作不约而同地使用了"审美资本主义"的书名，分别是法国学者奥利维耶·阿苏利的《审美资本主义：品味的工业化》和澳大利亚学者彼特·墨菲、爱德华多·德·拉·富恩特编的《审美资本主义》。这两部著作不但书名是一致的，而且研究视角和理论方法也有异曲同工之妙，均从文化生产的角度系统观察当代资本主义社会文化变迁与审美经验变革中的文化现状问题，所探讨的问题广泛涉及了社会生产与文化消费、审美时尚与文化经济、审美品位与审美价值等复杂的社会问题和美学问题。其中，彼特·墨菲等人编的《审美资本主义》指出，随着 21 世纪以来的美国经济危机的发生，"资本主义在改变，再次发生改变"。"后工业时代已成往事，而知识产业的魅力也逐渐消失。我们所面临的是大规模的服务业发展的现实。各种高科技的经济含量远不如它们所说得那么高。高科技以及信息科技最终被证实是一种假象，掩盖不了的是房地产业的繁荣是由低利率所推动的事实。"[①] 而在法国学者奥利维耶·阿苏利看来，现代资本主义一直推崇的科技进步以及信息社会来临所造成的各种文化工业发展的奇迹，其实是一种新的文化谎言，现代资本主义建基于供给创造需求这个前提已经将生产问题赋予了新的特性，"随着象征符号和神圣标识的生产，它具有了宗教性；随着自由交换是幸福的万能之源这种思想的出现，它有了思想性；因市场营销的调节能力取代国家调控能力，它有了政治性；因为消费价值和公民规则的互补性，它又具有了社会性"[②]。在这种新的语境中，科技和信息已经不是社会商品生产壮大与增值的主要基础，商品生产的平均值的作用已经包含了审美的要素，"平均值的功效在于让品味成为差异品味总值

---

① Peter Murphy, Eduardodela Fuente. *Aesthetic Capitalism*. Leiden，Brill，2014，p. 1.

② ［法］奥利维耶·阿苏利著，黄琰译：《审美资本主义：品味的工业化》，上海：华东师范大学出版社，2013 年，第 117 页。

的催化剂"①，而"审美，绝不再仅仅是若干艺术爱好者投机倒把的活动，也不只是触动消费者的那种无形的说服力，品味的问题涉及整个工业文明的前途和命运"②。因此，在审美资本主义时代，生产必须维持趣味性，"资本主义的审美导向是更为悠久也更为结构性的"③，当资本主义社会的审美生产周期性地从有趣走向乏味，这就凸显了商品生产领域中的审美创造的引领作用，审美创造的文化风格及其消费者的审美品位将成为推动工业发展的动力。所以，从垄断资本主义到后工业社会发展之后，资本主义的发展已经到了审美品位与社会生产高度融合的时刻，这也让审美资本主义的问题再度成为当代文化与美学研究的重要问题。

可以说，围绕当代语境中审美与生产的转换机制及其表达形式，从经典语境中的资本与生产的研究到作为一种生活方式的文化的研究，再到审美与生产高度聚焦融合的审美经济研究，当代西方马克思主义美学在学理层面上再度完成了一种理论上的转向。说是理论的转向，其实也是更深层面的理论回归。无论是布尔迪厄、朗西埃，还是当代审美资本主义研究，关注的问题都没有脱离当代美学的现实发展及其理论走向，都是在当代语境中文化与美学生产的层面上展开理论思考的，只不过这种理论发展与飞跃引起的思考更加深入当代社会的审美文化与现实处境，因而具有更加鲜明的现实实践价值。当代美学研究如何进一步从生产视角出发，结合当代社会文化生活方式的走向，对当代社会中的审美生产与文化生活作出有效的理论阐释既是一个学理问题，同时也是一种重要的文化实践。在当代语境中，无论是西方还是中国，文化与资本、文化与经济、审美与生产的结合已是不可阻挡的洪流，但在这个过程中，理论与现实之间仍然存在复杂

---

① ［法］奥利维耶·阿苏利著，黄琰译：《审美资本主义：品味的工业化》，上海：华东师范大学出版社，2013年，第107页。

② ［法］奥利维耶·阿苏利著，黄琰译：《审美资本主义：品味的工业化》，上海：华东师范大学出版社，2013年，第9页。

③ ［法］奥利维耶·阿苏利著，黄琰译：《审美资本主义：品味的工业化》，上海：华东师范大学出版社，2013年，第8页。

的阐释间隔和思想裂隙，理论层面上的言说如何进一步融入现实，正是我们需要批判反思的问题。

三、重提美学的当代性：马克思主义美学的生产转向及其理论意义

通过生产视角，马克思主义美学在当代资本主义文化批判中重新回到了它的基本问题域，但正像霍克海默说的那样："仅仅依照经济去判断未来的社会形式，却是一种机械的思维，而不是辩证的思维。"① 马克思对生产问题的研究及其理论提问方式，构成了马克思主义美学的基本问题域，这并非意味着马克思主义美学研究仅仅围绕生产问题展开。英国学者特里·伊格尔顿强调："如果对于资本主义来说，生产本身就是一种目的的话，那么对于马克思来说，在一个相当不同的意义上，情况也是如此。"② 在马克思主义美学研究中，关于生产问题的研究既是目的也是一种辩证的思维方式。生产研究是目的，是因为从生产视角出发，能够广泛连接资本与文化问题，深入到社会文化的生产机制及其审美表达方式，从而展开深入的文化研究；作为一种辩证的思维方式，生产问题的研究则能够通过生产视角跃出了经济基础/上层建筑的传统的马克思主义理论模式，在当代社会文化生产关系维度上展开了新的理论思考，同时也为当代美学问题在更深层次的超越与回归创造了理论条件。

在西方马克思主义美学研究中，特别是在消费文化、大众文化研究领域，生产问题的研究向来是不缺席的，这是西方马克思主义美学研究现实关注的一个重要方面。从理论的层面而言，这种现实关注融入了深刻的审美现代性思想特征，使西方马克思主义美学自文化批判研究以来就具有了

---

① ［德］霍克海默著，李小兵等译：《批判理论》，重庆：重庆出版社，1989年，第235页。
② ［英］特里·伊格尔顿著，王杰等译：《美学意识形态》（修订版），北京：中央编译出版社，2013年，第186页。

重视社会文化语境转换以及审美逻辑变化的理论倾向，正是有了这种现实关注的理论特性，西方马克思主义美学的生产转向才打开了一种新的理论视野，使美学当代性问题更加突出。

美学的当代性与西方马克思主义美学的生产转向在两个层面体现出深入的理论关联。首先，从语境的层面，生产转向提出的是美学和文化的资本化和再度感性化问题，它强调文化批判的功能不仅仅是从经济基础研究走向意识形态批判或文化研究，而是经济基础与文化生产的高度融合，进而形成文化资本研究的广泛的问题域。其次，这种文化资本又与文化生产问题有着双向链接，其中介就是布尔迪厄、朗西埃等学者提出的文化区隔、审美趣味与"感知的再分配"问题，他们的理论思考使文化的区隔作用和审美趣味配置功能在当代社会越来越重要，社会生产、审美趣味与文化资本的结合更加紧密，这就从美学当代经验出发提出了当代美学基本问题的变革和呈现方式。

这个基本问题的变革首先促使我们进一步思考：当代美学该研究什么？当代西方马克思主义美学的生产转向预示了这个问题，即当代美学基本问题的变化既是美学理论转向的体现，同时也是新的理论问题的提出。当代美学的问题域本身是美学研究的理论问题。从古希腊时代以来，当代美学的问题域经过了几次重大转向，特别是在康德美学研究中，当代美学的问题域更多地局限在审美形式领域，体现出了从审美形式与无功利出发探讨美学基本问题的理论框架。康德美学综合了英国经验论美学和欧洲大陆唯理论美学的问题形式，但正如伊格尔顿所言："康德所处的政治社会绝不是充分发展了的资产阶级政治社会"，"说他是个资产阶级哲学家也许是个时代的错误"。① 在伊格尔顿看来，康德美学体现了中产阶级的自由主义理想，"康德式的想象"虽然张扬了现代审美理论的主体性立场，但

---

① ［英］特里·伊格尔顿著，王杰等译：《美学意识形态》（修订版），北京：中央编译出版社，2013 年，第 67 页。

"康德的主体也是分裂的"①，因为这种形式化的、非感知化的审美理论提供给我们的是关于物质世界的抚慰性幻想，而无法充分对象化资产阶级文化实践，它和资产阶级文化实践的意识形态直接存在着"既令人不安的，又必不可少的隔阂"②。在西方马克思主义美学的生产转向中，具备了回避或者扭转这种理论痼疾的理论条件，特别是朗西埃提出了明确的反对席勒以来的审美经验自洽论，所以，"走出康德美学"，将美学研究的基本问题更深入地融入当代文化实践，正是西方马克思主义美学生产转向预示的发展方向。

"走出康德美学"之所以要被打上引号，即是说在当代美学的理论视阈中，即使是在审美资本主义来临的语境中，并不是康德的美学理论过时了，更不是说康德的美学思考不重要了，而是随着现代社会审美交流语境的变化及其新的文化经济时代的来临，美学研究需要进一步把握现实的审美文化经验，需要"走出"现代美学传统特别是康德美学以来确立的现代审美理论框架和美学研究问题域。这个"走出"不是简单的放弃和超越，而是美学研究深层次的守旧创新。所谓"守旧"就是还得承认，康德美学对现代美学问题的触发具有鲜明的学理意义，因为在康德那里，美学的形式化和审美化的感性形式确立了美学问题的客观性，所谓"创新"就是要兼顾当代美学的语境化特征，在一个更深广的语境中展现美学的当代性。

重视美学研究的当代性，就是要重视当代美学研究的生产语境与文化语境，这个语境就是一种审美生产、文化趣味与文化资本高度融合后所产生的一种文化生活现实。法国学者居伊·德波曾将这种文化现实概括为"景观社会"，所谓"景观社会"就是融合社会再生产、媒介与文化日常生活变革的新的社会形态，这种社会形态颠倒了影像与现实、生产与消费的逻辑，影像、商品以及景观消费构成了控制社会文化生产与人们日常消费的主要方式。德波提出："以现代工业为基础的社会绝非偶然或表面的就

---

① ［英］特里·伊格尔顿著，王杰等译：《美学意识形态》（修订版），北京：中央编译出版社，2013 年，第 75 页。

② ［英］特里·伊格尔顿著，王杰等译：《美学意识形态》（修订版），北京：中央编译出版社，2013 年，第 73 页。

是景观的，景观恰是这样社会根本性的出口。"① 景观是一种物化了的世界观，是"当今社会的主要生产"②。景观的语言由主导生产体系的符号组成，在景观及其特有的形式——新闻、宣传、广告、娱乐表演中，真实的世界变成简单的影像，简单的影像也会成为真实的存在并对社会生产产生主导作用。波德里亚也曾提出，当代社会由于电子或数字化的影像、媒介的控制，景观生活替代了"真实生活"，文化生产中的各种"超真实"和虚拟模仿的事物代替了"真实"的过程，最终的结果是"我们处在'消费'控制着整个生活的境地"③。文化消费时代的审美实践与文化悖论恰恰是当代美学研究特别是文化生产研究应该关注的问题，这些问题的研究既要回到马克思主义美学在生产问题上的提问方式及其批判立场，同时更应该融入当代思考，在当代多重叠加语境中展现美学的现实关怀和批判维度。在这个过程中，文化资本研究是一个值得重视的内容，文化资本研究本身包含了生产、审美、政治与伦理等多重的理论意涵，这种多重理论意涵从生产传播机制融入文化心理、情感与经验，已经演变为一种新的审美体验形式。在当代社会，这种审美体验形式正越来越发挥重要的作用，同时也让审美趣味及其文化区隔的作用更加明显，二者之间的关系是双向同构的，体现出了当代社会审美生产关系的新的理论走向。当代美学研究，要面对的正是这种审美生产关系的新变化。在这种新的变化中，既要批判分析文化资本成为审美文化生产核心要素所带来的文化区隔方面的影响，也要发扬马克思主义美学在文化批判与日常生活批判上的重要功能，在阐释文化资本、审美趣味、审美配置与文化区隔的系统联系和运作机制中重建审美的价值理性，这也正是当代美学价值重建的关键所在。

（本文原载于《文学评论》，2017 年第 5 期）

---

① ［法］居伊·德波著，王昭风译：《景观社会》，南京：南京大学出版社，2007 年，第 5 页。
② ［法］居伊·德波著，王昭风译：《景观社会》，南京：南京大学出版社，2007 年，第 5 页。
③ ［法］让·波德里亚著，刘成富等译：《消费社会》，南京：南京大学出版社，2000 年，第 6 页。

审美文化的治理性与当代美学话语的文化政治转向

李艳丰

鲍姆加通创立美学时，将美学命名为"感性学"，以祛除传统形而上学的理性专断，为感性寻找知识与话语的合法性。伊格尔顿把美学的诞生视为感性的政治变革："审美是朴素唯物主义的首次冲动——这种冲动是肉体对理论专制的长期而无言的反叛的结果。""诞生于 18 世纪的陌生而全新的美学话语并不是对政治权威的挑战，但它可以解读为专制主义统治内在的意识形态困境的预兆。"① 但在很长一段时期，西方美学并没有给予感性实践与日常审美经验以足够重视，反而通过不断强调理性、艺术自律等宏大叙事，将审美的感性存在裹挟进理论的抽象思辨中，美学遂成为远离世俗审美经验与日常生活实践的理论之思。鲍姆加通将美学设定为研究感性认识完善的科学，这意味着作为生活艺术的审美，必将脱离日常感性经验而升华为真理的形式。其后如康德美学，偏重审美形式而排斥具体感性经验，"康德从审美表达中驱逐了所有感性的东西，只留下了纯粹的形式"②。黑格尔贬抑感性，认为艺术哲学的理念之思高于感性的艺术审美实践。这种对理性的过度信仰，使美学长期偏离感性生活的经验场域，成为维系资产阶级理性文化霸权与高级艺术法则的意识形态形式。20 世纪以

① ［英］特里·伊格尔顿著，王杰等译：《审美意识形态》，桂林：广西师范大学出版社，2001 年，第 3 页。

② ［英］特里·伊格尔顿著，王杰等译：《审美意识形态》，桂林：广西师范大学出版社，2001 年，第 191 页。

来，随着大众审美文化的全面兴起，西方美学开始发生知识与话语的转型，主要表现为：不再片面追求理论美学的知识生产，而是强调从审美实践与生活世界的感性经验出发重思美学问题；不再坚持现代性的知识分化逻辑与审美自治的美学法则，而是立足大众审美文化现实，充分吸收后现代主义的合理内核，形成大众审美文化批判理论、实用美学、生活美学等新的美学话语；抛却审美主义的宏大叙事，强调审美文化的治理性与美学话语的文化政治意义，等等。本文主要结合大众审美文化的经验性变迁，反思审美文化的治理性内涵与美学话语的文化政治转向。

一、大众审美文化时代美学话语的多重变革

在现代性文化居于主导的时期，受分化自治知识逻辑的影响，美学被视为研究美与艺术的哲学，理论分量盖过实践，理性精神压抑着感性审美。随着大众审美文化的兴起，传统哲学美学、理论美学开始陷入困境。大众审美文化通过对经济生产、文化工业、政治与伦理的审美介入，形成社会结构的全面审美化。韦尔施说："当前我们正经历着一场美学的勃兴。它从个人风格、都市规划和经济一直延伸到理论。现实中，越来越多的要素正在披上美学的外衣，现实作为一个整体，也愈益被我们视为一种美学的建构。"① 佩尔尼奥拉认为："审美功能并不是某些事物所拥有的静态性特质，它是一种精力充沛的组成元素，它能够进入到与所有其他人类活动的关系之中。所有的人类活动都不会缺少审美要素。"② 社会整体的审美化带来了美学与多元文化世界的融合，审美的通俗化、艺术的大众化与文化的消费化，消解了哲学美学的深度模式与艺术的自律性品格，形成艺术与生活交融的日常审美景观。日常审美不再专注于传统美学设定的审美非功

---

① ［德］沃尔大冈·韦尔施著，陆扬、张岩冰译：《重构美学》，上海：上海译文出版社，2002 年，第 4 页。
② ［意］马里奥·佩尔尼奥拉著，裴亚莉译：《当代美学》，上海：复旦大学出版社，2017年，第 147 页。

利、艺术自律等超越性意义，转而强调日常生活实践的世俗诗意价值与实用美学精神。大众审美文化摆脱了理性文化霸权的压抑与精英审美话语的宰制，使感性能以一种整体性的结构被审美化地塑造，以民主自由的方式实现其对审美经验的共同分享。大众审美文化对社会整体结构的审美重置，对日常生活实践与感性经验的审美介入，对艺术民主化的美学追求，激活了美学的政治潜能，为理性精神的感性化、感官的历史化与人性的审美化打开了真正的文化通道。舒斯特曼说："当我们开始认识到美学在拥抱实践中，在表现和报告生活现实中，也延伸到社会和政治领域时，美学就变得更为重要和富有意义。"[①] 面对大众审美文化所带来的审美经验变革，西方美学话语逐步朝着实践、感性、实用、政治等多重向度变革。

20 世纪以来，西方美学不再恪守哲学美学的认识论路径，囿于艺术哲学的话语领地，而是实现了从理论向实践的移位。大众审美文化时代衍生出新的审美经验与审美形态，如审美与经济的合谋，消除了审美自律与他律的分化，走向审美物质主义与实用主义。艺术的商业化与消费化、通俗艺术的兴起、艺术与日常生活的融合等，形成日常生活的审美化景观。大众传媒与影像审美文化的出现，改变了大众的审美方式与审美趣味，推动了感性审美的历史变革……诸多新的审美经验，使哲学美学理论陷入阐释的困境。美学研究要与时俱进，就必须结合审美文化实践的经验形态，重构美学理论的话语范式。马克思主义、后现代主义与实用主义哲学进一步推动了西方美学话语的实践转向。马克思主义强调理论的实践品格，认为理论的主要目的不是阐释世界，而是改变世界，"人应该在实践中证明自己思维的真理性，即自己思维的现实性和力量，自己思维的此岸性"[②]。马克思主义实践观对 20 世纪西方审美文化研究产生了深远影响。伊格尔顿认为，"'审美'和'实践'是一个不可分割的整体"，"后者以前者为存在

---

① ［美］理查德·舒斯特曼著，彭锋译：《实用主义美学》，北京：商务印书馆，2002 年，第 9 页。

② 中共中央马克思恩格斯列宁斯大林著作编译局编译：《马克思恩格斯文集》（第 1 卷），北京：人民出版社，2009 年，第 500 页。

的条件"。① 后现代主义反对理论的宏大叙事，认为理论剥离了具体感觉的存在，对审美造成疏离与压迫。舒斯特曼的实用主义美学将审美拉回到日常生活，强调美学的实用与实践特征，"理论不仅是由实践动机所贯穿的东西，而且是基于实践并且自己构成一个实践"②。实用主义美学试图通过对审美实践的研究，改变人的情感结构与身体经验，进而实现日常生活的审美化建构。

美学虽被命名为"感性学"，但感性长期处于被压抑和被遮蔽的状态。席勒第一次真正激活了美学的感性因子，他把审美视为感性理性化、理性感性化的中介与桥梁："感性的人通过美被引向形式与思维，精神的人通过美被带回到物质，又被交给感性世界。"③ "要使感性的人成为理性的人，除了首先使他成为审美的人以外，别无其他途径。"④ 继席勒之后，马克思进一步强调指出，人是感性的生命存在，实践是感性的人的活动，"感性必须是一切科学的基础。科学只有从感性意识和感性需要这两种形式的感性出发，因而，科学只有从自然界出发，才是现实的科学"，"全部历史是为了使'人'成为感性意识的对象和使'人作为人'的需要成为需要而准备的历史。"⑤ 马克思认为，五官感觉的形成是以往全部历史的产物，人类社会必须通过消除私有制和异化劳动来推动感性的审美实现。如果说席勒与马克思从理论上为审美的感性合法性作了最好注脚，那么，大众审美文化的崛起，则以感性化的审美实践，推动了审美向感性的复归。在大众审美文化时代，审美真正变成了物质生活世界的感性实践活动。文化工业与

① ［英］特里·伊格尔顿著，王杰等译：《审美意识形态》，桂林：广西师范大学出版社，2001 年，第 199 页。

② ［美］理查德·舒斯特曼著，彭锋译：《实用主义美学》，北京：商务印书馆，2002 年，第 88 页。

③ ［德］弗里德里希·席勒著，冯至、范大灿译：《审美教育书简》，上海：上海人民出版社，2003 年，第 141 页。

④ ［德］弗里德里希·席勒著，冯至、范人灿译：《审美教育书简》，上海：上海人民出版社，2003 年，第 141 页。

⑤ 中共中央马克思恩格斯列宁斯大林著作编译局编译：《马克思恩格斯文集》（第 1 卷），北京：人民出版社，2009 年，第 194 页。

通俗艺术的发展解构了现代艺术的审美自治特权，消除了精英艺术与通俗艺术、艺术与生活、高级感性与世俗感性的文化区隔。昔日被精英艺术视为世俗、媚俗、低俗的粗鄙感性，那种纯粹娱乐、欲望化的审美诱惑，在大众审美文化实践中变得常态化与合法化。正是在大众审美文化时代，人的感性开始获得全面、自由的发展。当代美学在强调大众审美文化改善、发展人类感性之积极作用的同时，也对其所带来的感性混乱、庸俗化等弊端展开了反思和批判。

西方现代美学主要是自律论美学，强调审美的非功利性、艺术的形式化以及艺术和生活的区隔等特征。如康德美学，本雅明所谓的"以'纯'艺术观念形态表现出来的完全否定的艺术神学"。[①] 自律论美学肯定审美的自律性，排斥甚至否定审美的他律性，将美导向远离世俗生活与功利价值的自由审美王国。这种自律论美学，特别是以法兰克福学派阿多诺为代表的审美文化批判理论，在大众审美文化兴起之初，一度被视为研究审美文化的主导性话语范式。如叶朗先生就认为："阿多诺揭示了一个重要的事实：审美既不能改变经济，也不可能介入政治，它只能通过自律这一中介环节，影响人的精神。正是在这个意义上，我们说审美是无功利性的，审美文化是一种自律的存在。"[②] 随着大众审美文化的全球化发展，特别是审美与经济联姻形成的新形态，审美向日常生活领域的渗透形成的日常生活审美化现实，大众通俗艺术带来的感官世俗化等，使审美日渐褪去自律的神圣光晕，回到了他律与实用的世俗界域。奥利维耶·阿苏利指出："文明的进步包含经济与社会的审美化"，审美化的工业"使人们相信它能够以艺术的模式培养非功利的欲望"[③]。朗西埃对艺术的界定，表现出他对审美自律性与他律性的辩证思考："艺术是在同一种精神统一性之下，对个

---

① ［德］瓦尔特·本雅明著，王才勇译：《机械复制时代的艺术作品》，北京：中国城市出版社，2002 年，第 16 页。

② 叶朗主编：《现代美学体系》，北京：北京大学出版社，1988 年，第 271 页。

③ ［法］奥利维耶·阿苏利著，黄琰译：《审美资本主义：品味的工业化》，上海：华东师范大学出版社，2013 年，第 81 页。

人生活的各种形式、对共同体借以表现的各种形式作出整理的力量。这个定义，强调了艺术最确切的审美功能：它的使命是，制造更适于实际需求的物品，同时让物品更能为每处个人的住所置入符号，来象征一种在世界上安居的共同方式，以此用共同的文化来教育个人。"① 在大众审美文化全面发展的今天，当代美学开始走出自律论的理论围城，实现了审美自律与他律在更高历史阶段的统一。

美学自诞生以来，就同政治保持着密切关联。席勒的审美教育思想就是典型的政治美学，他说："人们在经验中要解决的政治问题必须假道美学问题，因为正是通过美，人们才可以走向自由。"② 伊格尔顿认为"审美只不过是政治之无意识的代名词，它只不过是社会和谐在我们的感觉上记录自己、在我们的情感里留下印记的方式而已。美只是凭借肉体实施的政治秩序，只是政治秩序刺激眼睛、激荡心灵的方式"③。美学与政治的互涉融合，意味着我们可以在美学思想中窥视到政治意识。如果把自律论美学视为资产阶级现代政治的寓言化叙事，维系的是资产阶级理性文化霸权与精英化的美学政体，那么大众审美文化的政治旨趣则显然不再是对统治权力的单向摹写、移植与固化，而是用感性实践的方式重塑政治结构，形成了带有批判、对抗、协商、分享等特征的多元政治图景。大众审美文化疏通了审美文化的下行通道，逐步瓦解了现代理性文化霸权所建构的等级主义秩序。奥利维耶·阿苏利指出："'文化研究'产生自对审美正统主义的否定、对居高临下的传统品位的权威地位的否定、对高贵文化的否定以及对高贵与非高贵之间的学院式等级的否定。"④ 朗西埃说："社会艺术的

---

① ［法］雅克·朗西埃著，赵子龙译：《美感论——艺术审美体制的世纪场景》，北京：商务印书馆，2016 年，第 160 页。

② ［奥］弗里德里希·席勒著，冯至、范大灿译：《审美教育书简》，上海：上海人民出版社，2003 年，第 21 页。

③ ［英］特里·伊格尔顿，王杰等译：《审美意识形态》，桂林：广西师范大学出版社，2001年，第 27 页。

④ ［法］奥利维耶·阿苏利著，黄琰译：《审美资本主义：品味的工业化》，上海：华东师范大学出版社，2013 年，126 页。

'政治'就在于此：它摒弃艺术的特有地位，取消高尚与非高尚艺术的区分。"① 大众审美文化将大众设定为文化主体，将审美从纯粹的艺术界导向日常生活的经验领地，以普通感性的审美性与艺术性取代了艺术美学的审美法则，以多元异质、感性实用、平等协商的审美实践孕育出民主政治的胚胎。大众审美文化通过塑造、分享舒适的感性经验与有意义的文化产品，进而建构并形成审美的文化共同体，以审美协商消除政治歧见，用审美实践凝聚文化共识、营造和谐的政治意识形态环境。以上我们主要分析的是大众审美文化带来的积极政治功能。诚如伊格尔顿所言，审美既扮演解放的角色也行使统治的职能，既引领人走向自由，也可能以自由之名书写奴役与强权。因此，在大众审美文化时代，我们既要看到审美实践的感性启蒙所带来的政治民主化进程，同时，也要批判性看待其对政治权力的"额外压抑"所进行的审美化修饰与意识形态修辞。

二、审美文化的治理性内涵与美学话语的文化政治转向

大众审美文化通过把审美引入日常生活世界与感性经验领域，消解了哲学美学与精英艺术实践为审美设定的自律性边界，祛除了认识论哲学对美的本质主义赋能，将审美从现代启蒙主义的乌托邦幻象中解放出来，从实用、经验的维度推动了审美与艺术的世俗化、普泛化与民主化发展。大众审美文化对审美时空的世俗化重构，改变了传统美学对审美自由的贵族化与精英化垄断，使大众有了分享更多审美经验的权力与机会。大众审美文化用世俗化的审美经验形态，重构了自由的审美主体、文化形式与美学价值，实现了对审美自由更为普遍、多元的感性分享。大众审美文化对审美资源与审美权力的重新配置，进一步激活了感性世界的政治无意识，形成审美与政治博弈、协商、融合的文化权力格局。一方面，政治借助于审

① ［法］雅克·朗西埃著，赵子龙译：《美感论——艺术审美体制的世纪场景》，北京：商务印书馆，2016 年，第 147 页。

美文化的感性形态，对统治性意识形态展开合法性建构，以文化习俗、审美无意识的形式来维护和固化统治秩序。伊格尔顿说："能有什么纽带比由感觉、'自然的'同情和本能的联合结成的纽带更牢固、更无懈可击的呢？比起无机的、强制性的专制主义结构，这种有机的联系无疑是更值得信赖的政治统治形式。"① 另一方面，美学政治，又可以成为被压抑群体争夺领导权、形成民主与自由政治的重要文化力量。特别是在大众审美文化时代，由于审美的感性启蒙解构了专制主义政治的人性基础，从而使政治在审美化过程中分娩出更多自由民主的基因。审美不再仅仅被视为意识形态固化统治的权力工具，而是成为带有文化政治意味的治理技术。

如何理解审美文化的治理内涵？简单而言，就是运用审美实践进行文化治理，通过对感性世界的审美介入，在文化空间构建广义的政治权力共享与共治模式，以感性的和谐生成推动政治的民主化发展。审美文化的治理不同于传统社会以统治为目的的政治美学，传统社会也强调审美的政治效用，但传统政治是少数人统治的极权政治，在这种政治权力格局下，审美与艺术不具有大众化特征，而是被少数精英垄断，民众主要是被动接受审美资源的配置。统治者运用审美与艺术的目的不是实现感性自由和政治解放，而是维护自身的统治秩序。同传统政治美学与审美教育相比，大众审美文化时代的审美文化治理最起码在三个层面表现出明显不同。其一，大众审美文化时代的审美，不再指传统社会那种负载精英意识、维系等级秩序的自律性审美，而是变成了带有实用性与日常性的大众审美实践，这种审美实践解构了传统艺术美学的神圣法则，祛除了精英主义政治与伦理文化对感性世界的权力规训，赋予审美多元异质的民主功能。其二，审美治理的前提是现代民主政治权力结构的形成，即作为治理的政治逐步取代作为统治的政治。统治的政治主要强调政府或政党的统治性实践，如阶级斗争、国家机器的权力规训等，这种权力模式更多表现为权力自上而下的

---

① ［英］特里·伊格尔顿著，王杰等译：《审美意识形态》，桂林：广西师范大学出版社，2001年，第12页。

单向度运作。治理的政治则将政治视为普遍性的社会权力关系，这种社会权力关系并非仅仅体现为统治、规训与惩罚，而是强调互涉主体双向度的协商、对话与融合。作为治理性技艺的政治，要想真正形成自由平等的社会秩序，就必须在政治的审美化过程中实现领导权的合法建构。其三，审美文化治理立足大众审美文化的具体历史语境，强调审美与政治意识形态在文化治理层面的融通、共生与统一。审美与政治在感性世界的结合，不是为了助长权力压抑机制的生长与繁殖，而是要通过对美的规律的正确运用，最终实现对社会结构与人性的治理性目的。审美文化治理强调将审美实践视为推动国家政治、社会与个人主体走向解放以及社会从必然王国走向自由王国的中介和桥梁。下面，笔者主要结合葛兰西的领导权、福柯的治理与本尼特的文化治理理论，反思审美文化的治理性内涵。

葛兰西从文化层面思考了领导权问题，他认为领导权描述的是统治阶级通过操纵精神道德、文化与审美，对社会加以治理而非统治的过程。就此而言，葛兰西的领导权理论与审美文化治理的思想具有逻辑的同一性。领导权理论解构了传统政治社会将权力视为统治、规训与惩罚的意识形态话语，转而把权力视为带有对抗、对话、共享与共治的政治关系结构。在这种博弈性的结构场域中，权力要想真正实现领导职能，就必须化身为文化形式；权力要想生产出文化合法性，就必须超越阶级意识的局限，进而在总体化的历史进程中，推动集体意志与文化联合体的形成。这种权力的生产与运行模式，同时也是审美文化治理所遵从和坚持的文化政治路径。审美文化治理的价值旨归，正在于通过文化手段将美学法则引入政治结构，进而使政治权力循着审美自由的历史向度发展。在葛兰西那里，文化不再被视为被动反映经济基础的意识形态形式，而是包含了从政治社会的国家机器到社会的各种文化结构，从理性的精神道德到感性的知觉形式等诸多方面。如威廉斯所言，领导权是"一种由实践和期望构成的整体，这种整体覆盖了我们生活的全部——我们对于生命力量的种种感觉和分配，我们对于自身以及周围世界的种种构成性的知觉体察"①。由于领导权深植于社会的文化生活界域，甚至覆盖、弥漫于人的感性肌体和情感结构之中，这就意味着，领导权建构需要倚重审美意识形态的生产，需要通过艺术与审美实践，使领导权最终以感性分享和审美配置的方式熔铸成为个体的世界观与自主性的政治认同。葛兰西之所以重视大众文化，正在于这种文化同人民的感性生命与日常生活紧密相连，能以审美实践的方式在社会生成文化领导权。

福柯在反思权力问题的基础上提出治理的命题，为审美文化治理提供了可资参照的理论资源。福柯反对将权力看作政治、法律、国家机器等上层建筑衍生的强制性律令，他认为，权力不再仅仅表现为统治性的压制、规训和惩戒的肉体解剖术，而是变成了弥漫在国家理性、政治结构、人口生命、公共管理、知识话语甚至是身体形式中的调节性技艺。正是基于对调节性权力、生命权力的分析，福柯提出治理的概念："人们在此用'治理'这个词的特定意义，就可以宣称，权力关系逐渐地被治理化了。"② 福柯指出，治理是与传统君主制的司法统治完全不同的现代国家理性的权力运作方式，这种现代治理术的最大特征就是运用作为调节性权力的技术性知识和文化，对国家、社会和生命进行考量与权衡。治理并不限定在国家管理的限度内，而是嵌入社会结构的诸多层面。治理并不仅仅体现在政府的政治实践中，"它也表明个体或集体的行为可能被引导的方式——孩子的治理、灵魂的治理、共同体的治理、家庭的治理和病人的治理。……治理是去对他人的行为可能性领域进行组织"③。治理赋予权力以肯定和自由的属性，这种权力的运行以自由为前提，最终目的也是要通过治理将国家

---

① ［美］雷蒙德·威廉斯著，王尔勃等译：《马克思主义与文学》，开封：河南大学出版社，2008 年，第 118 页。
② ［法］米竭尔·福柯著，汪民安编：《自我技术：福柯文选Ⅲ》，北京：北京大学出版社，2016 年，第 135 页。
③ ［法］米竭尔·福柯著，汪民安编：《自我技术：福柯文选Ⅲ》，北京：北京大学出版社，2016 年，第 129 页。

和个体导向自由。权力不是统治性工具，而是实现社会与个体自由的调节性技艺。治理与统治性管制和意识形态规训不同，它主要通过知识话语与文化实践推动权力的自由运转。国家应运用政治经济学等技术性实践对社会和人口进行安全配置的治理，"国家的问题不再是了解整套法律或者能够游刃有余地运用这些法律，而是要掌握一整套技术性的知识，后者构成了国家本身的现实"①。个体则通过自我技术的治理，以知识与话语的反思性实践，以文化和审美的修身实现主体存在的自由。总之，福柯的治理理论强调将权力纳入自由流通的领域，把知识话语、文化审美视为塑造主体的治理性技术。

受葛兰西与福柯思想影响，英国文化理论家本尼特进一步思考了审美文化的治理性内涵："我想提出，如果把文化看作一系列历史特定的制度形成的治理关系，目标是转变广大人口的思想行为，这部分是通过审美智性文化的形式、技术和规则的社会体系实现的，文化就会更加让人信服地构想。"② 在本尼特那里，文化不再是被浪漫主义美学神圣化的自治领地，而是变成了一种治理性实践。文化治理强调文化在国家管理与个人行为组织方面的教育引导作用，"文化进入治理性的视角产生了一种'文化复合体'，它是指通过文化机构的运转，特定知识和技术的分类、整理、展览、文化资源的分配以及其他文化实践，将文化转换和组织成作用于社会个体的行为方式"③。从治理的理论视域出发，本尼特将文化研究从抽象的审美批评导向文化政策、文化改革、文化机构等治理性实践。政府要想在国家管理和个人行为组织方面发挥文化治理的积极作用，就必须制定合理有效的文化政策，发挥文化改革社会权力系统与个人主体意识的文化政治功

---

① ［法］米竭尔·福柯著，钱瀚、陈晓径译：《安全、领土与人口》，上海：上海人民出版社，2010 年，第 241 页。

② ［英］本尼特著，王杰、强东红等译：《本尼特：文化与社会》，桂林：广西师范大学出版社，2007 年，第 163 页。

③ Bennett Tony, *Archaeological Autopsy*：*Objectifying Time and Cultural Governance*, in *Critical Trajectories*：*Culture*, *Society*, *Intellectuals*. Oxford：Blackwell Publishing. Ltd, 2007, pp. 103 – 104.

能。在分析文化机构、文艺话语实践的治理性内涵时，本尼特突出了审美在文化治理中的重要性，认为审美构成了文化治理的语境、手段和目的。文化治理的前提就是文化的大众化、实用化与审美化发展，没有这个历史语域的生成，文化就不能成为普遍的治理技术。没有大众审美文化的中介，治理也就失去了权力自由运行的技术性保障。本尼特通过研究现代审美文化实践、美学知识与话语等，提出治理是一种审美地塑造主体的技术，"这一需求首先得有新的美学话语，通过我们今天所说的文化消费实践，来提供一种了解自我、培养自我、发展自我以及实施自我的方式"①。"正是因为文化具有审美的特性，其才能够发挥教化行动者的作用。"② 在分析审美文化的治理性内涵时，本尼特强调审美文化话语与实践、自律与他律、政府治理与个体自治的多重联合。审美文化不能仅仅被视为技术性的知识与话语，而是要变成具体的文化治理实践。政府作为治理的主体，应保证权力运行的自由流通，并通过文化与审美的符号技术对民众加以教育和引导。知识分子要充分运用政府为其担保的批判与建设的文化权力以及自身所掌握的文化知识技术，积极参与到具体的文化治理实践中去。

西方文化研究对审美文化治理问题的反思，为我们探讨大众审美文化时代美学研究的文化政治转向提供了有价值的知识话语和实践策略。但由于西方文化和美学理论更多停留于知识与话语分析的层面，从而使审美文化治理的文化政治变为资产阶级自由人文主义的审美意识形态实践。像葛兰西的领导权理论，将政治斗争主要放在上层建筑与社会的文化领地，这种模式注定只能是后阶级时代的一种乌托邦叙事。因为，审美与文化的人道主义精神，必须附着于具体的物质结构并成为物质实践的形式，才能推动人类历史走向自由与解放。福柯虽然强调知识、话语与审美文化的治理性内涵，凸显治理性权力的自由属性，但福柯的理论目的，乃是通过对资

---

① ［英］贝内特：《现代文化事实的发明：对日常生活批判的批判》，见陶东风、周宪·《文化研究》（第6辑），桂林：广西师范大学出版社，2006年，第253页。

② ［英］本尼特著，王杰、强东红等译：《本尼特：文化与社会》，桂林：广西师范大学出版社，2007年，第260页。

本主义政治、经济与文化结构的调节性治理，进而实现自由资本主义政治与文化理想。福柯也曾接触左翼文化思想并提出社会主义的治理问题："是否有一种适合于社会主义的治理术？什么样的治理术可能是严格的、独立的、内在于社会主义的治理术？……如果确实有一种社会主义的治理术，它并不是藏在社会主义和论述它的文本中。人们无法从中推导出这种治理术，而必须把它发明出来。"① 但福柯并没有对其展开进一步思考。本尼特把文化视为审美地塑造主体的技术，一种有组织、有计划地改造现实的政治形式。由于本尼特主要是在资本主义的经济与政治结构框架下思考文化问题，资产阶级在经济基础与生产关系中的主导权决定了他们在文化上的支配地位，这意味着，他所谓的文化治理本质上是资产阶级对中下层民众的文化教育和引导。本尼特对各种文化机构的分析，反映出他明确的意识形态指向。总之，西方文化理论家对审美文化治理性内涵的思考，虽为我们反思大众审美文化时代美学的文化政治转向提供了理论借鉴，但参考这些话语范式和实践形态时需持批判态度。

三、马克思主义审美文化治理范式

大众审美文化时代的到来，意味着人类社会从物质生产主义时期进入审美生产主义时期。我们在前面分析了大众审美文化时代社会结构的全面审美化与美学话语的多重变革，并结合西方审美文化研究，论述了大众审美文化积极的政治与美学意义。需要指出的是，大众审美文化乃是一把双刃剑，它的积极意义与消极影响总是相伴而生。文学艺术的市场化所生成的文化经济，既可以推动审美生产力的发展，扩容审美时空并生成普遍的自由感，但也可能导致审美文化以市场之名形成虚假的自由主义。文化工业既营构日常生活的审美景观，同时又折射出资本的镜像，就像居伊·德

---

① ［法］米歇尔·福柯著，钱瀚、陈晓径译：《安全、领土与人口》，上海：上海人民出版社，2010 年，第 330 页。

波所言："景观只是供人注视的货币。"① 在政治意识形态层面，大众审美文化既生成压抑性的政治无意识，行使统治阶级的文化领导权，又分娩自由民主的美学基因，为被压抑性群体的感性生命注入解放的信念与激情。大众审美文化所展现的"雅努斯"面孔，使我们认识到，要真正发挥审美文化治理实践的文化政治功能，就必须立足马克思主义的理论视域，批判性考察西方审美文化治理的理论与实践，形成马克思主义的审美文化治理路径。唯有如此，才能打破自由人文主义"历史终结"的意识形态幻象，并将审美文化治理所涵摄的乌托邦想象与政治寓言叙事转变成社会主义的审美现实。

要想让审美文化治理成为马克思主义的文化政治实践，必须回到唯物史观的理论立场。唯物史观是马克思主义的理论基石，也是我们思考审美文化治理问题的基础和前提。马克思说："全部人类历史的第一个前提无疑是有生命的个人的存在。"② 人的第一个历史行动是物质资料的生产，整个所谓世界历史不外是人通过人的劳动而诞生的过程，每一个历史时代的经济生产以及必然由此产生的社会结构，是该时代政治和精神的历史基础。马克思指出："这种历史观和唯心主义历史观不同，它不是在每个时代中寻找某种范畴，而是始终站在现实历史的基础上，不是从观念出发来解释实践，而是从物质实践出发来解释各种观念形态。"③ 马克思将人的本质视为自由自觉的能动实践，即人能按照"美的规律"进行创造性劳动。但在私有制社会，剥削性的物质生产关系、不平等的社会分工、压迫性的政治制度以及为统治阶级服务的意识形态形式等，形成劳动、社会结构与人的普遍异化。马克思批判私有制和异化劳动对人性的压抑、遮蔽与扭

---

① ［法］居伊·德波著，王昭风译：《景观社会》，南京：南京大学出版社，2007 年，第17 页。

② 中共中央马克思恩格斯列宁斯大林著作编译局编译：《马克思恩格斯文集》（第 1 卷），北京：人民出版社，2009 年，第 519 页。

③ 中共中央马克思恩格斯列宁斯大林著作编译局编译：《马克思恩格斯文集》（第 1 卷），北京：人民出版社，2009 年，第 544 页。

曲，同时肯定其推动历史前进及人的本质生长与实现的积极意义，提出对私有制与异化劳动的积极扬弃的概念："对私有财产的积极的扬弃，作为对人的生命的占有，是对一切异化的积极的扬弃，从而是人从宗教、家庭、国家等向自己的合乎人性的存在即社会的存在的复归。"① 需要指出的是，马克思所谓的"积极的扬弃"并非私有制的简单消除，而是人类社会的物质文明与精神文明积淀到一定阶段后所产生的历史突破。"积极的扬弃"意味着人完全挣脱普遍异化的社会结构，最终实现人的类本质向个体感性生命的复归。到那个时候，"物质带着诗意的感情光辉对人的全身心发出微笑"，人类则以审美的回眸向异化的历史作最后告别。

马克思主义为审美文化治理的理论与实践注入了人文主义的价值内核。在马克思那里，人既是历史的出发点，也是最终目的。"并不是'历史'把人当作手段来达到自己——仿佛历史是一个独具魅力的人——的目的。历史不过是追求着自己目的的人的活动而已。"② 人并非如黑格尔所言是自我意识异化的产物，是"非对象性的、唯灵论的存在物"，而是有肉体组织、有五官感觉、有思想和激情的感性生命存在。人通过对象性的物质生产活动，不断改变异化的物质生产关系与社会交往结构，进而引领人性朝着富有完满的生命存在本质迈进。人类历史为人的本质的生成与实现奠定基础，整个私有制条件下异化劳动的物质与精神实践，为人的本质的积淀、展开、否定、突破与超越提供历史化的动量。马克思既批判私有制与异化劳动对人的本质的普遍剥夺，提出"必须推翻使人成为被侮辱、被奴役、被遗弃和被蔑视的东西的一切关系"③，又承认"物质的、直接感性的私有财产，是异化了的人的生命的物质的、感性的表现""工业的历史

---

① 中共中央马克思恩格斯列宁斯大林著作编译局编译：《马克思恩格斯文集》（第1卷），北京：人民出版社，2009年，第186页。

② 中共中央马克思恩格斯列宁斯大林著作编译局编译：《马克思恩格斯文集》（第1卷），北京：人民出版社，2009年，第295页。

③ 中共中央马克思恩格斯列宁斯大林著作编译局编译：《马克思恩格斯文集》（第1卷），北京：人民出版社，2009年，第11页。

和工业的已经生成的对象性的存在，是一本打开了的关于人的本质力量的书"，① 提出在共产主义社会，私有财产与异化劳动必将被扬弃，人的本质获得最后实现的理想。从马克思主义的唯物史观与人学理论出发，我们认为，大众审美文化也是私有制与异化劳动发展到新的历史阶段的产物，是资本主义市场法则对审美文化领域的全面渗透，是资本与审美劳动的结盟。对于这种文化工业的兴起与发展，我们不能采取简单的否定、批判与拒绝的态度，而是应将其视为打开、丰富与发展人的本质力量的新的劳动实践形式。大众审美文化的发展，既通过审美实践的资本化，将智性劳动、非物质化的情感劳动转化为物质财富与精神价值，又促使大众在世俗化的日常生活中以自由的审美实践实现对人性异化的积极扬弃。当然，要想让大众审美文化真正产生治理的文化政治功能，必须始终把人的生命存在、人的自由自觉的实践、人的价值与尊严等人性因素放在首位，让审美文化的生产与消费回归人的内在尺度，并通过审美文化的治理实践，为社会政治、经济与文化结构灌注人文主义的价值元素。

马克思主义为审美文化治理的理论与实践提供了唯物主义的路径。西方文化知识界主要从上层建筑的观念领域出发，将审美文化视为塑造主体的治理性技术。他们虽然把审美文化治理视为对抗权力异化、谋求自由解放的政治手段，但他们的反思与批判、分析与建构又主要停留于知识话语、文化和意识形态层面，而未能运用政治经济学的理论对资本主义世界的物质生产与经济结构展开辩证研究，这就使得他们对资本主义的批判还主要停留于资产阶级话语政治、文化政治的理论立场，难以生成新的推动物质结构变迁的社会动力。伊格尔顿就曾指出："话语范畴被夸大到统治世界的地步，消解了思想与物质现实之间的距离，其结果是掏空了意识形态批评的底部——因为如果思想观念和物质现实被熔铸为话语这个本体，

---

① 中共中央马克思恩格斯列宁斯大林著作编译局编译：《马克思恩格斯文集》（第1卷），北京：人民出版社，2009年，第192页。

则将无法探知社会观念的真正来源。"① 构建马克思主义的审美文化治理范式，必须始终坚持历史唯物主义的方法论原则，从物质生产实践与精神情感实践的关系出发思考审美文化的治理内涵。就物质生产层面而言，审美文化治理并非只是在物质生产实践中对劳动环境、劳动工具、劳动产品进行，或在城市形象审美化、品位工业化、商品设计过程中融入审美元素，而是要上升到哲学本体的高度，也就是马克思所说的私有制与异化劳动的积极扬弃的高度，来反思物质生产实践中的审美文化治理问题。没有私有制与异化劳动的积极扬弃，"美的规律"就不能全面、整体、合目的性地嵌入人类社会的经济基础、上层建筑及人性结构中去，就还只能部分地、片面地，甚至是以审美异化的方式表现出来，物质生产与经济结构中的审美元素就很有可能成为资本的魅影，审美生产与消费中的美学镜像，就可能变成权力异化的遮羞布。因此，反思物质生产实践中的审美文化治理问题，必须始终同政治经济学的分析结合起来，将审美文化治理实践纳入经济与政治的宏观结构之中进行考察。从私有制与异化劳动的积极扬弃的哲学高度思考审美文化治理问题，还必须回到劳动的审美化这个逻辑起点。朱立元先生说："在马克思看来，美的规律首先是人类物质生产劳动的基本规律，而不仅仅如人们现在所普遍理解的，只限于艺术生产和创造的范围。"② 只有劳动的对象化而没有劳动的审美化，人类社会就永不可能摆脱经济异化、精神异化与审美异化。故而，审美文化治理应真正回到生产劳动美学的价值立场，将劳动的审美化与文化艺术的审美化、人性的审美化关联起来。唯有如此，审美文化治理才能成为真正意义上的马克思主义文化政治学。

大众审美文化时代的审美文化治理，同马克思提倡的审美现代性范式亦有不同。马克思在论述艺术与审美问题时，一方面将艺术视为生产：

---

① Terry Eagleton, *Ideology: An Introduction*, London and New York: Verso, 2007, p. 219.
② 朱立元：《历史与美学之谜的求解》，上海：上海人民出版社，2014 年，第 63 页。

"宗教、家庭、国家、法、道德、科学、艺术,等等,都不过是生产的一些特殊的方式,并且受生产的普遍规律的支配。"① 艺术生产既然受生产的普遍规律支配,也就意味着,审美文化的资本化、市场化与商业化乃是资本现代性所衍生的历史之必然。另一方面,马克思又强调艺术作为非生产劳动的特殊性,这种特殊性即艺术疏离资本结构与市场法则,进而走向自由精神生产的审美本质。需要指出的是,马克思强调的艺术审美本质,并不等同于康德的审美非功利思想,而是指艺术作为劳动的审美化,反映出人对异化的积极扬弃以及人按照"美的规律"来创造的本质属性。正是从劳动审美化这个逻辑生长点出发,马克思提出用审美现代性来对抗资本现代性,抵制资本与市场法则对艺术审美领地的侵蚀。但是,大众审美文化的兴起,恰恰对马克思的审美现代性范式构成了冲击,审美文化不是疏离资本与市场法则,而是同资本市场结盟并生成大众审美文化的生产与消费机制,进而形成了审美的文化新形态。这是否意味着,马克思主义理论对大众审美文化失去了阐释的合法性与有效性? 该如何结合马克思的理论来反思审美文化治理问题? 我们认为,首先,要充分肯定大众审美文化所带来的历史进步意义。大众审美文化作为资本现代性的必然产物,恰恰通过审美劳动的异化形式,在解构艺术创造之神圣光晕的同时,消除了审美实践的特权意识与区隔逻辑,推动了社会分工与审美的发展。没有资本与市场的世俗法则向审美文化领地的渗透,审美就会高居于艺术自律的庙堂之上,难以变成大众感性诗意的日常生活实践。没有大众审美文化的全面发展,大众就没有平等分享审美资源的权利和机会,也就难以真正推动整个社会的审美化进程。其次,要充分意识到,在私有制与异化劳动的社会关系结构中,大众审美文化不可能完全遵循马克思的审美现代性逻辑,而是必然会在资本与权力的介入下,生成多重异化的美学症候。这就需要我们

---

① 中共中央马克思恩格斯列宁斯大林著作编译局编译:《马克思恩格斯文集》(第1卷),北京:人民出版社,2009年,第186页。

对大众审美文化的生产、传播、消费与接受展开政治经济学和审美社会学的批判性分析，进而从世俗化的诗意审美图景中剥离出资本与权力异化的魑魅之影，使大众审美文化真正成为推动私有制与异化劳动积极扬弃的重要精神助力。最后，构建社会主义的审美文化治理范式，应始终将劳动的审美化、人的本质的最后实现与文化共同体建设作为审美文化治理的价值皈依。在经济生产方面，应通过逐步消除私有制时代资本的异化来实现劳动的审美化；在政治体制方面，要通过审美文化治理的方式，最大限度实现政治的自由发展；在文化建制、文化政策的制定、文化产业的发展与审美教育的实施等方面，要始终把对人的审美文化治理放在首位，充分实现审美文化生产、传播与接受的自由、公平、公正发展。经济资本、政治权力等应在审美文化治理的实际运作中，逐步化身为普遍的审美文化伦理。在社会公共空间中，应通过大众审美文化的生产与传播、审美文化机构的建设与文化交往实践的普及，不断实现情感结构、日常生活与社会交往关系的审美化，进而形成审美的社会结构与文化共同体。

（本文原载于《文学评论》，2019 年第 3 期）